MEMOIRES
POUR SERVIR
A L'HISTOIRE
DES
HOMMES
ILLUSTRES.

TOME VIII.

AVIS DU LIBRAIRE.

L'Auteur de ces Memoires se prépare à donner dans le dixiéme Volume qui paroîtra sur la fin du mois de Decembre prochain, les corrections sur les neuf Volumes qui le précederont, avec les additions qu'on lui a déja données. Il invite ceux qui auront reconnu quelque faute, quelque legere qu'elle puisse être, ou qui sçauront quelques faits oubliez, ou enfin qui auront quelques additions, à les lui communiquer. Il se charge du soin d'instruire le Public du nom de ceux dont il aura reçu des remarques utiles.

Le dixiéme Volume contiendra encore des Tables generales Alphabetique, Necrologique & selon l'ordre des Matieres de ce qui est contenu dans les neuf premiers Volumes.

On pourra s'adresser au Libraire qui vend ce Livre, pour tout ce qu'on voudra faire tenir à l'Auteur.

MEMOIRES
POUR SERVIR
A L'HISTOIRE
DES
HOMMES
ILLUSTRES
DANS LA RE'PUBLIQUE DES LETTRES.

AVEC

UN CATALOGUE RAISONNE'
de leurs Ouvrages.

TOME VIII.

A PARIS,
Chez BRIASSON, Libraire, rue S. Jacques,
à la Science.

M. DCC. XXIX.

Avec Approbation & Privilege du Roy.

LIVRES NOUVEAUX.

Q. CURTII RUFI *de rebus Alexandri Magni Historia supplementis Freinshemii aucta, Commentariis Christophori* CELLARII, *ac indicibus & figuris æneis illustrata.* 8°. 2. *vol. Hagæ comitum.* 1727.

Les Loix & Coutumes du Change des principales Places de l'Europe, par Jean-Pierre Ricard. 4°. Amsterd. 1726.

Le Journal Litteraire, Tome XI. seconde partie, & Tome XIII. premiere part. 8°. La Haye 1729. *On attend le Tome XII. seconde part. le Tome XIII. seconde part. & on recevra exactement la suite de ce Journal & de tous les autres.*

G. J. SGRAVESANDE *Philosophiæ Nevvtonianæ institutiones in usus Academicos.* 8°. fig. *Leydæ* 1728.

—— ejusd. *Elementa Phisicæ Mathematica.* 4°. 2. vol. *cum fig. Leydæ.*

Œuvres de Physique & de Mecanique, par Mrs Perrault. 4°. 2. vol. fig. Amsterd. 1727.

ANDREÆ VESALII *Opera omnia Anatomica & Chirurgica*. fol. 2. vol. *cum fig. Lugd. Batav.* 1725.

Nouveau Syſtême de Microſcome, ou Traité de la Nature de l'Homme, dans lequel on explique la cauſe du mouvement, &c. le principe de vie,&c. 8°. La Haye 1727.

ANNTONII PAGI *Critica in Annales Baronii editio noviſſima* fol. 4. vol. *Antuerpiæ* 1727.

—— ejuſd. *Breviarium Hiſtorico-Chronologico-Criticum Pontificum Romanorum*, *&c*. 4°. 4. vol. *Antuerpiæ*, & *Tomus* 4. 1727. *ſeparatim*.

Opere Critiche inedite di L. Caſtelvetro non piu ſtampate. 4°. Berna 1727.

Hiſtoire naturelle de la Cochenille. 8°. Amſterd. 1729. fig.

Nouveau Theâtre Italien, ou Recüeil general des Comedies repreſentées par les Comediens Italiens ordinaires du Roi, très-augmenté & mis en meilleur ordre. 12. 8. vol. 1729.

TABLE ALPHABETIQUE des Auteurs.

a iiij

MEMOIRES
POUR SERVIR
A L'HISTOIRE
DES
HOMMES
ILLUSTRES
DANS LA RE'PUBLIQUE des Lettres.

Avec un Catalogue raisonné de leurs Ouvrages.

THEOPHILE FOLENGO.

HEOPHILE Folengo, plus connu sous le nom de *Merlin Coccaie*, naquit à *Mantoue* d'une famille noble. Il s'appella d'abord *Jerôme*, mais il changea ce nom en celui de *Theophile*, lorsqu'il se fit Benedictin. TH. FOLENGO.

TH. FOLENGO.

Il étudia les Humanitez ſous *Viſago Cocaio*, & alla enſuite à *Boulogne* faire ſa Philoſophie ſous *Pierre Pomponace*. Son pere voulut que ſon premier Maître l'y accompagnât pour veiller ſur ſa conduite. Mais la vivacité de ſon eſprit & ſon inclination pour la Poëſie lui firent negliger ſes études, & tout ce que *Cocaio* pût faire pour le porter à s'y appliquer fut inutile.

Son premier Ouvrage fut un Poëme intitulé *Orlandino*, où il prit le nom de *Limerno Pitocco*. Il mit celui de *Merlino Coccaio* à la tête des autres Ouvrages, qu'il compoſa pendant ſon ſéjour à *Boulogne*, d'où il fut enfin obligé de ſe retirer avec précipitation de même que ſon Maître, pour ne point tomber entre les mains de la Juſtice. On ne dit rien du ſujet qui la leur faiſoit appréhender.

Il retourna chez lui ; mais ſon pere, qui n'avoit pas ſujet d'être content des progrès qu'il avoit fait dans la Philoſophie, le reçut fort mal ; ce qui le jetta dans un tel déſeſpoir, qu'après avoir couru quelque tems le monde, il prit le parti des armes. TH. FOLENGO.

Il s'en lassa, & étant à *Bresse* il se fit Benedictin dans le Monastere de sainte Euphemie de la Congrégation du Mont-Cassin, où il avoit déja un frere, qui est connu par ses écrits.

Ses Confreres peu contens de ses plaisanteries, où ils n'étoient pas épargnez, lui susciterent des affaires fâcheuses, mais il s'en tira par la protection de quelques personnes puissantes.

Après avoir erré quelque tems en differens endroits, il se fixa dans le Monastere de Sainte Croix de *Campesio* près de *Bassano* dans l'Etat de *Venise*, où il ne travailla plus qu'à des matieres serieuses. Il y mourut le 9. Decembre 1544. âgé de plus de cinquante ans.

Catalogue de ses Ouvrages.

1. *Orlandino.* Poëme en stile berniesque ou bouffon, sous le nom de *Limerno Pitocco.* Cet Ouvrage & les suivans sont si rares, qu'on n'a pû marquer l'année & la forme de leur édition.

TH. FOLENGO.

2. *Opus Merlini Cocaii, Poetæ Mantuani, Macaronicorum.* La premiere édition de cet Ouvrage a paru avant l'an 1520. It. *Venetiis* 1520. *in*-8°. It. *In pristinam formam per me Magistrum Acquarium Lodolam, optime redactum. Tusculani apud Lacum Benacensem.* 1521. *in*-12. It. *Venetiis* 1561. *in*-12. Il y a à la tête de cette édition une petite Préface de *Visago Cocaio*, qui apprend quelques particularitez de la vie de *Folengo*. L'Editeur l'entreprit, parce qu'il trouva après la mort de *Folengo* un de ses Manuscrits, où il avoit reformé son Poëme Macaronique, qu'il avoit rendu plus savant & plus agréable, & dont il avoit retranché tout ce qui pouvoit choquer les bonnes mœurs : cette édition est conforme à ce Manuscrit, & par conséquent bien differente des précédentes. It. *Venetiis* 1564. *in*-12. It. *Venetiis* 1613. *in*-12. It. *Amstelodami* 1691. *in*-12. en caractere italique, comme toutes les autres éditions. It. Traduit en François sous ce titre : *Histoire Macaronique de Merlin Coccaye, Prototype de Rabelais. Plus l'horrible ba-*

taille des Mouches & des Fourmis. Paris 1606. *in*-12. *Folengo* est le premier qui ait cultivé la Poësie Macaronique, s'il n'en a pas été l'inventeur. Cette Poësie est un mélange de mots Latins & d'Italiens qui ont une terminaison Latine, & on l'a nommée Macaronique, parce qu'elle ressemble aux Macarons d'Italie, qui sont un mélange de farine, de fromage & de beurre. TH. FOLENGO.

Tomasini assure que la Macaronée de *Folengo* est une Piece de fort bon goût, remplie d'agrémens, qui cache des sentimens & des maximes fort serieuses sous des termes facétieux & sous les railleries apparentes d'un rieur, & qui contient un mélange du plaisant & de l'utile fait avec beaucoup d'art. Il y tourne en ridicule les vains titres des Grands avec une grande adresse, il y dépeint les mœurs des hommes sous diverses figures, il y attaque les vices, & particulierement la paresse, la curiosité frivole, la débauche & l'envie. Il y fait paroître une grande connoissance des choses naturelles, des antiquitez, des arts, des sciences,

TH. FOLENGO.

des usages & des coutumes. Enfin son Ouvrage est une satyre de nouvelle espece, mais qui est sans fiel & sans venin.

On prétend que *Rabelais* a voulu l'imiter en partie, & qu'il en a tiré les plus beaux morceaux de son *Pantagruel*. Mais ceux qui l'ont voulu traduire en François ont travaillé fort inutilement, & n'ont pû faire passer dans notre langue les graces d'un Ouvrage de cette nature.

Comme cet Ouvrage n'est gueres connu, malgré toutes les éditions qui s'en sont faites, j'en citerai ici quelques morceaux, pour faire connoître qu'il y a plus de moralitez, qu'on ne se l'imagineroit sur le titre.

Dans le 2. Livre, un Compagnon de *Balde* se recrie ainsi sur sa misere.

Undique sum factus derisio, nausea, scornus.
Non mancant homines me consiliare scientes,
At mancant homines, heu! me ajuttare volentes.
Omnes sunt medici, sua sed medicina negatur:

TH. FOLENGO.

Omnes compagni, sed non compagna scudella est.
Sum felix, quisquam pro me vult ponere vitam,
Sum pauper, nemo pro me vult ponere robbam.

Dans le 12. Livre, *Folengo* décrit ainsi le désespoir de quelques Marchands prêts à périr par la tempête.

Stant mercatores taciti, mortemque pavescunt,
Præteritos coguntur enim deflere labores.
Heu! cui divitias, aiunt, cumulavimus istas?
Heu! quibus in rebus nostros neglexi-mus annos?
Duximus hanc frustra per tanta pericula vitam:
Mercibus his nostris multo aspiravimus auro;
Mercibus his nostris ita nunc dimergimur undis.
Heu! cur non potius Monachi vel norma severi,
Vel mage Eremitæ placuit sacra cellula nobis,
Quam rabiosa fames auri, quam sensus habendi?

TH. FOLENGO.

O Deus! ô Cœli factor, nostrique redemptor!
Ne memora fraudes quas egimus, ecce precantes
Lugemus commissa: fuit non æqua, fatemur,
Mens tibi nostra; sumus fragiles, lapsuque frequenti
Decidimus, tetrum quo sæpè meruimus orcum.
Tu speciale tamen salvantis nomen Jesu
Semper habes, pietasque premit tua crimina nostra.
Perdimus, heu miseri! nihil proficientia verba,
Quæ nequeunt dispersa notis contingere Cœlum.
Jugiter ira Jovis magis ac magis horrida crescit
Justa sui, tangunt nostri nec pectora fletus.
Fallitur extremam qui se conducit ad horam,
Sperans deleri modico sua crimina luctu.
Non amor hunc tangit, baratri sed maximus horror.

Dans le Livre vingt-uniéme l'Auteur parle ainsi de la Confession. TH. FOLENGO.

Quis tam certus adest, quem non petulantia carnis
Pungat, & interdum tollat de tramite recti?
Quis tam sanctus homo, quem non quandoque patescat
Esse caro, pressusque ruat sub pondere carnis?
Ast peccare hominis, numquam emendare diabli est.
Si quandoque caro sua nos post vota reducit,
Numquid nos aliis animantibus æqua potestas
Dissimiles statuit frustra? ratione vigemus.
Hinc ordita fuit patribus Confessio, verum
Hoc opus, hic labor est; facinus committere paulum
Nos pudet ante Deum, homini sed dicere multum.
Offendisse Deum nobis minus esse videtur;
At mage nos homini commissum prodere vexat.
Fallimur ah! miseri vitio sine posse putantes

TH. FOLENGO.

Vivere ; quapropter si carne gravante labamus
Turpe quod in crimen, veluti sors nostra ministrat,
Ire Sacerdoti nudare pigrescimus illud,
Mente faticamus, timor urget, pectus acerbat
Sinderesis, montemque humeris gestare videmur.
At postquam fuerint animo discussa recenti
Crimina, lætamur tantum evasisse laborem.

3. *Il libro della Gatta.* C'est encore un Poëme Macaronique.

4. *Il Chaos, overo tre per uno.* C'est un Dialogue des trois âges, qui n'est Macaronique qu'en partie.

5. *Il Giano.* C'est un Poëme sur le tems.

6. *Le Gratticcie.* Satyres en vers Macaroniques.

7. *Liber Epistolarum & Epigrammatum.* Mêlé de mots Italiens & Latins.

8. *De Partu Virginis.* Poëme Latin.

9. Un *Poeme sur l'Humanité de Jesus-Christ* en vers Italiens.

10. *De Passione Domini carmen.*

11. Un *Poëme* Italien *sur les Moines.* V. *Tomasini Ill. Vir. Vitæ*, *tom.* 2. *p.* 72. Sa Vie par *Visago Cocaio.* TH. FOLENGO.

CHARLES DE Ste MARTHE.

LA famille de *sainte Marthe* a été féconde en Savans, & il est à propos de les faire connoître chacun en particulier, afin qu'on ne les confonde pas. CH. DE SAINTE MARTHE

Charles de sainte Marthe naquit en 1512. & fut le second fils de *Gaucher de sainte Marthe*, Medecin du Roi *François I.* Il fut renommé entre les Savans de son tems. La Reine *Marguerite* de Navarre & la Duchesse de *Vendôme Françoise d'Alençon* l'honorerent de leur bienveillance & de leur estime particuliere. La premiere le fit Maître des Requêtes de son Hôtel, & la seconde lui donna la Charge de Lieutenant Criminel d'*Alençon*.

Ces deux Princesses étant mortes en 1550. il en témoigna publiquement sa douleur par deux Oraisons Funebres qu'il fit imprimer.

Il mourut en 1555. âgé de 43. ans.

CH. DE SAINTE MARTHE

Catalogue de ses Ouvrages.

1°. *Oraison Funebre de Françoise d'Alençon, fille de René Duc d'Alençon. Paris* 1550. *in*-8°.

2°. *In obitum Margaritæ Navarrorum Reginæ Oratio Funebris. Parisiis* 1550. *in*-4°. *Et trad. en François. Paris* 1550. *in*-4°.

3°. On a encore de lui quelques *Poësies Françoises & Latines*, & une *Paraphrase Latine de quelques Pseaumes de David.*

V. la *Bibl. de la France du P. le Long.*

SCEVOLE DE STE MARTHE.

S. DE STE MARTHE

SCEVOLE ou *Gaucher de sainte Marthe*, neveu de *Charles* dont je viens de parler, naquit à *Loudun* le 2. Fevrier 1536. Il fut l'aîné des enfans de *Louis de sainte Marthe*, Seigneur de *Neuilly*, Procureur du Roi au Siege de *Loudun*, & de *Nicole le Fevre de Bizay*.

Il aima les Lettres dès sa plus tendre jeunesse, & y fit des progrès considerables. Il apprit les langues Latine, Grecque & Hebraïque, &

devint Orateur, Juriſconſulte, Poëte & Hiſtorien. S. DE STE MARTHE

Les qualitez du cœur répondirent en lui à celles de l'eſprit. Il fut bon ami, zelé pour ſa Patrie, & d'une fidelité inviolable pour le ſervice de ſon Prince.

Il eut ſous les Regnes d'*Henri III.* & *Henri IV.* des emplois dignes de ſa probité, & qu'il ſoûtint avec beaucoup de réputation.

En 1579. il fut fait Maire & Capitaine de *Poitiers*, & fut enſuite Tréſorier de France dans la Generalité de cette ville. La ſuppreſſion de cette Charge lui donna occaſion de faire briller ſon éloquence ; car ayant été chargé par ſes Confreres de parler au Roi pour leur rétabliſſement, il le fit avec tant de force que *Henri III.* lui accorda ce qu'il demandoit, en diſant qu'il n'y avoit point d'Edits qui puſſent réſiſter à une ſi forte éloquence.

Son courage & ſa fidelité parurent avec éclat aux Etats de *Blois* en 1588. Il s'y étoit trouvé par ordre du Roi *Henri III.* qui vouloit s'y ſervir de lui dans les occaſions qui

S. DE STE MARTHE

se presenteroient, & il s'en presenta effectivement une très-importante. Un des principaux Chefs de la Ligue ayant remarqué, qu'entre les Députez, il n'y en avoit point de plus contraires à ses desseins, ni qui témoignassent plus de fidelité pour le Roi, que ceux qui avoient des Offices dans les Provinces, fit proposer d'en supprimer une partie, dans le dessein de les intimider & de les attirer à son parti. Les Officiers, qui s'apperçurent de ce piége, firent un acte de protestation qu'ils signerent au nombre de plus de trois cent, & chargerent Mr de *Sainte-Marthe* de le presenter & de porter la parole pour eux. Il entreprit une action si genereuse, même au péril de sa vie, & renversa par là les desseins qu'on avoit formez contre le service du Roi.

A la fin de cette année *Henri III.* l'envoya à *Poitiers* pour tâcher de contenir les Ligueurs, qui commençoient à remuer; mais tout son zele & tous les mouvemens qu'il se donna, ne servirent de rien, & il fut obligé d'abandonner la Ville, avec les Officiers qui étoient attachez au service du Roi.

S. DE STE MARTHE

L'année suivante 1589, il signala son zele pour le rétablissement de la Religion Catholique, dans la commission dont le Roi le chargea conjointement avec le Chancelier de *l'Hopital*, d'aller en Poitou & en quelques autres endroits faire joüir les Catholiques de leurs biens, dont ils avoient été dépossedez, & rétablir l'exercice de la Religion Catholique dans les Villes occupées par les Religionnaires.

Son integrité se fit connoître dans les fonctions de la Charge d'Intendant des Finances, qu'il exerça en 1593. & 1594. dans l'Armée de Bretagne, commandée par le Duc de *Montpensier*.

La réduction de la ville de *Poitiers*, qui rentra en 1594. sous l'obéïssance d'*Henri IV.* fut son ouvrage, & un des plus signalez services qu'il lui rendit.

Ce Prince ayant fait à *Rouen* en 1597. une assemblée des Notables du Royaume, voulut que *Sainte-Marthe* y assistât, & sa présence

S. DE STE MARTHE

fut fort avantageuse à ses interêts. Il songeoit à se retirer dans sa Patrie, pour y passer le reste de sa vie dans le repos, lorsqu'il fut élû Maire de *Poitiers*. Cette dignité lui fut conférée d'une maniere si obligeante pour lui, qu'il ne pût se dispenser de l'accepter.

Son tems fini, il fit un voyage à *Paris*, après lequel il revint à *Loudun*, pour n'en plus sortir. Cette Ville, dont il avoit par son crédit empêché la ruine pendant les guerres civiles, le regardoit comme le *pere de la Patrie*, & lui en donna même le surnom.

Il y mourut le 29. Mars 1623. âgé de 87. ans. Il fut regretté de tout le monde, & les plus grands hommes de ce tems, avec qui il étoit en liaison d'amitié, s'empresserent de faire son éloge.

On a parmi ses Oeuvres son Oraison funebre prononcée à *Loudun* par le fameux *Urbain Grandier*.

Il laissa de *Renée de la Haye* sa femme huit enfans; sept garçons & une fille. Les garçons sont 1°. *Abel*, dont je parlerai tout à l'heure, 2°. &

& 3°. *Scevole* & *Louis*, freres ju- S. DE STE MARTHE
meaux, dont je parlerai aussi ; 4° *Irenée*. 5°. *Pierre*, sieur *de la Jalletiere*, Trésorier de France à *Poitiers*, dont les Poësies n'ont point fait de deshonneur à sa famille. 6°. *François*, qui prit le parti de la guerre. 7°. *Henri*, qui embrassa l'état Ecclesiastique.

Catalogue de ses Ouvrages.

1. *La loüange de la ville de Poitiers. Poitiers* 1573. *in*-8°.

2. *Gallorum doctrina illustrium, qui nostra Patrumque memoria floruerunt elogia. Augustoriti Pictonum.* 1598. *in*-8°. It. *Recens aucta, & in duos divisa libros, quorum alter nunc primum editur. Ibid.* 1602. *in*-8°. It. *Ibid.* 1605. It. *Parisiis* 1616. *in*-8°. It. *Parisiis*, avec ses autres Ouvrages. 1633. *in*-4°. It. *Jenæ*, 1698. *in*-8°. It. *Præmisit Præfationem notasque adjecit Christ. Aug. Heumannus. Subjunctum est Gulielmi Wottoni Elogium Thomæ Stanlei. Isenaci* 1722. *in*-8°. It. en François sous ce titre : *Eloges des Hommes illustres, qui depuis un siecle ont fleuri en France dans la profession des Lettres, mis en François par*

S. DE STE MARTHE *Guillaume Colletet. Paris* 1644. *in*-4°. Colletet n'a pas seulement traduit ces Eloges, il les a aussi augmentés. Comme *Sainte-Marthe* ne s'est proposé simplement que de loüer ceux de nos Ecrivains qu'il lui a plû de choisir entre les autres, il a parlé d'eux plutôt avec l'éloquence d'un Orateur, qu'avec l'exactitude d'un Historien; c'est pourquoi il ne parle presque pas de leurs écrits, & quand il le fait, c'est toujours d'une maniere fort generale.

3. *Pædotrophia, seu de puerorum educatione Libri III.* Ce Poëme a été imprimé dix fois pendant la vie de l'Auteur, & environ autant de fois depuis sa mort. *Mamert Patisson* en donna en 1584. une belle édition *in*-4°. & une autre en 1587. *in*-8°. dans lesquelles il joignit à cet Ouvrage quelques autres Poësies Latines de *Scevole de sainte Marthe*, & un Poëme en trois Livres *de Re Accipitraria*, dont l'Auteur n'est point marqué. Cela a fait croire à *du Verdier* qu'il étoit de *Scevole de sainte Marthe*, & il le lui attribuë dans sa Bibliotheque. Mais personne n'i-

gnore qu'il est du Président *Jacques Auguste de Thou*, qui a mis à la tête dix vers Elegiaques, par lesquels il l'adresse *ad Scævolam Sammarthanum*, titre qui auroit dû empêcher *du Verdier* de se méprendre. La même faute se trouve dans le Catalogue de la *Bibliotheque de M. Boissier* N°. 6943. La derniere édition du Poëme *de sainte Marthe* est accompagnée d'une traduction d'*Abel de sainte Marthe*, Sieur *de Corbeville*, son petit-fils, intitulée *la maniere de nourrir les Enfans à la mammelle. Paris* 1698. *in*-12. Les grandes maladies ausquelles un de ses fils fut sujet, dès le tems qu'il étoit encore en nourrice, lui donnerent occasion de le composer. Les plus habiles Medecins appellez pour le secourir, ayant désesperé de sa guérison, le pere s'appliqua à rechercher les secrets les plus cachez de la nature, & s'en servit avec succès pour arracher son fils d'entre les bras de la mort. Prié par ses amis de communiquer au Public des recherches si curieuses, il les renferma dans ce Poëme, qu'il dédia à *Henri III.* dans le tems que

S. DE STE MARTHE

S. DE STE MARTHE

ce Prince desiroit le plus d'avoir des enfans. Il fut lû dans les plus celebres Universitez de l'Europe avec la même vénération que les Ouvrages des Anciens, & traduit en plusieurs Langues, & même en Vers François. *Scevole de sainte Marthe* reçut ordre d'*Henri III.* de le traduire en Prose Francoise; mais les grandes affaires dont il fut chargé sous le regne suivant l'en empêcherent; son petit-fils a suppleé à son défaut. On peut dire que ce Poëme est le chef-d'œuvre de son Auteur, qui y marche sur les traces de *Virgile*, dont il a assez bien imité le tour & la majesté.

4. *Opera Poëtica. Parisiis* 1575. *in*-8°. Ces Oeuvres Poëtiques dont il y a eu plusieurs éditions avant celle de 1632. faite à *Paris in*-4°. sont divisées en deux parties, dont l'une contient les Poësies Latines & l'autre les Francoises. Les Latines sont outre le Poëme dont je viens de parler, *deux Livres d'Odes*, *deux Livres de Sylves*, *un d'Elegies*, *deux d'Epigrammes*, & des *Poësies sacrées*. Elles n'approchent point de sa *Pedo-*

trophie, & quoiqu'il s'y trouve quelque chose de poëtique, plusieurs de ses pieces, principalement ses Odes, sont plates, & n'ont ni feu ni majesté. Les Françoises sont, 1°. les *Metamorphoses sacrées*, avec quelques autres Poësies Chrétiennes. 2°. La *Poësie Royale*. 3°. La *Poësie mêlée*. 4°. *Bocage de Sonnets mêlez*. 5°. Les *Epigrammes*. 6°. Les *Vers d'Amour*. 7°. Les *Alcyons*. 8°. Les *Imitations*. Ces Poësies ne sont à present d'aucune consideration, quoique l'Auteur parlât sa langue des mieux de son tems, & que le génie de la Poësie ne lui manquât pas. S. DE STE MARTHE.

V. sa vie par *Gabriel-Michel de la Rochemaillet*, Avocat au Parlement, à la tête de ses Oeuvres. *Paris* 1632. *in*-4°. & traduite en Latin par *Jean Vigile Magirus*, dans le Recüeil des Vies choisies publiées par *Guillaume Bates*. *Londres* 1681. *in*-4°.

ABEL DE SAINTE MARTHE.

A. DE STE MARTHE.

ABEL *de ſainte Marthe*, Seigneur d'*Eſtrepied*, naquit à *Loudun* vers l'an 1570. de *Scevole*, dont il étoit le fils aîné.

Il s'appliqua, à l'exemple de ſon pere, à la Poëſie Latine & Françoiſe, & y réuſſit. Après avoir fait ſes études, il ſe fit recevoir Avocat au Parlement. Il a été ſouvent employé à travailler par ordre du Roi *Louis XIII.* pour les affaires de l'Etat & pour la défenſe des droits de la Couronne, & ce Prince fut ſi ſatisfait de ſon travail, qu'il lui donna en 1621. une penſion & une place de Conſeiller en ſon Conſeil d'Etat. Il fut de plus honoré en 1627. de la Charge de Garde de la Bibliotheque du Roi, qui étoit à *Fontainebleau.* Il eut encore dans la ſuite diverſes commiſſions importantes.

Il eſt mort à *Poitiers* en 1652. âgé de 82. ans.

Catalogue de ſes Ouvrages.

1. *Expeditio Valtelinæa, auſpiciis*

Ludovici Justi suscepta. Paris. 1625. *in-4°.* & *in-8°.* It. dans le Recüeil de ses Ouvrages.

A. DE STE MARTHE.

2. *Expeditio Rupellana, armis Ludovici Justi Regis confecta. Paris.* 1629. *in-8°.* It. dans le Recüëil de ses Oeuvres. Cette relation est la meilleure de toutes celles qui furent publiées en ce tems-là. *Jean Baudoin* l'a traduite en François & l'a publiée sous ce titre : *Histoire de la Rebellion des Rochellois & de leur réduction à l'obéïssance du Roi. Paris* 1629. *in-8°.*

3. *Expeditio Belgica & Atrebatensis, auspiciis Ludovici Justi ann.* 1639. & 1640. *confecta. Pictavii* 1643. *in-8°.*

4. *Opuscula varia. Pictav.* 1645. *in-8°.*

5. Ses *Poësies Latines* ont été imprimées avec celles de son pere en 1632. *in-4°.* On y trouve de la fecondité, de la facilité & de la délicatesse, quoiqu'elles soient inferieures à celles de son pere.

6. *Plaidoyez* imprimez avec ceux de *Nicolas Corberon. Paris* 1693. *in-4°* par les soins d'*Abel de sainte Marthe* son fils. Ils sont au nombre de douze.

V. *Le Long Bibl. de la France.*

ABEL DE SAINTE MARTHE le fils.

A. DE STE MARTHE le fils.

ABEL *de sainte Marthe*, Seigneur de *Corbeville*, fils d'*Abel* dont je viens de parler, naquit en 1630. Il prit comme son pere le parti de la Robbe, & fut Conseiller de la Cour des Aydes, dont il étoit le Doyen, lorsqu'il mourut.

Il succeda à son pere dans la Charge de Garde de la Bibliotheque du Roi à *Fontainebleau*, & presenta en cette qualité à *Louis XIV.* en 1668. *un Discours pour le rétablissement de cette Bibliotheque.*

Il est mort le 30. Novembre 1706. âgé de 76. ans.

Il a donné au Public.

1. *Plaidoyers de M. Nicolas de Corberon Avocat General au Parlement de Mets, & ensuite Maître des Requêtes. Ensemble les Plaidoyers d'Abel de sainte Marthe. Paris 1693. in-12.* *Abel de sainte Marthe* avoit épousé une fille de *Nicolas Corberon*, & il voulut faire honneur à son beaupere, en

en publiant ses Plaidoyers. Il y a joint ceux de son pere & son *Discours au Roi sur le rétablissement de la Bibliotheque Royale de Fontainebleau*. qui avoit déja paru en 1668. *in*-4°. A. DE STE MARTHE le fils.

2. *La maniere de nourrir les Enfans à la mammelle. Traduction d'un Poëme Latin de Scevole de sainte Marthe. Paris* 1698. *in*-8°.

SCEVOLE ET LOUIS de Sainte-Marthe.

SCEVOLE *& Louis de sainte Marthe* freres jumeaux, & fils de *Scevole*, naquirent à *Loudun* le 20. Decembre 1571. S. & L. DE STE MARTHE

Scévole fut Seigneur de *Meré-sur-Indre*, & se maria. *Louis* embrassa l'Etat Ecclesiastique, & fut Seigneur de *Grelay*, & Prieur de *Claunay*. Ce fut la seule difference qu'il y eut entre eux; ils se ressemblerent en tout le reste; même génie, mêmes études. Ils ont passé toute leur vie ensemble dans une parfaite union & occupez des mêmes travaux. Ils furent tous deux Con-

S. & L. DE STE MARTHE

seillers du Roi & Historiographes de France.

Scevole mourut le 7. Septembre 1650. dans sa 79. année, & *Louis* le 29. Avril 1656. âgé de 85. ans. Ils ont été mis dans le même tombeau sous les Charniers de l'Eglise de *S. Severin* à *Paris*.

Catalogue de leurs Ouvrages.

1. *Histoire Genealogique de la Maison de France. Paris* 1619. *in*-4°. Cette premiere édition ne contient que la troisiéme Race. It. *Augmentée en cette édition des deux precedentes Maisons Royales, avec les illustres Familles, qui sortent des Reines & des Princesses du Sang. Paris* 1628. *fol.* 2. *vol.* It. *troisiéme édition revûë & augmentée. Paris* 1647. *fol.* 2. *vol.* Il faut avoir, selon M. *Lenglet*, ces deux éditions *in-fol.* car la derniere est la plus ample & la plus exacte par rapport à l'Histoire; mais la descente des Familles sorties des Princesses du Sang y manque; elle devoit faire un troisiéme volume, qui n'a pas été donné; elle ne se trouve que dans le second volume de l'édition de 1628. M. *le Gendre*

S. & L. DE STE MARTHE

pretend que cette Histoire n'est exacte ni dans les faits, ni pour les dates. *Pierre Scevole de sainte Marthe*, fils de *Scevole* l'aîné des jumeaux y a fait des additions, qui n'ont pas encore paru, & qui sont conservées dans la Bibliotheque de S. Magloire, parmi les mss. de MM. *de sainte Marthe*.

2. *Histoire Genealogique de la Maison de Beauveau, justifiée par Titres, Histoires, & autres bonnes preuves. Paris 1626. in-fol.*

3. *Gallia Christiana, quâ series omnium Archiepiscoporum, Episcoporum & Abbatum Franciæ, vicinarumque ditionum ab origine Ecclesiarum ad nostra usque tempora per quatuor tomos deducitur. Paris. 1656. fol. 4. vol.* On peut voir dans le tome 5. de ces Memoires p. 97. ce qui regarde cet Ouvrage, dont le P. *de sainte Marthe* a commencé de donner une nouvelle édition plus parfaite.

Scevole de sainte Marthe laissa trois enfans; *Pierre Scevole*, *Abel Louis*, & *Nicolas Charles*. Ce dernier, qui embrassa l'Etat Ecclesiastique, a été Prieur de *Claunay* par la démis-

S. & L. DE STE MARTHE

sion de son oncle *Louis*, & Aumônier du Roi. Il n'a donné aucun Ouvrage au Public; il a cependant composé une *Histoire des Evêques de Chalon sur Saone*, par ordre de *Jacques de Nuchese*, Evêque de cette ville; elle est en manuscrit dans la *Bibliotheque du Roi*. Il est mort en 1662.

V. *Le Long Bibl. de la France.*

PIERRE SCEVOLE de Sainte Marthe.

P. S. DE STE MARTHE.

PIERRE *Scevole de sainte Marthe*, fils aîné de *Scevole* Sieur de *Meré-sur-Indre*, a soûtenu la réputation que sa famille s'étoit acquise par les Lettres.

Il a été Maître d'Hôtel du Roi, & Historiographe de France; c'est tout ce qu'on sçait de lui.

Il est mort le 9. Août 1690.

On a de lui les Ouvrages suivans.

1. *Table Genealogique de l'Auguste & Royale Maison de France. Paris* 1649. *fol.* C'est le premier Ouvrage par lequel il commença à se produire en qualité d'Auteur.

2. *Histoire Genealogique de la Maison de la Tremoille, tirée d'un manuscrit de Messieurs de sainte Marthe. Paris* 1668. *in*-12. *Scevole* & *Louis de sainte Marthe* ayant entrepris d'écrire l'Histoire Genealogique de la Maison de la *Tremoille*, en avoient composé un gros volume; ce petit Livre en est un abregé, où l'on trouvera plusieurs choses particulieres non seulement sur cette famille, mais encore sur plusieurs autres, avec lesquelles elle est alliée. P. S. DE STE MARTHE.

3. L'*Etat de la Cour des Rois de l'Europe avec les noms & qualitez des Princes regnans en Asie & en Afrique. Paris* 1670. *in*-12. 3. *volumes.* It. *augmenté. Paris* 1680. *in*-12. 4. *vol.* L'Auteur ne se borne pas aux Princes, on trouve aussi dans son Livre les personnes les plus considerables de chaque état tant par leur naissance, que par leurs dignitez, tant Ecclesiastiques que seculieres.

4. *L'Europe vivante, ou l'Etat des Rois, Princes souverains, & autres personnes de remarque dans l'Eglise, dans l'Epée & dans la Robbe vivans, en* 1685. *Paris* 1685. *in*-12. C'est pro-

P. S. DE STE MARTHE.

prement l'abregé de l'Ouvrage précedent.

5. *Traité Historique des Armes de France & de Navarre, & de leur origine. Paris 1673. in-12.*

6. *Remarques sur l'Histoire de France du P. Jourdan Jesuite, & sur la Critique du Duc d'Epernon, touchant l'origine de la Maison de France. Paris 1684. in-12.* Il n'a pas mis son nom à cet Ouvrage.

Il en a laissé outre cela plusieurs en manuscrit, qui sont conservez dans la Bibliotheque de S. Magloire.

V. *Le Long Bibl. de la France.*

ABEL LOUIS de Sainte Marthe.

A. L. DE STE MARTHE.

ABEL *Louis de sainte Marthe* second fils du Sieur de *Meré-sur-Indre*, naquit à *Paris* l'an 1620. Il entra dans la Congregation de l'Oratoire, dont son merite le fit élire Superieur General le 3. Octobre 1672. Il se démit de cette Charge le 14. Septembre 1696. & se retira dans la Maison de *S. Paul aux Bois*, qui est dans le Diocese de *Soissons*. Il est mort subitement le 7. Avril 1697. âgé de 77. ans.

Il a laissé quelques Ouvrages qui sont conservez en manuscrit à S. Magloire. On n'a imprimé de lui qu'une Piece de Vers, qui fait connoître, qu'il auroit pû se distinguer dans la Poësie aussi-bien que ses ancêtres, s'il n'avoit préferé des occupations serieuses à ces sortes d'amusemens. Cette Piece est intitulée :

Sanctorum Galliæ Regum ac Principum Sylva Historica ad Ludovicum XIV. Versibus Heroïcis. Elle est imprimée au commencement du I. tome de l'*Histoire Genealogique de la Maison de France par MM. de sainte Marthe. Paris* 1647. *fol.*

V. *Le Long Bibl. de la France.*

CLAUDE DE Ste MARTHE.

C. DE Ste MARTHE.

CLAUDE *de sainte Marthe*, issu de la même famille que ceux dont je viens de parler, naquit à *Paris* l'an 1620.

Après avoir fait ses études, il se retira à *Chant-d'Oiseau* en Poitou, où il vécut dans la solitude & dans la pénitence. Il entra ensuite dans une Communauté d'Ecclesiastiques, où il fut engagé dans le Sacerdoce.

Quelque tems après il se retira à Port-Royal des Champs, & se chargea de la Cure de *Mondeville* dépendante de ce Monastere. Une maladie lui fit quitter cette Cure, & il retourna à Port-Royal, où il fut fait Confesseur des Religieuses.

Il fut obligé de se retirer & de s'absenter pendant cinq ans. Il revint ensuite reprendre ses fonctions, qu'il avoit déja exercées pendant onze ans, & qu'il exerça encore de nouveau pendant douze autres années.

Il fut obligé de se retirer une seconde fois en 1679. & alla demeurer à *Corbeville*, village voisin, où il mourut le 11. Octobre 1690. âgé de 70. ans. C. DE STE MARTHE

Ouvrages.

1. Il a fait la *Préface & le premier Chapitre de l'Apologie des Religieuses de Port-Royal.*

2. *Lettre d'un Theologien à un de ses Amis sur le Livre de M. Chamillard contre les Religieuses de Port-Royal.* 1665.

3. *Défense des Religieuses de Port-Royal & de leurs Directeurs.* 1667.

4. *Traitez de Pieté, ou Discours sur divers sujets de la Morale Chrétienne. Paris* 1703. *in-12.* 2. *tomes.*

V. Le *Necrologe de P. R. & Du Pin Table des Auteurs Ecclesiastiques.*

LOUIS PONTICO VIRUNIO.

CET Auteur n'a été gueres connu jusqu'ici en France, que par ce qu'en a dit *Vossius* dans son Livre sur les Historiens Latins ; mais l'article qu'il en a donné n'est qu'une suite de fautes, que d'autres cependant ont copiées. L. PONTICO VIRUNIO.

L. PONTICO VIRUNIO.

On ne convient pas du nom de Baptême qu'il avoit. *Jean Bonifacio* dans son *Histoire de Trevise* le nomme *François*; *George Piloni* dans son *Histoire de Belluno* l'appelle *Louis*; & *Barthelemi Burchelati* dans son *Catalogue des Auteurs de Trevise*, qui précede l'Histoire qu'il a donnée de cette Ville, n'a crû les accorder qu'en distinguant deux *Pontico*, dont l'un s'appelloit *François*, & l'autre *Louis*. Il est étonnant qu'*André Ubaldo*, qui a écrit la vie de *Pontico* avec beaucoup d'exactitude, ne le nomme pas une seule fois par son nom de Batême. Au reste il est plus sûr de suivre *Piloni*, qui paroît mieux informé que les autres de ce qui regarde ce Sçavant, & de l'appeller *Louis* avec lui.

La plûpart des Auteurs le font naître à *Trevise*, mais ils se trompent en cela; les Journalistes de *Venise* prouvent fort au long qu'il étoit né à *Belluno*, d'où il prit son nom de *Virunio*, au lieu de celui de *Bellunese*, suivant la coutume des Sçavans de son tems, qui faisoient toujours quelques changemens dans leurs noms. *Vossius* l'appelle mal à propos *Virunnius* & *Virumnius*, & Tritheme *Virinius*.

L. PONTICO VIRUNIO.

Le perė de *Pontico* se nommoit *George Pontico*, & étoit de *Mendrisio*, Château situé à six mille de *Como*, vers le Couchant. Il vêcut jusqu'à l'âge de cent ans, & eut encore un enfant à 90.

Louis Pontico naquit vers l'an 1467. Sa mere, qui étoit fort sçavante, l'appliqua de bonne heure à l'étude, & lui apprit elle-même la Langue Grecque. Il étudia la Latine à *Venise* sous *George Valla*, & à *Ferrare* sous *Jean B. Guarini*. L'Auteur de sa vie dit qu'il fut dix ans entiers disciple de ce dernier, & que pendant tout ce tems là il ne perdit que trois de ses leçons.

Après avoir étudié en Philosophie & en Mathématiques, il professa les Langues Grecque & Latine en plusieurs endroits, principalement à *Rimini*, où il s'aquit l'amitié de *Pandolfo Malatesta*.

De retour à *Ferrare*, il fut envoyé à *Milan* par *Antoine Visconti*, Ambassadeur de *Louis Sforce*, pour être

L. PONTICO VIRUNIO.

Precepteur des Princes ses enfans. Lorsque les François entrerent dans le Milanois, il s'enfuit déguisé à *Reggio*, où il professa les Langues Grecque & Latine avec beaucoup d'applaudissement. Il expliqua alors les Poëmes de *Claudien*, qui n'étoient pas encore connus. Quelques amourettes qu'il eut lui firent des affaires, & le mirent en si mauvaise réputation, que le bruit se répandit qu'il avoit épousé treize femmes; mais ce bruit se dissipa, & les idées désavantageuses qu'on avoit conçûës de lui s'effacerent, lorsqu'on le vit épouser *Gerantine Ubalde* sœur d'*André Ubaldo*, qui a écrit sa vie.

Il partit ensuite de *Reggio*, dans le dessein d'aller visiter tous les lieux de l'Italie dont les Poëtes font mention dans leurs Ouvrages, afin de pouvoir les expliquer plus sûrement, & les corriger lorsqu'il en auroient besoin; mais on l'arrêta à *Forli*, où il enseigna les Langues Grecque & Latine. Cette Ville étoit alors partagée entre deux factions; & *Nicolas Buonafede* Commissaire du Pape ayant souçonné *Pontico* de

L. PONTICO VIRUNIO.

pencher vers le parti qui lui étoit opposé, le fit mettre en prison avec son beaufrere *Ubaldo*. *Jules II.* qui tenoit alors le Pontificat, étant venu dans le lieu où il étoit, il se jetta à ses pieds, & lui representa avec beaucoup d'instances son innocence. Le Pape fut touché de son discours, sur tout après que l'Archevêque de *Florence*, qui étoit avec lui, lui eut montré un Ouvrage auquel *Pontico* travailloit alors; mais il se contenta de dire : *Comment fait-il pour travailler ici?* & ne fit rien pour lui. Cela arriva le 10. Novembre 1506. Le Gouverneur de sa prison, qui étoit *Justinien* Evêque d'*Amelia*, convaincu de son innocence, la lui adoucit le plus qu'il pût, lui rendit souvent visite, & lui offrit même de l'argent que *Pontico* refusa toujours.

L'intercession du Cardinal *Hyppolite d'Este* lui procura enfin la liberté, & il retourna à *Reggio* dans le dessein d'y faire imprimer les Livres qu'il avoit composez jusques-là. Il acheta pour cela des presses & des caracteres Grecs & Latins, & s'ap-

L. PONTICO VIRUNIO.

pliqua à mettre au jour ses Ouvrages. Il y travailloit, lorsque la Duchesse de *Ferrare* passa à *Reggio* avec le Medecin *Bonaccioli*, dont *Pontico* dit tout le mal imaginable, parce qu'il l'engagea par les promesses les plus magnifiques à aller à *Ferrare*, qu'il lui vola à cette occasion peu à peu ses caracteres & ses presses, & qu'il prévint tellement l'esprit du Duc, qu'il ne pût en avoir justice.

Désesperé de ce procedé, il se retira à *Lugo*, où il composa un Livre d'invectives contre *Bonaccioli*. Le chagrin & le dépit lui causerent en ce lieu une fievre qui le tourmenta pendant cinq mois, & le réduisit à un triste état. Il passa pour se rétablir à *Boulogne*, où *Marc Montalbani* son ami & son parent le reçut chez lui. A peine avoit-il recouvré la santé, que la guerre qui étoit entre les François & le Pape *Jules II.* l'obligea de se retirer à *Sesi* dans la Marche d'Ancone, où il esperoit être plus tranquille.

Le Cardinal *Sigismond de Gonzague*, qui étoit alors Legat de cette

Province, le prit à son service & le mena à *Macerata*, où il enseigna le Grec & l'Astronomie au Marquis *Frederic de Gonzague* son neveu.

L. PONTICO VIRUNIO.

Ubaldo ne conduit pas la vie de *Pontico* plus loin. *Alberti* dans son *Italia* dit qu'il mourut en 1520. à Boulogne, & qu'il fut enterré dans l'Eglise de S. François. *Burchelati* dans son Livre des Epitaphes le fait mourir à *Trevise*, mais ne désigne point l'année de sa mort.

Ubaldo a donné un long Catalogue de ses Ouvrages, mais il a negligé de nous marquer ceux qui avoient été imprimez & l'année de leur impression. Le voici avec les additions du Journal de Venise.

1. *Commentarii in Sallustium.* Il s'y propose d'y montrer que l'Ouvrage *in Catilinam* n'est pas de *Salluste*, mais de *Ciceron*.

2. *De Grammatica libri duo.* L'Auteur attaque dans cet Ouvrage tous les Grammairiens qui l'avoient précedé, & principalement *Priscien*.

3. *De secretis admirandis Callopismi seu pulchritudinis.*

L. PONTICO VIRUNIO.

4. *Commentarii in Metamorphoses Ovidii.*

5. *Commentarii in Achilleideim & Sylvas statii.*

6. *Commentarii in artem Poëticam & Epistolas Horatii.*

7. *Commentarii in Opera Claudiani.* C'est *Pontico* qui a fait connoître cet Auteur en Italie.

8. *Commentarii in sphæram Joannis à Sacrobosco. Pontico* défend dans cet Ouvrage l'Auteur qu'il commente contre ceux qui l'avoient attaqué.

9. *De Nominibus corruptis libri octo.*

10. *Orationum Funebrium & Epithalamiorum libri tres.*

11. *De arte divinatrice Antiquorum libri XVI.*

12. *Commentarii in Opera Virgilii.*

13. *Historiæ Italicæ libri XI.*

14. *Britannicæ Historiæ libri VI.* Cet Ouvrage est un abregé des six premiers Livres de l'Histoire d'Angleterre de *Geoffroy de Monmouth*, que *Pontico* composa en faveur des *Badoera*, famille illustre de *Venise*, qu'on croyoit alors être venuë de la Grande-Bretagne. Son principal merite

merite consiste en ce que l'Auteur y a retranché autant qu'il a pû les fables dont *Geoffroy* avoit rempli son Histoire. Cet abregé a été imprimé à *Ausbourg* en 1534. *in*-8°. It. à *Heidelberg* avec *Bede* & quelques autres Historiens en 1542. It. à *Lyon* avec *Geoffroy de Monmouth*, & quelques autres Historiens en 1587. *in-fol.* It. à *Londres* en 1585. *in*-8°. La Bibliotheque de *Gudius* en cite un autre édition *in*-8°. de l'année 1634.

L. PONTICO VIRUNIO.

15. *De præponderationibus; id est de erroribus Antiquorum.*

16. *Commentarii in Officia & Quæstiones Tusculanas Ciceronis.*

17. *De fato.*

18. *Invectiva in Bonacciolum Medicum Ferrariensem.* C'est l'Ouvrage dont j'ai parlé plus haut.

19. *Invectiva contra Pandulfum Colenuccium, in defensionem Nicolai Leoniceni.* Ce qui a donné occasion à cette invective a été un Ouvrage de *Nicolas Leonicenus* intitulé : *De Plinii & plurium aliorum Medicorum in Medicina erroribus*, & imprimé pour la premiere fois vers l'an 1491.

L. PONTICO VIRUNIO.

& ensuite à *Ferrare* en 1509. *in-4°. Colenuccio* y opposa aussi-tôt le Livre suivant : *Pliniana defensio Pandulfi Colenucci Pisaurensis Jurisconsulti adversus Leoniceni accusationem. Ferrariæ in-4°. Pontico* prit dans cette dispute le parti de *Leonicenus* & attaqua par son invective *Colenuccio*, avec lequel il se reconcilia cependant peu de tems après.

20. *Invectiva Lycambea contra quemdam Gothardum de Ponte impressorem Mediolani. Pontico* accuse ce Libraire d'avoir imprimé plusieurs de ses Ouvrages sous un autre nom que le sien.

21. *Dialogus ad Robertum Malatestam.* Ce Dialogue a été imprimé dans l'Imprimerie de *Pontico* à *Reggio* en 1508. *in-4°.* Il y explique plusieurs endroits de *Juvenal* & d'autres Auteurs.

22. *Vita Emmanuelis Chrysoloræ. Henri Etienne* dans son Dialogue *de bene instituendis Græcæ linguæ studiis*, fait mention de cette Vie.

23. *Commentarii in Hesiodum.*

24. *Commentarii in Callimacum.*

25. *Commentarii in Orpheum de virtutibus Gemmarum.*

L. PONTICO VIRUNIO.

26. *Commentarii in librum IV. Anthologiæ.*

27. Traductions de *Pindare*, d'*Homere*, d'*Hesiode*, d'*Apollonius*, de *Theocrite*, de l'*Helene* de *Demetrius Moscus*, de *Musee*, de *Phocylide*, de trois Tragedies d'*Euripide*, de quatre Tragedies de *Sophocle*, de deux Comedies d'*Aristophane*, de quelques Dialogues de *Lucien*, de quelques Oraisons d'*Isocrate*, de *Demosthene* & d'*Aristide*, de la Musique de *Ptolomée* & de *Plutarque*, d'un Livre de l'Histoire de *Zonare*, de *Theophile du Pouls & des Urines*, de *Paul Æginete*, d'*Ætius*, & de quelques autres Medecins Grecs.

28. *Libanii Sophistæ Epistolici Characteres Pontico Virunio interprete. Venetiis* 1525. *in-4°. Pontico* dit dans une Lettre qui précede cette traduction, qu'il l'avoit fait en une après-midi en allant sur le *Po* de *Reggio* à *Pavie*.

29. *Commentarii in Chrysoloræ Erotemata.* Cet Ouvrage a été imprimé à *Ferrare*.

30. *De Miseria Litterarum libri duo.* Cet Ouvrage est en Vers heroïques.

L. PONTICO VIRUNIO. *Pontico* y fait voir que plusieurs Savans sont morts malheureusement.

31. On a encore de lui quatre Livres d'*Elegies* & d'*Epigrammes Grecques & Latines*, un volume de *Lettres*, & l'*Eloge* en vers de *Beatrix* femme de *Louis Sforce* Duc de *Milan*.

V. *Tritheme. Vossius de Hist. Latinis. Journ. de Venise*, *tom.* 24. *art.* 8. & sa Vie écrite par *André Ubaldo* son beaufrere, & imprimée par les soins d'*Ovidio Montalbani* à *Boulogne* en 1655. *in*-4°.

DAVID BLONDEL.

D. BLONDEL. DAVID *Blondel* naquit à *Châlons sur Marne* l'an 1591. Il fut reçu Ministre dans un Synode de l'Isle de France en 1614. & commença à exercer son ministere à *Houdan* près de Paris.

Un Ouvrage qu'il fit en 1619. lui fit beaucoup d'honneur dans son parti, & il eut toujours depuis des emplois considerables dans les Synodes. Il fut plus de vingt fois Secretaire dans ceux de l'Isle de France, ce que *Samuel Desmarets* attribuë à la beauté de son écriture. On le députa quatre fois de suite aux Synodes Nationaux, où il ne manquoit jamais d'être choisi pour dresser & recüeillir les Actes. D. BLONDEL.

Ce fut apparemment lui que le Synode National de *Castres* députa au Roi en 1629. pour le remercier au nom de la Compagnie. Je dis apparemment, parce que c'est une chose assez probable, quoiqu'il n'en dise rien, lorsqu'il parle de ce Synode, & que son discours qui est dans le Mercure François porte simplement en tête le nom de Blondel, qui étoit alors commun à plusieurs Ministres, & non point de David Blondel.

La Province d'Anjou le demanda en 1631. au Synode National de *Charenton*, pour être Professeur en Theologie à *Saumur*; mais cette demande n'eut point de suite, soit qu'on crût que, comme il n'avoit aucun talent pour la chaire, il étoit moins propre qu'un autre à instruire

D. BLONDEL. les Etudians en Theologie, soit qu'on fût persuadé qu'en s'attachant uniquement à l'Histoire, qui étoit son fort, il pourroit rendre de plus grands services à son parti. Quoiqu'il en soit, il demeura attaché à la Province de l'Isle de France.

En 1645. le Synode National de *Charenton* le fit Professeur honoraire avec une pension convenable, ce qui ne s'étoit encore pratiqué à l'égard de personne; on en usa ainsi envers lui, afin qu'il fût libre de tout engagement, & qu'il pût se fixer à *Paris*, pour être à portée de consulter les Bibliotheques.

Gerard Jean Vossius étant mort en 1649. les Curateurs du College d'*Amsterdam* lui firent proposer de venir remplir sa place de Professeur en Histoire. Il l'accepta & se transporta en Hollande l'année suivante. Comme il étoit fort laborieux, l'extrême application qu'il donna à ses études & à ses leçons, jointe à l'air humide d'*Amsterdam* lui causa une si grande fluxion sur les yeux, qu'il en devint aveugle. Cette fluxion tomba ensuite sur sa poitrine, & il en mourut le 6. Avril 1655. âgé de 64. ans. D. BLONDEL.

Il avoit une sagacité merveilleuse à discuter & à démêler un point d'Histoire, & peu de personnes ont été aussi loin que lui en ce genre. Son fort étoit l'exactitude, & Mr *du Puy* Garde de la Bibliotheque du Roi l'appelloit *le grand Dataire*. Aussi avoit-il une memoire prodigieuse & une lecture très-étenduë. Quoiqu'il n'ait pas écrit avec beaucoup d'élegance ni en Latin, ni en François, & que son stile soit obscur, principalement à cause des fréquentes parentheses dont il l'embarassoit, néanmoins ses Ouvrages sont recherchez à cause de leur profonde érudition & de l'exactitude de ses recherches. Il avoit une maniere d'étudier toute singuliere : il se couchoit par terre, & mettoit à l'entour de lui les Livres dont il avoit besoin pour l'Ouvrage qu'il faisoit. On dit la même chose du fameux Cujas.

Il a eu deux freres plus âgez que lui, qui ont été tous les deux Ministres, l'un nommé Moyse, &

D. BLONDEL. l'autre Aaron. Le premier a été Ministre à *Meaux* & puis à *Londres*, & a publié un Livre de Controverse.

Catalogue de ses Ouvrages.

1. *Modeste declaration de la sincerité & verité des Eglises Reformées de France contre les invectives de l'Evêque de Luçon & autres. Sedan* 1619. *in*-8°. C'est une Réponse aux Ecrits de deux ou trois Auteurs Catholiques, & particulierement du Cardinal de *Richelieu*, qui n'étoit alors qu'Evêque de *Luçon*. Cet Ouvrage commença sa réputation, & il fut d'abord regardé comme un sujet de grande esperance. Il abandonna cependant dans la suite la Controverse, pour se donner entierement à l'Histoire.

2. *Harangue au Roi*, prononcée en 1626. au nom du Synode National de *Castres*. Inserée dans le 12. tome du *Mercure François*.

3. *Pseudo-Isidorus & Turrianus Vapulantes. Genevæ* 1628. *in*-4°. *Blondel* fait voir dans cet Ouvrage la supposition des anciennes Decretales, contre *François Turrien* Jesuite

ſuite Eſpagnol, qui en avoit ſoû-tenu la verité; ce qui a donné ſujet au P. *Sirmond* de l'appeller *un enfonceur de portes ouvertes*, à cauſe de la chaleur & des efforts avec leſquels il a pourſuivi le faux *Iſidore* & *Turrien*, dont la défaite n'étoit ni difficile, ni fort conſiderable, après que tant de Critiques Catholiques avoient déja déja découvert les impoſtures du prétendu *Iſidore*. D'autres ont cependant parlé plus avantageuſement de ce Livre. D. BLONDEL.

4. *Lettre à M. de la Haye touchant la prétenduë neceſſité de la puiſſance du Pape en l'Egliſe, propoſée par le Sieur de la Milletiere. Charenton* 1630. *in-12.*

5. *Eclairciſſemens familiers de la Controverſe de l'Euchariſtie, tirée de la parole de Dieu & des Ecrits des Peres. Quevilly* 1641. *in-8°.*

6. *Replique au Jugement du Sieur de la Milletiere. Quevilly* 1641. *in-12.*

7. *De la Primauté en l'Egliſe. Geneve* 1641. *fol.* C'eſt une réponſe où l'Auteur s'eſt propoſé de refuter l'Ouvrage du Cardinal *du Perron*,

D. BLONDEL. adressé au Roi de la Grande Bretagne.

8. *Apologia pro sententia Hieronimi de Presbyteris & Episcopis. Amstelodami* 1646. *in*-4°.

9. *De Formulæ* Regnante Christo *in Veterum Monumentis usu, seu Vindiciæ pro Philippi I. & II. summaque Regum potestate. Amstelodami* 1646. *in*-4°. Ce Traité est curieux, plein d'érudition, & sur une matiere singuliere. Il contient plusieurs traits sur l'Histoire de *Philippe I.* Son principal dessein est de prouver que l'excommunication, dont les Rois Philippe I. & II. avoient été frappez, n'avoit rien diminué des droits de leur Couronne, & qu'on ne datoit point pour cela dans les Actes les années par le Regne de Jesus-Christ, au lieu du Regne de ces Princes. C'est ainsi qu'en parle le P. *le Long*.

10. *Eclaircissement de la question si une femme a été assise au siege de Rome entre Leon IV. & Benoît III. Amsterdam* 1647. *in*-8°. *It.* traduit en Latin sous ce titre: *De Joanna Papissa, sive famosæ Quæstionis, an fœmina ulla*

inter Leonem IV. & Benedictum III. Romanos Pontifices media sederit Anacrisis. Amstelodami 1657. *in*-8°. C'est M. *de Courcelles* qui a publié cette traduction Latine, qui est beaucoup plus ample que l'original François. *Blondel* fait voir que ce qu'on dit de la Papesse *Jeanne* est une fable. D'autres Protestans depuis lui en ont pensé de même, entr'autres *Bayle*, qui le prouve fort au long dans la derniere édition de son Dictionnaire. Il ne laissa pas de scandaliser par là ceux de son parti, qui répandirent mille contes sur son sujet dans le Public. D. BLONDEL.

11. *Scholia ad Grotium de Imperio Potestatum summarum circa sacra. Paris.* 1648. *in*-8°.

12. *Tractatus de Jure Plebis in regimine Ecclesiastico. Paris.* 1648. *in*-8°.

13. *Des Sybilles celebrées tant par l'Antiquité Payenne, que par les SS. Peres. Charenton* 1649. *in*-4°. L'Auteur s'inscrit en faux contre les Oracles qu'on a attribuez communément aux Sybilles.

14. *Actes autentiques des Eglises Reformées de France, Germanie,*

D. BLONDEL.

Grande-Bretagne, Pologne, &c. Amsterdam 1651. Ce Recüeil déplût à quelques-uns de son parti, qui l'y virent avec peine maltraiter *du Moulin* & *Rivet*, avec lesquels il avoit toujours été lié d'amitié. On y fit même une Réponse anonyme, qui est intitulée : *Considerations libres & charitables sur le Recüeil des Actes autentiques ramassez par M. Blondel. Groningue* 1658. & qu'on a sçû depuis être de M. *Gauthier*, Ministre aux environs de la *Rochelle. Blondel* est fort maltraité dans ces considerations, mais encore plus dans l'avertissement qui est à la tête, & qui est de *Samuel des Marests.*

19. *Amandi Flaviani, pacis augustæ municipis, de fulmine nuper ex equiliis vibrato, ad Reges, Ordines, Principes, Populos Christianos commonitorium. Eleutheropoli.* 1651. *in*-4°. *Blondel* s'est caché dans cet Ouvrage sous le nom d'*Amandus Flavianus*. Il l'a fait à l'occasion du Bref du Pape *Innocent X.* contenant sa protestation contre le Traité de paix de Westphalie.

56. *Barrum Campano-Francicum*,

adversus Commentarium Lotharingicum Joannis Jacobi Chiffletii. Amstelodami. 1652. *in-fol.* D. BLONDEL.

17. *Genealogiæ Franciæ plenior Assertio Vindiciarum Hispanicarum, novorum luminum, lampadarum Historicarum, & Commentariorum libellis à Joanne Jacobo Chiffletio inscriptis, ab eoque in Francici nominis injuriam editis inspersorum omnimoda eversio. Amstelodami.* 1655. *fol.* 2. *vol.* L'Auteur défend avec beaucoup de force les droits & les prérogatives de la Couronne de France.

18. *Table Genealogique de la Maison de Roye & des Comtes de Roucy*, six feüilles *in-fol.*

19. *Considerations Religieuses & Politiques.* C'est un Ouvrage qu'il publia devant la guerre de *Cromvel* & des Hollandois. Il y a beaucoup d'invectives contre les Parlementaires d'Angleterre & contre les Princes qui au lieu de venger la mort du Roi *Charles I.* se hâterent de faire des ligues avec *Cromvel.* Ce Livre déplût à bien du monde, & ses ennemis ne manquerent pas de lui en faire un crime.

D. BLONDEL. 20. Il a paru en Hollande un Livre intitulé : *Anti-Baronius Magenelis, seu Animadversiones in Annales Baronii, cum Epitome lucubrationum criticarum Casauboni in tomi primi annos 34. Auctore Andrea Magendeo Ecclesiastico Benearnensi. Quibus accesserunt quædam ad Baronium animadversiones Davidis Blondelli. Lugd. Bat.* 1675. *fol. pp.* 140. Ce qu'il y a de *Blondel* dans cet Ouvrage occupe fort peu de place, & si l'on jugeoit des Notes qu'il avoit écrites à la marge de son *Baronius*, & qu'on conserve dans la Bibliotheque publique d'*Amsterdam*, par celles-ci, on n'auroit que du mépris pour elles.

V. *Perrault Hommes Illustres tom.* 2. *Mélanges d'Ancillon. Bayle Dictionnaire.*

NICOLAS HARTSOEKER.

NICOLAS HARTSOEKER. NICOLAS *Hartsoeker* naquit à *Goude* en Hollande le 26. Mars 1656. de *Christian Hartsoeker* Ministre Remontrant, & d'*Anne Vander-My.*

NICOLAS HARTSOEKER.

Son pere le destina au Ministere, mais son inclination le portoit d'un autre côté, & rendit cette destination inutile. Il prenoit dès sa premiere jeunesse beaucoup de plaisir à considerer le Ciel & les Etoiles, & cherchoit dans les Almanachs de quoi s'instruire sur leur sujet. Ayant entendu dire à l'âge de douze ou treize ans que c'étoit dans les Mathematiques qu'on apprenoit tout ce qui les regardoit, il voulut les étudier; mais son pere s'y opposoit, & il lui fallut user d'adresse.

Il amassa en secret le plus d'argent qu'il pût, & alla trouver un Maître de Mathematique, sous lequel il fit bien-tôt de grands progrès. Son Maître avoit des bassins de fer dans lesquels il polissoit assez bien des verres de six pieds de foyer, & le jeune *Hartsoeker* en apprit en peu de tems l'usage. Il se fit même des Microscopes, avec lesquels il fit un grand nombre d'observations.

Il étudia ensuite en 1675. & 1676. les Belles Lettres, la langue Grecque, la Philosophie & l'Anatomie

NICOLAS HAR-SOEKER.

ſous les plus habiles Profeſſeurs de *Leyde* & d'*Amſterdam*. Ses Maîtres en Philoſophie étoient des Carteſiens auſſi entêtez de *Deſcartes*, que les Scholaſtiques précedens l'avoient été d'*Ariſtote*, & il devint comme eux Cartéſien à outrance, mais il ſe corrigea dans la ſuite.

Il alla en 1677. de *Leyde* à *Amſterdam* dans le deſſein de paſſer en France pour y achever ſes études. Il reprit alors les obſervations du Microſcope, qu'il avoit interrompuës depuis deux ans, & fit par ſon moyen de nouvelles découvertes.

Il vint à *Paris* en 1678. avec M. *Hughens* qui l'y amena, & y demeura juſqu'à la fin de 1679. Il retourna alors en Hollande & s'y maria. Il fit peu de tems après un ſecond voyage à *Paris*, pour faire voir pendant quelques ſemaines cette Ville à ſa femme, qui y prit tant de goût, qu'ils y revinrent en 1684. & y demeurerent douze années de ſuite, les plus agréables, au rapport d'*Hartſoeker*, qu'il ait paſſé en toute ſa vie.

En 1696. il retourna en Hollande avec ſa famille. Trois ans après, c'eſt à dire en 1699. au renouvellement de l'Academie des Sciences, il y fut âggregé en qualité d'Aſſocié Etranger, honneur que lui procura la réputation qu'il avoit laiſſée à *Paris*. Il fut auſſi dans la ſuite âggregé à la Societé Royale de *Berlin*.

NICOLAS HARTSOEKER.

Le feu Czar étant allé à *Amſterdam* pour les grands deſſeins qu'il avoit, demanda aux Magiſtrats de cette Ville quelqu'un qui pût l'inſtruire, & lui ouvrir le chemin des connoiſſances qu'il cherchoit. Ils firent venir de *Rotterdam Hartſoeker*, qui n'épargna rien pour répondre à ce choix & à l'honneur d'avoir un tel diſciple. Le Czar, qui prit beaucoup d'affection pour lui, voulut l'emmener en Moſcovie, mais ce Pays étoit trop éloigné & de mœurs trop differentes, l'incertitude des évenemens trop grande, & ſa famille trop difficile à tranſporter, pour qu'il ſe rendit à ſes deſirs.

Les Magiſtrats d'*Amſterdam*, pour le dédommager en quelque

NICOLAS HART-SOEKER.

sorte des dépenses qu'il avoit été obligé de faire pendant sa demeure auprès du Czar, lui firent dresser une espece d'Observatoire sur un des bastions de leur Ville. Ce fut là qu'il entreprit un grand miroir ardent composé de pieces rapportées, pareil à celui dont quelques-uns prétendent qu'*Archimede* se servit. Le Landgrave de *Hesse-Cassel* alla le voir travailler, & lui fit même l'honneur de l'aller voir chez lui.

Dans le même tems l'Electeur Palatin *Jean Guillaume* jetta les yeux sur lui pour se l'attacher, mais il résista pendant trois ans à ses instances, & ne s'y rendit qu'en 1704. Il alla alors demeurer à *Dusseldorp*, où il fut le premier Mathématicien de ce Prince, & en même tems Professeur honoraire en Philosophie dans l'Université d'*Heidelberg*.

Pendant son sejour dans le Palatinat, il fit quelques voyages en differentes parties de l'Allemagne, & fut bien reçu partout.

L'Electeur Palatin étant mort en 1716. *Hartsoeker* ne voulut point quitter la Cour Palatine, tant que l'Electrice veuve y demeura ; mais cette Princesse s'étant retirée l'année suivante en Italie, il songea à retourner dans sa patrie. Le Landgrave de Hesse, qui avoit tâché en plusieurs occasions de l'attirer auprès de lui, fit alors de nouvelles tentatives pour cela ; mais il étoit las de la Cour, & il se hâta de se dérober à ses instances en se transportant avec toute sa famille à *Utrecht*. NICOLAS HARTSOEKER.

Son application continuelle au travail altera enfin sa santé, qui jusques là s'étoit bien soûtenuë, & il mourut le 10. Decembre 1725. âgé de 69. ans.

Il étoit vif, enjoüé, officieux, d'une bonté & d'une facilité, dont de faux amis ont abusé assez souvent.

Catalogue de ses Ouvrages.

1. *Lettre à l'Auteur du Journal des Savans touchant la maniere de faire les nouveaux Microscopes.* On en voit l'extrait dans le Journal du 29. Août 1678. M. *Hughens* ayant fait mettre dans le Journal des Savans

NICOLAS HARTSOEKER.

du 15. Août 1678. une *Lettre touchant une nouvelle maniere de Microscope, qu'il avoit apporté d'Hollande*, & les observations qu'il avoit faites par son moyen, sans faire la moindre mention de M. *Hartsoeker*, celui-ci ne pût résister à la tentation de dire que le nouveau Microscope venoit de lui, & qu'il etoit le premier Auteur des Observations. Les ennemis de M. *Hughens* profiterent de l'occasion & engagerent M. *Hartsoeker* à revendiquer son bien par un Memoire, qu'il feroit inserer dans le Journal. Comme il ne sçavoit pas encore assez de François pour le composer, differentes plumes le servirent, & chacun lança son trait contre M. *Hughens*. L'Auteur du Journal trouva la piece trop envenimée pour être publiée, & l'envoya à M. *Hughens*, qui en fit des reproches à M. *Hartsoeker*. Celui-ci honteux de ce qu'il avoit fait, consentit volontiers aux offres que M. *Hughens* lui fit de dresser lui-même pour le Journal un Memoire où il lui rendroit toute la justice qu'il desireroit, & c'est ce qui a été executé dans cette Lettre, qui n'a rien de M. *Hartsoeker* que le nom. NICOLAS HARTSOEKER.

2. *Réponse au Paradoxe de la Refraction proposé par M. de Lagny.* Inserée dans le Journal des Savans du 21. Juillet 1692.

3. *Essai de Dioptrique. Paris* 1694. *in*-4°. *pp*. 233. Cet Ouvrage lui fit beaucoup d'honneur, & lui gagna l'estime & l'amitié de plusieurs Savans. Le P. *Malebranche* & M. le Marquis de l'*Hôpital*, qui reconnurent qu'il étoit bon Géometre, voulurent le gagner à la Géometrie des infiniment petits, dont ils étoient pleins, mais il la jugeoit peu utile pour la Physique, à laquelle il s'étoit dévoüé. Il dédaignoit assez par la même raison les profondeurs de l'Algebre, qui selon lui ne servoient à quelques Savans, qu'à leur procurer la gloire d'être inintelligibles pour la plûpart du monde.

4. *Principes de Physique. Paris* 1696. *in*-4°. *pp*. 236. L'Auteur y expose avec plus d'étenduë le systême qu'il avoit déja donné en racourci dans

NICOLAS HART-SOEKER.

le Livre précédent, & y joignant sur les differents sujets ausquels son titre l'engage, un grand nombre, soit de ses pensées particulieres, soit de celles qu'il adopte, il forme un corps de Physique assez complet, parce qu'il y traite presque de tout, & assez clair, parce qu'il évite les grands détails, qui en approfondissant les matieres les obscurcissent pour la plus grande partie des Lecteurs.

5. *Des Elemens du Corps Naturel & des qualitez qu'ils doivent avoir. Pour servir de Réponse aux Objections que M. la Montre a faites dans le Journal du 16. Avril 1696. contre les Principes de Physique de M. Hartsoeker.* Inseré dans le Journal des Savans du 16. Juillet 1696. & dans l'Histoire des Ouvrages des Savans, Octobre 1696. p. 70.

6. *Réponse à la Replique de M. la Montre touchant les Elemens du corps naturel.* Inserée dans le Journal des Savans du 10. Septembre 1696.

7. *Difficultez proposées à M. la Montre sur l'explication qu'il a donnée de la variation de l'aiguille ai-*

mantée. Inserées dans le Journal des Savans du 20. Août 1696.

NICOLAS HARTSOEKER.

8. *Lettre à M. Regis Docteur en Medecine à Amsterdam, sur les digues d'Hollande.* Inserée dans les Nouvelles de la Republique des Lettres. Octobre 1702. p. 411.

9. *Lettre contenant les raisons pourquoi dans un tuyau recourbé, dont les branches sont inégales en grosseur, l'eau monte plus haut dans la branche étroite que dans la plus large.* Dans les Nouvelles de la Rep. des Lettres. Janvier 1703. p. 40.

10. *Lettre contenant des conjectures sur la circulation du sang.* Dans la Rep. des Lettres. Fevrier 1703. p. 253.

11. *Raison naturelle du mouvement éliptique des Planetes dans leurs orbes.* Dans la Rep. des Lettres. Mars 1704. p. 321.

12. *Lettre sur le Problême de Physique, pourquoi les boutons des arbres, qui résistent à la plus forte gelée pendant l'hiver, ne peuvent pas résister à un froid assez mediocre au Printems.* Dans la Rep. des Lettres. Janvier 1705. p. 26. & Juillet p. 29.

13. *Conjectures Physiques. Am-*

NICOLAS HARTSOEKER.

sterdam 1706. *in*-4°. *pp.* 371.

14. *Suite des Conjectures Physiques. Amsterdam* 1708. *in*-4°. *pp.* 147. Ces deux Ouvrages sont composez en forme de discours, comme si l'Auteur les prononçoit devant l'Electeur Palatin, à qui il les adresse. Il n'y a gueres de choses dans la nature qu'il ne parcoure, ni de Phénomene dont il ne rende raison. Son stile est élegant, & pour ce qui est de sa Methode, il dit: » Qu'il a toûjours tâché de ne rien » avancer qu'après un examen ri- » goureux & Géométrique, autant » qu'on peut le faire en matiere de » Physique, où l'on est souvent obli- » gé d'admettre des probabilitez » pour des démonstrations. On retrouve dans ces conjectures plusieurs morceaux des *Essais de Physique*, & de l'*Essai de Dioptrique*, que l'Auteur y a copiez mot pour mot.

15. *Eclaircissemens sur les Conjectures Physiques. Amsterdam* 1710. *in*-4°. *pp.* 189. Ce sont des réponses aux objections qu'on lui a faites sur ses conjectures Physiques, & dont la plûpart venoient de M. *de Leibnitz*. Il

Il paroît dans cet Ouvrage tout différent de ce qu'il avoit été jusques-là. Il n'avoit jamais attaqué personne, mais il repousse ici avec beaucoup de vivacité ceux qui avoient trouvé quelque chose à redire dans ses systêmes.

NICOLAS HARTSOEKER.

16. *Suite des Conjectures Physiques & des Eclaircissemens sur les Conjectures Physiques. Amsterdam* 1712. *in*-4°. *pp.* 260.

16. *Lettre aux Auteurs du Journal Litteraire sur la Critique qu'ils ont faite de la suite de ses Conjectures Physiques.* Inserées dans le Journal Litteraire tom. 3. p. 431.

18. *Lettre aux Journalistes de la Haye sur le systême de M. Nevvton touchant le mouvement des Planetes.* Inserée dans le Journal Litteraire, tom. 4. p. 174.

19. *Lettre sur quelques endroits des Ouvrages de Messieurs Cheyne & Derham sur le Systême du Monde.* Inserée dans la Bibliotheque ancienne & moderne, tom. 8. p. 303. & dans le Recüeil de ses Pieces de Physique.

20. *Lettre à M. de Leibnits sur ses*

NICOLAS HARTSOEKER.

Mouvemens conspirans. Inserée dans les Memoires de Trevoux. 1712. Mars p. 510.

22. *Description de deux Niveaux d'une nouvelle invention, dont l'un a le centre de pesanteur au-dessous, & l'autre au-dessus du point d'appui. Amsterdam* 1711. *in*-4°. *p*. 8.

22. *Des passions de l'ame.* Traité inseré dans le 6. Supplément des Nouvelles Litteraires. 1717.

23. *Remarques sur la Dissertation que M. Dortous de Mairan a presentée à l'Academie Royale de Bourdeaux sur les variations du Barometre.* Inserée dans la Bibliotheque ancienne & moderne, tom. 14. p. 213. & dans le Recüeil de ses Pieces de Physique.

24. *Recüeil de plusieurs Pieces de Physique, où l'on fait principalement voir l'invalidité du Systême de M. Nevvton, & où se trouve entr'autres une Dissertation sur la Peste & sur les moyens de s'en garantir. Utrecht* 1722. *in*-12. *pp*. 362. Voici le jugement que M. *le Clerc* fait de ce Recüeil. » L'Auteur, dit-il, a un stile net » & serré, qui n'ennuyera nulle-

» ment ses Lecteurs, quand même il ne les persuaderoit pas. Il y a quelquefois un peu de vivacité contre ceux qui l'attaquent, mais aussi il declare qu'ils peuvent en user de même. NICOLAS HARTSOEKER.

25. *Lettre écrite d'Utrecht le 8. Decembre 1722. en réponse à une Lettre de M. de Mairan, inserée dans le Journal des Savans.* Cette Lettre se trouve dans le Journal des Savans de Fevrier 1723.

26. *Lettre sur les serres, qui recroissent aux Ecrevisses quand on les a rompuës; sur la petitesse des Animaux que quelques-uns supposent avoir été tous créez au commencement du monde, & sur les natures qui forment presentement les corps organisez, & qui y resident.* Inserée dans la Bibliotheque ancienne & moderne, tom. 18. p. 194. *Hartsoeker* étoit redevable à l'Electeur Palatin de la connoissance de la reproduction merveilleuse des jambes des Ecrevisses, qui le fit changer de sentiment sur une matiere importante. Car ne pouvant concevoir que cette reproduction de parties perduës ou retran-

NICOLAS HARTSOEKER.

chées, qui est sans exemple dans tous les animaux connus, s'executât par le seul Mechanisme, il imagina qu'il y avoit dans les Ecrevisses une *ame plastique* ou *formatrice*, qui sçavoit leur refaire de nouvelles jambes, qu'il devoit y en avoir une pareille dans les autres animaux & dans l'homme même, & parce que la fonction de ces ames plastiques n'est pas de reproduire des membres perdus, il leur donna celle de former de petits animaux qui perpetuent les especes. Ce seroient là les *Natures plastiques* du Docteur *Cudvvorth*, si ce n'étoit que celles-ci agissent sans connoissance, & que celles d'*Hartsoeker* sont intelligentes. Ce nouveau systême lui plût tant, qu'il retracta hautement la premiere pensée qu'il avoit euë sur les petits animaux, & la traita lui-même de bizarre & d'absurde.

V. *L'Histoire de l'Academie des Sciences année* 1725. *Nouvelles Litteraires, tome* 3. *p.* 27.

CHARLES DU FRESNE Sieur du Cange.

C. DU CANGE.

CHARLES *du Fresne* Seigneur *du Cange* naquit à *Amiens* le 18. Decembre 1610. de *Louis du Fresne* Sieur de *Fredeval*, Prevôt Royal de *Beauquêne*, & d'*Helene de Rely* sa seconde femme.

Il fit ses études au College des Jesuites d'*Amiens*, où son application & la vivacité de son esprit le distinguerent bien-tôt de tous ses compagnons. Il alla ensuite étudier en Droit à *Orleans*, & fut reçu Avocat au Parlement de *Paris* le 11. Août 1631. Il frequenta ensuite le Barreau pendant quelque tems, mais sans aucun dessein de s'y attacher.

De retour dans sa Patrie, il se donna à la lecture de toute sorte de Livres, d'Humanitez, de Philosophie, de Droit, de Medecine & de Theologie; mais il s'appliqua sur tout à l'Histoire sacrée & profane, ancienne & moderne, Grecque

C. DU CANGE.

Romaine, generale & particuliere. Ce ne fut pas cependant par un vain desir de sçavoir, ni par aucune pensée de fortune qu'il s'engagea ainsi dans l'étude ; mais par l'obligation où il croyoit être de se procurer une occupation agréable & honnête : aussi disoit-il quelquefois à ses amis qu'il n'étudioit que pour son plaisir : *Mihi cano & Musis* : c'étoit sa Sentence ordinaire.

Tant que son pere vécut, il ne songea point à se procurer aucune autre compagnie, mais lorsqu'il fut mort, la solitude où il se trouva & le conseil de ses amis l'engagerent à se marier. Il épousa le 19. Juillet 1638. *Catherine du Bos*, fille d'un Tresorier de France d'*Amiens*, avec qui il a vécu plus de cinquante ans dans une parfaite intelligence. Elle lui a survécu, & est morte le 19. Juillet 1694.

Sept ans après, c'est à dire en 1645. il acheta une Charge de Tresorier de France à *Amiens*, & y fut reçû le 10. Juin de cette année. Quoiqu'assidu aux fonctions de cette Charge, & attentif aux affaires de ſa famille, il ne laiſſa pas de demeurer fort attaché à l'étude, & d'y donner tout le tems qu'il avoit de reſte. C. DU CANGE.

La peſte qui ravagea en 1668. la ville d'*Amiens* & tous les environs, l'obligea d'en ſortir pour venir s'établir à *Paris*. Ce changement lui fut avantageux, car il trouva dans cette Ville ce qui ne ſe trouve point ailleurs, je veux dire, cette abondance de Livres, ſoit imprimez, ſoit manuſcrits, ſans laquelle on ne peut porter aucune recherche ni aucun travail conſiderable à ſa derniere perfection.

Il fut attaqué en 1688. d'une retention d'urine, dont il ſoûtint avec beaucoup de patience les longues & cruelles douleurs, & dont il mourut le 23. Octobre de cette année dans ſa 78. année.

C'étoit un homme doux, honnête, affable, qui parloit toujours modeſtement de lui-même, & ne s'élevoit jamais au-deſſus des autres, qui dans le tems même qu'il leur donnoit les plus grandes preu-

C. du Cange. ves de son habileté en resolvant leurs difficultez, ne prenoit jamais un ton affirmatif, mais proposoit son sentiment plûtôt comme une simple conjecture, que comme une décision, & qui reconnoissoit ingénuëment qu'il ignoroit beaucoup de choses, & qu'il se trompoit souvent.

De dix enfans qu'il a eu, il n'en a laissé que quatre, deux garçons, dont l'aîné a été Trésorier de France à *Poitiers*, & deux filles.

Les liberalitez dont le Roi reconnoissoit son merite & ses travaux se sont répanduës après sa mort sur sa famille, à qui ce Prince fit donner une gratification de deux mille livres en consideration des peines qu'il avoit prises pour l'édition de la *Chronique d'Alexandrie.*

Catalogue de ses Ouvrages.

1. *Histoire de l'Empire de Constantinople sous les Empereurs François, divisée en deux parties, dont la premiere contient l'Histoire de la Conquête de Constantinople par les François & les Venitiens en 1204. écrite par Geoffroy de Villehardoüin en son* vieil

vieil langage, avec une nouvelle version à côté, revûe & corrigée sur le Manuscrit de la Bibliotheque du Roi, & illustrée d'Observations Historiques, & d'un Glossaire, avec la suite de cette Histoire depuis l'an 1220. *jusqu'en* 1240. *tirée de l'Histoire de France écrite en Vers par Philippe Mouskes, Chanoine & depuis Evêque de Tournay. La seconde partie contient une Histoire generale de ce que les François & les Latins ont fait de plus memorable dans l'Empire de Constantinople depuis qu'ils s'en sont rendus les maîtres, justifiée par les Ecrivains du tems, & par plusieurs Chroniques & Chartes, & autres pieces non encore imprimées. Par Charles du Fresne du Cange. Paris. Imprimerie Royale* 1657. *in-fol.* On voit par ce titre ce qu'il y a dans ce volume de M. *du Cange*, qui commença par là à communiquer ses connoissances au Public.

C. DU CANGE.

2. *Traité Historique du Chef de S. Jean-Baptiste. Paris* 1666. *in-4°.* M. *du Cange* publia ce Traité en faveur de la Ville de sa naissance. Il y prétend que le Chef de S. Jean-Baptiste ayant été premierement trouvé dans

C. DU CANGE.

la ville de *Jerusalem*, & transporté dans celle de *Constantinople*, fut depuis retrouvé en celle d'*Emese*, d'où il fut transporté à *Comane*, & de là encore une fois à *Constantinople*, & qu'il fut apporté à *Amiens* après la prise de cette ville par les François. Il a inseré dans cet Ouvrage quelques Traitez Grecs, qui parlent de diverses Inventions du Chef de S. Jean, & qui n'avoient pas été encore imprimez. Comme plusieurs autres Eglises prétendent avoir ce Chef, M. *du Cange* veut que ce soit d'autres Saints qui ayent porté le nom de *Jean*; il avoit même coutume de dire à l'égard de son Livre, qu'il y avoit prouvé que si le Chef de S. Jean-Baptiste étoit quelque part, il étoit à *Amiens*.

3. *Histoire de saint Louis Roi de France, écrite par le Sire de Joinville, & enrichie de nouvelles Observations & Dissertations Historiques, & de plusieurs autres pieces concernant ce Regne, tirées des Manuscrits. Paris* 1668. *fol.* M. *du Cange* fait voir dans ses Dissertations, qui sont très-curieuses, une lecture prodigieuse; mais il

n'avoit pas le talent de bien écrire en François.

4. *Joannis Cinnami Historiarum de rebus gestis à Joanne & Manuele Comnenis Libri VI. Græce & Latine cum notis Historicis & Philologicis Caroli du Fresne D. du Cange, ut & in Nicephori Bryennii, & Annæ Comnenæ Historiam. Accedit Pauli Silentiarii Descriptio S. Sophiæ Græce & Latine, cura D. du Cange, cum ejus uberiore Commentario. Paris. Typogr. Regia* 1670. *fol.*

5. *Memoire sur le Projet d'un nouveau Recüeil des Historiens de France, avec le Plan general de ce Recüeil.* Inseré dans la Bibliotheque Historique de la France du P. *le Long*. Quelque tems après qu'il se fut établi à *Paris*, on proposa à M. *Colbert* d'assembler les Ecrivains qui avoient travaillé en divers tems sur l'Histoire de France, & d'en former un corps. Ce Ministre agréa la proposition, & jugea M. *du Cange* plus capable que tout autre de l'execution, il lui fit remettre pour cet effet entre les mains un grand nombre de Memoires & de Pieces manuscrites.

CH. DU CANGE.

M. *du Cange* y travailla sans relâche & dressa ce projet, qui ne plût point au Ministre, & qui voulut l'engager à en faire un autre. Mais M. *du Cange* persuadé que s'il avoit suivi les ordres qu'on lui donnoit, il auroit gâté tout l'ouvrage, répondit franchement que puisque son travail n'étoit pas assez heureux pour plaire à ceux qui avoient l'autorité, il leur conseilloit de chercher de plus habiles gens que lui, & renvoya sur le champ toutes les pieces qu'il avoit entre les mains.

6. *Glossarium ad Scriptores mediæ & infimæ Latinitatis, in quo Latina vocabula novatæ significationis explicantur, complures ævi medii ritus & mores, legum, consuetudinum municipalium, & Jurisprudentiæ recentioris formulæ & obsoletæ voces, utriusque Ordinis Ecclesiastici & Laïci dignitates & officia, &c. enucleantur & illustrantur. Paris.* 1678. *fol.* 3. *vol.* It. *Francofurti ad Mœnum* 1681. *fol.* 3. *vol.* It. *Editio insigniter aucta. Francofurti*, *fol.* 1710. 3. *tom.* Cet Ouvrage, qui est d'un travail immense, est accompagné d'Observa-

tions & de Dissertations fort curieuses. On en promet depuis long-tems une nouvelle édition avec de grandes augmentations, mais il n'y a pas d'apparence qu'elle doive paroître encore si-tôt. CH. DU CANGE.

7. *Lettre du Sieur N. Conseiller du Roi, à son ami M. Antoine Wion d'Herouval au sujet des Libelles qui de tems en tems se publient en Flandres contre les RR. PP. Henschenius & Papebroch Jesuites.* 1682. On peut voir ce qui concerne cette Lettre dans le tome 2e de ces Memoires, p. 101.

8. *Historia Byzantina duplici Commentario illustrata, quorum prior familias ac stemmata Imperatorum Constantinopolitanorum, cum eorumdem Augustorum Numismatibus & aliquot Iconibus, præterea familias Dalmaticas & Turcicas complectitur. Alter descriptionem urbis Constantinopolitanæ, qualis extitit sub Imperatoribus Christianis. Paris.* 1680. *fol.*

9. *Joannis Zonaræ Annales ab exordio mundi ad mortem Alexii Comneni Græce & Latine, interprete Hieronymo Wolphio, ex recensione Caroli*

CH. DU CANGE. *du Cange cum ejus notis. Paris. Typog. Regia*, 1686. *fol.* 2. *vol.*

10. *Glossarium ad Scriptores mediæ & infimæ Græcitatis. Accedit Appendix ad Glossarium mediæ & infimæ Latinitatis, una cum brevi Etymologico linguæ Gallicæ ex utroque Glossario. Paris.* 1688. *fol.* 2. *vol.* Ce Glossaire n'est pas moins recherché & curieux que le Latin.

11. *Chronicon Paschale à mundo condito ad Heraclii Imperatoris annum vigesimum. Opus hactenus Fastorum Siculorum nomine laudatum ; deinde Chronicæ temporum Epitomes, ac denique Chronici Alexandrini lemmate vulgatum. Nunc tandem auctius & emendatius prodit cum nova Latina versione, & notis chronicis & historicis. Paris.* 1689. *fol.* Il travailloit à l'édition de cet Ouvrage, lorsqu'il est mort. M. *Baluze*, qui en a eu soin après lui, a mis son éloge à la tête.

12. Il a fait quelques notes sur l'Histoire Byzantine de *Nicephore Gregoras*, que l'on trouve dans l'édition que M. *Boivin* en a donné en 1702. *in-fol.*

13. Le Pere *le Long* cite dans sa *Bibliotheque Historique de la France* deux Ouvrages qu'il a laissé en manuscrit. 1°. *Histoire de l'Etat & de la ville d'Amiens & de ses Comtes, avec un Recüeil de plusieurs Titres, concernant l'Histoire de cette Ville, qui n'ont pas encore été publiez. in-fol. 2. vol.* Cette Histoire est achevée. 2°. *Histoire des Principautez & des Royaumes de Jerusalem, de Chypre, & d'Armenie, & des Familles qui les ont possedez. in-fol.* CH. DU CANGE.

V. *Perrault. Eloges des Hommes Ill. Journ. des Savans du* 15. *Nov.* 1688. *Préface du Chronicon Paschale. Du Pin, Bibl. des Auteurs Ecclesiast.*

THOMAS GATAKER.

THOMAS *Gataker* naquit le 4. Septembre 1574. à *Londres*, où son pere étoit Recteur de l'Eglise de *S. Edmond*. TH. GATAKER.

Il commença ses études dans sa Patrie, & son pere l'envoya à l'âge de seize ans à *Cambrige*, où il fut reçu dans le College de *S. Jean*,

TH. GATAKER.

& il y prit le degré de Maître-ès-Arts.

Il entra ensuite en qualité de Precepteur chez *Guillaume Aylof*, qui lui confia l'éducation de son fils aîné. *Jean Stern* Coadjuteur de l'Evêque de *Londres*, s'étant trouvé un jour dans cette maison, & lui ayant entendu expliquer à son Disciple un Chapitre de l'Ecriture, ce qu'il avoit coutume de faire tous les matins, conçut une si grande idée de son savoir, qu'il voulut l'engager à prendre les Ordres sacrez; mais *Gataker* ne se rendit pas pour lors à ses instances, ce ne fut que quelques mois après, que *Stern* étant revenu à la charge, il se soûmit à ce qu'il desiroit de lui.

Il avoit été aggregé depuis quelque tems au College de *Sidney* à *Cambrige*, & il n'étoit entré chez *Guillaume Aylof* qu'en attendant qu'il eût été construit; ainsi dès que les bâtimens en furent achevez, il retourna à *Cambrige* prendre possession de sa place, & il s'y appliqua quelque tems à instruire de jeunes Etudians.

Guillaume Cock le fit ensuite venir à *Londres*, pour être Precepteur de ses enfans ; quelques Sermons qu'il fit dans cette Ville lui procurerent l'honneur d'être choisi par la Societé des Avocats, dite de *Lincoln*, pour leur Prédicateur, poste assez honorable & lucratif, qu'il conserva pendant dix ans, jusqu'à l'an 1611. qu'il fut fait Curé de *Rotherhith* près de *Londres*. TH. GATAKER.

Il passa plusieurs années dans ce lieu, occupé des fonctions de son Ministere & de ses études ; mais les infirmitez qui vinrent l'attaquer l'obligerent à renoncer aux travaux exterieurs, pour mener une vie tranquille, & à se contenter d'instruire les autres par ses écrits.

Il est mort le 27. Juin 1654. dans sa 80. année.

Catalogue de ses Ouvrages.

1. *De la nature & de l'usage du Sort.* (en Anglois.) *Londres* 1619. *in*-4°.

2. *Sermon sur les trois derniers versets du Pseaume* 82. (en Anglois.) *Londres* 1620. *in*-4°.

3. *Meditation sur le passage de saint*

TH. GATAKER. *Paul dans la 1. Epître à Timothée ch. 6. ℣. 6.* (en Anglois.) *Londres* 1620. *in*-4°.

4. *Examen de la Doctrine de la Transubstantiation.* (en Anglois) *Londres* 1624. *in*-4°.

5. *Petit Catechisme.* (en Anglois) *Londres* 1624. *in*-4°.

6. *Meditation sur le verset* 10. *du chap.* 32. *de la Genese.* (en Anglois) *Londres* 1624. *in*-4°.

7. *Sermon sur les versets* 7. & 8. *du Pseaume* 48. (en Anglois) *Londres* 1626. *in*-4°.

8. *Antithesis Amesii & Voëtii Thesibus de Sorte. Londini* 1637. *in*-4°.

9. *Sermons* [en Anglois.] *Londres* 1637. *in*-4°.

10. *Sermon sur le verset* 11. *du chap.* 11. *de S. Jean.* [en Anglois] *Londres* 1640. *in*-4°.

11. *Animadversiones in L. Lucii scriptum de causa meritoria nostræ Justificationis & in J. Piscatoris Responsionem ad idem. Londini* 1641. *in*-8°.

12. *De Nomine Tetragrammato Dissertatio, qua Vocis Jehova apud nostros receptæ usus defenditur, & à quorumdam cavillationibus iniquis pa-*

viter atque inanibus vindicatur. Londini 1645. *in*-8°. It. *Ib.* 1652. It. parmi ses *Oeuvres Critiques* imprimées à *Utrecht* en 1698. It. avec plusieurs autres Dissertations de differens Auteurs sur le même sujet, imprimées par les soins de M. Reland à *Utrecht* 1707. *in*-8°.

TH. GATAKER.

13. *De Diphthongis, sive Bivocalibus Dissertatio Philologica, in qua Litterarum quarumdum sonus germanus, natura genuina, figura nova, & scriptura vetus veraque investigatur. Londini* 1646. *in*-8°. It. parmi ses *Oeuvres Critiques*. 1698. *Gataker* prétend y faire voir qu'il n'y a point de diphtongues, & que deux voyelles ne peuvent s'unir assez pour former une seule syllabe.

14. *De Novi Testamenti stilo Dissertatio, qua Sebastiani Pfochenii, de lingua Græca Novi Testamenti puritate Diatribe ad examen revocatur, scriptorumque qua sacrorum, qua profanorum, loca obiter explicantur. Londini* 1648. *in*-4°. It. dans le Recüeil de ses *Ouvrages Critiques*. 1698. *Pfochenius* avoit prétendu que le stile Grec du Nouveau Testament étoit

TH. GATAKER. entierement conforme à celui des meilleurs Auteurs qui ont écrit en cette langue ; & c'est pour combattre son sentiment que *Gataker* publia cet Ouvrage.

15. *Cinnus, seu Animadversionum variarum liber primus. Londini* 1651. *in*-4°. Ce sont des corrections de plusieurs passages du Texte Grec de la Bible, des Peres Grecs, & par occasion de quelques Auteurs Profanes, que *Morhof* trouve heureuses & faites avec jugement. Elles se trouvent parmi les *Oeuvres Critiques de Gataker. Utrecht en* 1698.

16. *De Baptismatis infantilis vi & efficacia Disceptatio, privatim habita inter V. C. Dom. Samuëlem Wardum, Theologiæ sacræ Doctorem & in Academia Cantabrigiensi Professorem, & Thomam Gataekrum. Londini* 1651. *in*-8°. It. dans le Recüeil des *Oeuvres Critiques*. 1698.

17. *Marci Antonini Imperatoris de Rebus suis, sive de iis quæ ad se pertinere censebat, Libri XII. cum versione Latina & Commentariis Gatakeri. Cantabrigiæ* 1652. *in*-4°. It. dans le Recüeil des *Oeuvres Criti-*

ques. 1698. Le Commentaire qui accompagne cet Ouvrage est un excellent repertoire de la Morale des Stoïciens, que *Gataker* a tirée avec soin des écrits des anciens Auteurs qui en ont traité, & qu'il y compare avec celle des autres Philosophes Payens.

TH. GATAKER.

18. *Vindicatio dissertationis de Nomine Tetragrammato, contra Ludovicum Cappellum. Londini* 1652. *in*-8°.

19. *Stricturæ ad Epistolam Joannis Davenantii de Baptismo infantum. Londini* 1654. *in*-8°.

20. *Adversaria Miscellanea Posthuma, in quibus Sacræ Scripturæ primò, deinde aliorum Scriptorum locis multis lux affunditur. Londini* 1659. *fol.* It. parmi ses *Oeuvres Critiques.* 1698. C'est *Charles Gataker* qui a publié cet Ouvrage, & qui y a joint la Vie de son pere écrite en partie par lui-même.

21. *Antidote contre les erreurs touchant la Justification.* [en Anglois] *Londres* 1670. *in*-4°.

22. *Thomæ Gatakeri Opera Critica, singulari cura recensita. Trajecti ad Rhenum* 1698. *in-fol. Herman Wit-*

sius est l'éditeur de ce Recüeil. V. sa Vie dans ce Recüeil.

EMERI BIGOT.

E. BIGOT. EMERI Bigot naquit à *Rouen* au mois d'Octobre 1626. Son pere *Jean Bigot*, Seigneur de *Soumenil* & de *Cleuville*, Doyen de la Cour des Aydes de Normandie, étoit d'une des premieres Familles de *Rouen*. Sa mere étoit fille de M. *Groulart* Premier Président au Parlement de cette Ville.

Le jeune *Bigot* s'appliqua dès sa jeunesse avec ardeur à l'étude, à l'imitation de son pere, qui avoit une Bibliotheque fort curieuse. Son fils l'augmenta considerablement, & y tint jusqu'à sa mort des conferences toutes les semaines.

Car les Lettres firent pendant toute sa vie sa seule occupation, & pour n'en être point distrait, il ne voulut prendre aucun engagement dans la Robbe, ni entrer dans l'Etat Ecclesiastique.

Il voyagea en Hollande, en Angleterre, en Allemagne, en Italie & en Alsace, & y contracta avec tous les Savans de ces Pays une amitié qu'il a toujours entretenuë depuis par ses bons offices. E. BIGOT.

Plusieurs lui ont dedié leurs Ouvrages. Ainsi *Menage* son intime ami lui en a dedié deux; M. *Petit* Docteur en Medecine lui a dedié ses *Observations mêlées*; *Kuhnius* lui a dedié son *Elien* imprimé à *Strasbourg* en 1685. & M. *du Cange* a reconnu dans la Préface de son *Glossaire Grec*, que ce fut principalement par son conseil & par celui de M. *Cotelier*, consommez tous deux dans la langue Grecque, qu'il entreprit ce long & penible travail.

Il trouva dans la Bibliotheque du Grand Duc à *Florence* la Vie de *S. Chrysostome* écrite en Grec par *Pallade*, & la mit au jour avec de savantes notes tirées pour la plûpart des Ouvrages de ce Pere, qu'il avoit lû plus d'une fois tout entier avec beaucoup de soin. Voici le titre de son édition.

Palladii Episcopi Helenopolitani de

E. BIGOT. *Vita S. Chrysostomi Dialogus. Accedunt Homilia S. Joannis Chrysostomi in laudem Diodori Tarsensis Episcopi, Acta Tarachi, Proti, & Andronici, &c. cura & studio Emerici Bigotii. Paris.* 1680. *in*-4°. Le P. *Fronton le Duc* & *Henri Savil*, qui se sont signalez par l'édition des Ouvrages de *S. Chrysostome*, avoient fort recherché cet Original Grec de sa vie, dont nous n'avions qu'une traduction Latine faite vers l'an 1438. par *Ambroise Camaldule*; mais M. *Bigot* l'ayant trouvé à *Florence*, obtint du Grand Duc la permission de le transcrire, & l'apporta en France, où il en a fait une nouvelle traduction qu'il a jointe au Grec. Il avoit inseré dans le même volume le Latin de l'Epître de *S. Chrysostome* à *Cesaire* avec des fragmens Grecs, qu'il avoit aussi apportez de *Florence*, mais on l'obligea à le retrancher.

Quoiqu'il n'ait fait imprimer que ce Volume, il a eu un grand nom parmi les Savans, ayant contribué par ses avis & par son travail à la perfection d'un grand nombre d'autres,

E. BIGOT.

tres, qui ont paru sous le nom de ses amis.

Il mourut d'apoplexie à *Rouen* le 18. Decembre 1689. âgé de 63. ans.

C'étoit un homme estimable non seulement pour son profond savoir, mais encore par sa probité & sa modestie. Il avoit une grande connoissance des bons Livres, & un discernement très-fin dans le choix des plus rares & des plus curieux. Le commerce qu'il avoit avec tous les Savans de l'Europe, dont il étoit souvent consulté, l'avoit instruit d'une infinité de circonstances particulieres de leur vie & de leurs Ouvrages, & cette connoissance rendoit sa conversation très-utile & très-agréable. Jamais personne ne fut ami plus sincere & plus fidele, & il avoüoit lui-même que c'étoit la loüange qui le touchoit davantage.

Par son testament fait en 1682. il prit un soin particulier de conserver sa Bibliotheque, qu'il substitua à sa famille, & ordonna que le prix de ses meubles seroit employé à

E. BIGOT l'acquisition d'un fond dont le revenu joint à une partie de ses acquets, serviroit à acheter chaque année de nouveaux Livres. Mais malgré ces précautions, sa Bibliotheque n'a pû éviter le sort de toutes celles que les particuliers laissent en mourant; elle fut venduë à *Paris* à l'encan en 1706. Le Catalogue qui en a été imprimé la même année contient près de dix-sept mille articles, qui peuvent faire vingt-deux mille volumes.

On a imprimé à *Bâle* en 1690. une Lettre qu'il avoit écrite en 1672. à l'Evêque de *Tulle*, contre le Livre de l'Abbé de *Saint-Cyran*, intitulé *le Cas Royal*.

V. son Eloge. *Journ. des Savans du* 23. *Janvier* 1690. *Hist. des Ouvrages des Savans Fevrier* 1690. *Du Pin Bibliotheque des Auteurs Ecclesiastiques.*

LEON ALLATIUS.

LEON *Allatius*, ou *Allazzi*, naquit l'an 1586. dans l'Isle de *Chio* d'une famille de Grecs schismatiques. A l'âge de neuf ans il fut transporté dans la Calabre, où il trouva la protection de la famille des *Spinelli*, & il fit en ce lieu ses premieres études. L. ALLATIUS.

Il alla à *Rome* en 1600. & y étudia les Humanitez, la Philosophie & la Theologie dans le College des Grecs. Ces études finies, *Bernard Justiniani* Evêque d'*Anglona* le choisit pour son Grand-Vicaire. Mais il ne conserva que deux ans cet emploi; car le desir de revoir ses parens lui fit alors quitter le Royaume de *Naples* pour retourner à *Chio*.

Marc Justiniani Evêque de cette Isle voulant l'y attacher, lui donna le même poste qu'il avoit auprès de l'Evêque d'*Anglona*, & le fit son Grand-Vicaire; mais comme il ne trouva en ce lieu rien à faire selon son goût & ses desirs, il retourna à

L. ALLATIUS.

Rome, où il étudia en Medecine sous *Jules Cesar Lagalla*, & prit même le bonnet de Docteur en cette science.

Il tourna ensuite ses études du côté des Belles Lettres, & on le choisit pour enseigner la langue Grecque dans le College de sa Nation. Mais il se lassa bien-tôt de cet emploi, qui lui enlevoit son tems pour le donner aux autres, & renonça à toutes les Charges publiques, dans le dessein de ne vivre que pour lui-même.

Le Pape *Gregoire XV.* l'envoya ensuite en Allemagne, pour faire transporter à Rome la Bibliotheque de l'Electeur Palatin, dont l'Electeur de Baviere lui avoit fait present. Morery & M. Dupin mettent ce voyage en 1621. mais ils se trompent, puisque la ville d'*Heidelberg*, où elle étoit, ne fut prise qu'en 1622.

Cette commission devoit lui procurer quelque récompense; mais il la perdit par la mort de *Gregoire*, arrivée le 8. Juillet 1623. Il est dit dans le *Naudeana*, que le Pape lui

L. ALLATIUS.

avoit promis un Canonicat, mais que quand il revint il le trouva mort; qu'ainſi il n'eut rien, qu'au contraire il fut mis en priſon, accuſé d'avoir diſtrait les meilleurs Livres de la Bibliotheque. *Scioppius*, ajoûte-t'on, étoit ſon principal accuſateur; mais il ſe défendit ſi bien qu'il en ſortit.

Il entra quelque tems après chez le Cardinal *Biſcia*, qui aimoit les Lettres, avoit une belle Bibliotheque, & ſe faiſoit un plaiſir de proteger les Savans. M. Dupin & Bayle ſe trompent, lorſqu'ils ſubſtituent au nom de *Biſcia* celui de *Bichi*; s'ils avoient lû *Craſſo*, ils auroient reconnu leur erreur.

Le Cardinal *Biſcia* étant mort en 1638. il paſſa chez le Cardinal *François Barberin*, dont il fut le Bibliothecaire juſqu'en 1661. car alors le Pape *Alexandre VII.* lui donna la Charge de Garde de la Bibliotheque du Vatican, vacante par la mort de *Luc Holſtenius*.

Il eſt mort à *Rome* au mois de Janvier 1669. âgé de 83. ans.

C'étoit un homme laborieux &

L. ALLATIUS.

infatigable, doüé d'une memoire prodigieuse, & qui savoit beaucoup en tout genre d'érudition ; mais il manquoit de justesse & de critique, & l'on remarque dans ses Ouvrages beaucoup plus de lecture & de savoir, que d'esprit & de jugement. Il découvroit assez bien les fautes de ceux contre qui il écrivoit, mais il mêloit à sa découverte trop d'aigreur & trop d'insultes. D'ailleurs il est trop diffus & grossit ses Ouvrages de longs passages Grecs & Latins, qui pourroient quelquefois être omis ou abregez. Pour ce qui est de son stile, il écrivoit assez nettement & assez purement. Il composoit aussi fort bien en Grec, & il a fait en cette langue des Poësies d'un assez bon goût.

Quoiqu'il fût né Grec schismatique, il soûtint vivement les interêts de l'Eglise Romaine, & écrivit forcement contre ses compatriotes, dans le dessein cependant de les réünir avec les Latins, en montrant que les deux Eglises ne differoient point dans les Dogmes autant qu'on le pensoit.

Il a vêcu dans le célibat, sans vouloir néanmoins s'engager dans les Ordres Ecclesiastiques. Le P. *Mabillon* (*a*) rapporte que le Pape *Alexandre VII.* lui demandant un jour pourquoi il ne vouloit pas recevoir les Ordres, *Allatius* lui répondit que c'étoit *afin de pouvoir se marier, quand il voudroit. Mais pourquoi donc*, reprit le Pape, *ne vous mariez-vous pas? C'est*, dit *Allatius*, *afin de pouvoir prendre les Ordres, quand la fantaisie m'en viendra.*

L. ALLATIUS.

J'ajoûte à ce trait, un autre rapporté au même endroit, qui est, qu'il se servit pendant quarante ans d'une même plume, & que l'ayant perduë, il en fut très-affligé, & eut peine à retenir ses larmes.

Catalogue de ses Ouvrages.

1. *Catena S. Patrum in Jeremiam prophetam, Expositio S. Joannis Chrysostomi, Homiliæ VIII. Origenis, & Maximi Confessoris Quæstio in eundem Prophetam, Græce & Latine. Lugduni 1623. in-fol.* La version Latine est d'*Allatius*; le tout se

(*a*) Musæum Ital. Tom. 1. p. 61.

L. ALLATIUS.

trouve avec les Commentaires de *Ghislerius* sur *Jeremie*.

2. *Eustathius Archiepiscopus Antiochenus in Exahemeron. Ejusdem de Engastrimytho in Originem Dissertatio ; Origenis de Engastrimytho in I. Regum Homilia Græce & Latine. Addidit in Eustathii Exahemeron notas uberiores & Collectanea, & suum de Engastrimytho Syntagma. Lugduni* 1629. *in*-4°. Il y a beaucoup d'érudition dans les notes d'*Allatius*, & principalement dans sa Dissertation de l'Engastrimythe, qui a été inserée parmi les *Critiques sacrés*. Il y prétend avec *Eustathe*, que ce ne fût point l'ame de *Samuel* qui apparut à Saül, mais que cette apparition ne fût que l'effet des prestiges de la Pythonisse & du Diable.

3. *Monumentum Adulitanum Ptolomæi III. Ægyptiorum Regis. Græce & Latine. Romæ* 1631. *in*-4°.

4. *Iatro-Laurea Gabriëlis Naudæi Parisini Græco Carmine inaugurata, Latine reddita à Bartholomæo Tortoletto & Joanne Argolo. Romæ* 1633. *in*-8° Ce sont des Vers à la loüange de

de *Naudé* faits par *Allatius* son ami, lorsqu'il fut reçû Docteur en Philosophie & en Medecine à *Padouë* le 25. May 1633.

L. ALLATIUS.

5. *Julii Cæsaris Lagallæ de Cœlo animato Disputatio.* 1622. *in*-4°. *Lagalla* avoit été son maître, & la reconnoissance lui fit publier cet Ouvrage.

6. *Confutatio fabulæ de Joanna Papissa ex monumentis Græcis.* Dans l'édition de *Ciaconius. Romæ* 1630. *fol.* It. séparément. *Romæ* 1630. *in*-4°. It. *Bartholdus Nihusius prologo Galeato atque Epilogo auxit, necnon Telescopium adjunxit. Coloniæ Agrippinæ* 1645. *in*-8°. It. dans l'Ouvrage intitulé *Symmicta.* 1653.

7. *Mantissa ad Opera S. Anselmi Episcopi Cantuariensis.* Ce sont quelques Ouvrages de S. *Anselme* qui n'avoient pas encore été publiez, & qu'*Allatius* a tirez de la Bibliotheque du Vatican & a fournis au Pere *Theophile Raynaud*, qui les a inserez dans son édition des Oeuvres de ce Saint, faite à *Lyon* en 1630. *in-fol.*

8. *Allatius* ayant envoyé à *Paris* à *Frederic Morel* plusieurs Oraisons

L. ALLATIUS. de *Libanius*, qui n'avoient pas encore été publiez ; celui-ci les fit imprimer, mais sans faire aucune mention d'*Allatius*.

9. *Apes Urbanæ sive de Viris illustribus qui ab anno* 1630. *per totum* 1632. *Romæ adfuerant, ac Typis aliquid evulgarunt. Romæ* 1633. *in*-8°. It. *Hamburgi* 1711. *in*-8°. *Jean Albert Fabricius*, qui a donné cette nouvelle édition, a joint à l'Ouvrage d'*Allatius* le *Musæum Historicum Joannis Imperialis*, & a mis à la tête une Préface. La raison du titre de ce Livre est tirée des Armes du Pape *Urbain VIII.* en l'honneur de qui il l'a fait, qui sont trois Abeilles.

10. *De Psellis & eorum scriptis ad Jacobum Gaffarellum. Romæ* 1634. *in*-8°. It. à la fin du cinquiéme tome de la *Bibliotheque Greque de Fabricius. Allatius* parle dans cet Ouvrage de tous les Auteurs qui ont porté le nom de *Psellus*. C'étoit-là assez son goût, & il en a fait d'autres de ce genre.

11. *De erroribus Virorum magnorum in dicendo Dissertatio Rhetorica. Romæ* 1635. *in*-8°. *Morhof* dans son

Livre de *Patavinitate Liviana*, reproche à *Allatius* d'avoir dérobé dans ce Livre plusieurs remarques à *Claude du Verdier.* L. ALLATIUS.

12. *Eridanus Græco Carmine ad Cardinalem Antonium Barberinum Latine redditus à Bartholomæo Tortoletto. Romæ* 1635. *in*-4°.

13. *Procli Diadochi Paraphrasis in Ptolomæi Tetrabiblon, seu libros IV. de siderum affectionibus. Græce & Latine. Lugd. Bat.* 1635. *in*-8°. *Proclus* surnommé *Diadochus* étoit un Philosophe Grec Platonicien, qui vivoit vers l'an 500. La traduction Latine de son Ouvrage est d'*Allatius.*

14. *Socratis, Antisthenis, Aristippi, Simonis, Xenophontis, Æschinis, Platonis, Phœdri, & aliorum Socraticorum Epistolæ. Græce & Latine cum notis, & Dialogo de scriptis Socratis. Paris.* 1637. *in*-4°.

15. *De Ætate & Interstitiis in Collatione Ordinum etiam apud Græcos servandis. Romæ* 1638. *in*-8°. Les Grecs d'apresent ne font aucune attention à l'âge, conferent les Ordres de Soûdiaconat & de Diaconat

L. ALLATIUS.

à des personnes âgées seulement de dix huit ans, & donnent souvent plusieurs Ordres sacrez à une même personne dans le même jour. *Allatius* fait voir que l'âge de ceux qu'on doit ordonner & les Interstices ne sont pas moins reglez par les Loix Ecclesiastiques des Grecs, que par celles des Latins, & que c'est un abus que de ne s'y pas conformer.

16. *Sallustii Philosophi Opusculum de Diis & Mundo nunc primum è tenebris erutum, & è Græco Latine versum, cum notis Lucæ Holstenii. Romæ* 1638. *in*-8°. It. *Lugd. Batav.* 1639. *in*-8°. It. *Cantabrigiæ* 1670. *in*-8°.

17. *Urbani VIII. Statua Græco Carmine Iambico.* C'est une Piece de Vers à la loüange de ce Pape. *Allatius* en a fait quelques autres de ce genre.

18. *De Patria Homeri. Lugduni* 1640. *in*-8°. It. dans le 10e Tome des *Antiquitez Greques* de *Gronovius*. *Allatius*, pour faire honneur à sa Patrie, prétend qu'*Homere* étoit natif de *Chio*. *Jules Scaliger* est fort

maltraité dans cet Ouvrage ; *Allatius* l'y accable d'injures, pour se venger du mépris que ce Sçavant faisoit des Auteurs Grecs, & particulierement d'*Homere*, qu'il avoit trop abaissé au-dessous de *Virgile*. A cet Ouvrage est jointe une Piece de Poësie composée en Grec par *Allatius*, & mise en Latin par *André Bajanus* ; elle est intitulée *Natales Homerici*. L. ALLATIUS.

19. *Philo Byzantinus de septem Orbis spectaculis Græce & Latine cum notis. Romæ* 1640. *in*-8°.

20. *Animadversiones in Etruscarum Antiquitatum fragmenta ab Inghiramio edita, cum Animadversione in Alphonsi Ciccarelli libros, & Auctores ab eo confictos. Paris.* 1640. *in*-4°. It. *Romæ* 1642. *in*-12. *Allatius* fait voir dans cet Ouvrage que les fragmens que *Curtius Inghiram* a publiez, comme ayant été trouvez dans la terre, sont de son invention, & ne meritent aucune créance. Ces fragmens ont eu un défenseur, qui a prétendu en établir la verité dans l'Ouvrage suivant. *Benno Durkhundurkhus Slavus in Spenti*

L. ALLATIUS. *Academici Epistolam, pro antiquitatibus Etruscis Inghiramiis contra Leonem Allatium. Coloniæ 1642. in-8°.* Mais personne n'est plus la duppe d'*Inghiram.*

21. *Licetus Carmine Græco Iambico expressus, ac Latinis Iambicis redditus à Guidone de Souvigny Blæsensi. Romæ 1641. in-4°. Gui de Souvigny* qui a traduit cette Piece de Poësie, & une autre dont je parlerai plus bas, étoit de *Blois*, & entra dans la Congregation de l'Oratoire, où il mourut le 17. Mars 1672. Il possedoit parfaitement la langue Greque, & il fit connoissance à cette occasion avec *Allatius* pendant un voyage qu'il fit à *Rome* avec le P. Morin. On a quelques autres Ouvrages de lui. V. la *Bibliotheque Chartraine du P. Liron.*

22. *Excerpta varia Græcorum Sophistarum ac Rhetorum Heracliti, Libanii Antiocheni, Nicephori Basilacæ, Severi Alexandrini, Adriani Tyrii, Isaaci Porphyrogenetæ, Theodori Cynopolitæ & aliorum. Annexa sunt nonnulla Carmina diversorum, & Leonis Allatii ad Urbanum VIII. Enneade-*

caetericus, Carmine Iambico, ex primo Tomo nondum edito Variorum Antiquorum ejusdem Allatii, ab eodem nunc primùm vulgata Græce, & Latine reddita. Romæ 1641. *in-8°.* L. ALLATIUS.

23. *Hellas in Natales Delphini Gallici, Carmine Iambico, cum Interpretatione Latina Guidonis de Souvigny Blæsensis. Romæ* 1642. *in-4°.* It. à la tête du Livre *de Consensione Ecclesiæ Occidentalis & Orientalis.* 1648.

24. *Tiberius Sophista, Lesbonactes Romanus, Michael Apostolius & alii de Figuris Rhetoricis, Georgius Chæroboscus de Tropis Poëticis, Georgius Pachymeres de Probatione Capitum, Anonymus de Figuris apud Hermogenem, & alii de Rebus Rhetoricis. Græce & Latine. Romæ* 1643. Tous ces Sophistes ne meritent aucune attention.

25. *Ædificationes Romanæ procuratæ à Lelio Biscia S. R. E. Cardinali. Romæ* 1643. *in-8°.*

26. *Julii Cæsaris Lagallæ Philosophi Romani vita, à Leone Allatio conscripta. Cum Præfatione Gabriëlis Naudæi ad C. V. Guidonem Patinum. Paris.* 1644. *in-8°.* It. dans le Recüeil

L. ALLATIUS.

de *Bates* intitulé : *Vitæ Selectorum aliquot virorum. Londini* 1681. *in*-4°.

27. *De Libris Ecclesiasticis Græcorum Dissertationes duæ, quarum una Divinorum officiorum potiores usitatioresque libri percensentur; altera Triodium, Pentecostarium, & Paracletici examinantur. Paris.* 1645. *in*-4°. It. dans le 5e tome de la *Bibliotheque Greque de Fabricius.*

28. *De Templis Græcorum recentioribus, de Narthece Ecclesiæ veteris, & de Græcorum hodie quorumdam Opinationibus. Coloniæ* 1645. *in*-8°. Les trois Traitez qui composent ce volume sont très-curieux, *Allatius* prétend dans le second que le *Narthex* des anciennes Eglises, étoit la partie dans laquelle étoient les Cathecumenes, les Energumens & les penitens du 2e & du 3e rang. Il parle dans le troisiéme de quelques Opinions superstitieuses des Grecs touchant les Sorciers, les Enchantemens, les Maladies, les Esprits, &c. & les moyens dont ils se servent pour s'en préserver.

29. *De Mensura temporum antiquorum & præcipuè Græcorum. Coloniæ*

1645. *in*-8°. Ce Traité est rempli de recherches curieuses sur les années & les mois, la difference des heures, & les moyens de mesurer le tems parmi les differentes Nations. *Allatius* y attaque souvent *Scaliger*. L. ALLATIUS.

30. *De Ecclesiæ Occidentalis atque Orientalis perpetua consensione libri tres, cum Dissertationibus. 1. De Dominicis & Hebdomadibus Græcorum. 2. De Missa Præsanctificatorum una cum Bartholdi Nihusii ad hanc annotationibus, de Communione Orientalium sub unica specie. Coloniæ* 1648. *in*-4°. C'est le plus considerable des Ouvrages d'*Allatius*, qui s'y propose de prouver que l'Eglise Latine & l'Eglise Greque ont toujours été unies dans la même foi, & qu'elles le sont encore. Il y a beaucoup de recherches & d'érudition, & l'on y voit une Histoire exacte de l'Eglise Greque, & des Auteurs Grecs qui ont écrit pour ou contre l'Eglise Romaine. Il a été fort long-tems rare, parce qu'il étoit caché dans le magasin d'un Libraire de Hollande.

L. ALLATIUS.

31. *Georgii Acropolitæ Historia Byzantina ab anno 1204. quo desinit Nicetas ad annum 1261. quo ultimus Francorum Imperatorum ab Urbe à Michaële Palæologo expulsus est; Joëlis Chronographia Compendiaria, & Joannis Canani Narratio de Bello Constantinopolitano Græce & Latine. Interprete Leone Allatio, cum ejusdem notis, & Theodori Douzæ observationibus. Accessit ejusdem Allatii Diatriba de Georgiorum scriptis. Paris. Typog. Reg.* 1651. *fol.* La Dissertation sur les Ecrits des Georges, qui contient des choses curieuses, a été inserée dans le dixiéme volume de la *Bibliotheque Greque* de *Fabricius*.

32. *Græciæ Orthodoxæ Scriptores, Nicephorus Blemmida, Joannes Veccus Patriarcha Constantinopolitanus, Petrus Episcopus Mediolanensis, Georgius Pachymeres, Esaïas Cyprius, Joannes Argyropylus, Gregorius Protosyncellus Patriarcha Constantinopolitanus, Georgius Trapezuntius, Joannes Plusiadenus, Hilarion Monachus de Processione Spiritus-Sancti à Patre & Filio, Nicetæ Byzantini Philosophi*

& Magistri Refutatio Epistolæ scriptæ ab Armeniorum Principe qua fidem Catholicam & Chalcedonensem Synodum criminabatur, &c. Tomus 1. *Leo Allatius nunc primùm è tenebris eruit & Latine vertit. Addita est de Gregorio Palama Archiepiscopo Thessalonicensi in numerum Sanctorum à nonnullis Græcis adscito Græcorum sententiæ, necnon Gregorii Acindyni de Erroribus Palamæ. Romæ* 1652. *in*-4°. L. ALLATIUS.

33. *Græciæ Orthodoxæ Scriptores Joannes Veccus Patriarcha Constantinopolitanus, Constantinus Meliteniota Chartophilax, Georgius Metochita Diaconus magnæ Ecclesiæ, Maximus Chrysoberga de Processione Spiritus-Sancti, &c. Tomus* 2. *Leo Allatius nunc primùm è tenebris eruit & Latine vertit. Romæ* 1659. *in*-4°.

34. *Symmicta, seu Opusculorum Græcorum ac Latinorum vetustiorum ac recentiorum, libri duo. Edente, nonnullis additis, Bartoldo Nibusio. Coloniæ Agrippinæ* 1653. *in*-8°. Les Ouvrages contenus dans ce volume sont, 1°. *Joannes Phocas de Locis Palæstinæ.* 2°. *Epiphanii Hagiopolitæ Syria & Urbs sancta.* 3°. *Perdiccæ*

L. ALLATIUS.

Ephesini Hierosolyma. Cette description est en Vers. 4°. *Anonymus de Locis Hierosolymitanis.* 5° *Eugesippus de distantiis locorum Terræ-sanctæ.* 6°. *Wildebrandi ab Oldenbourg itinerarium Terræ-sanctæ.* 7°. *Leonis Allatii de Solea veteris Ecclesiæ. Solea*, chez les Grecs, étoit une espece de Thrône elevé près de l'Autel & du Jubé. 8°. *Ejusdem de Liturgia S. Jacobi, editio altera priore auctior.* Cette Dissertation avoit déja été imprimée à *Cologne* en 1648. *in*-8°. *Allatius* y soûtient que la Liturgie de Jacques que nous avons est ancienne & veritable. 9. *Ejusdem de Communione sub unica specie.* 10. *Ejusdem de Lignis sanctæ Crucis.* 11. *Rituale vetus Cophtitarum, Latine redditum ab Athanasio Kirchero.* 11. *Conradi Marpurgici S. Elizabeth viduæ, Thuringiæ Lantgraviæ.* 12. *Gabriel Sionita de ritibus nonnullis Maronitarum.* 13. *Constantinus Porphyrogenneta de vita & gestis Basilii Macedonis Imperatoris.* 14. *Joannes Cameniata de excidio urbis Thessalonicæ.* 15. *Joannes Anagnosta de eodem excidio.* 16. *Ejusdem Monodia de eodem excidio.* 17. *Theo-*

dorus Gaza de origine Turcarum. 18. *Melchior Inchofferus de Eunuchismo.* C'est proprement une declamation contre l'usage de faire des Eunuques, & sur la foiblesse, la malice, & les imperfections attachées ordinairement à cet état. 19. *Leonis Allatii confutatio Fabulæ de Joanna Papissa ex Monumentis Græcis editio quarta, ex duabus primis Romanis recognita.* 20. *Lucas Holstenius de Abassinorum Communione sub unica specie, & de Sabbatho flumine.* 21. *Anonymus de Sabbatho flumine.* 22. *Catalogus Operum S. Joannis Damasceni, Jo. Auberto suppeditatorum à Leone Allatio.* Ceux d'entre ces Auteurs qui ont écrit en Grec, se trouvent ici en cette langue avec la traduction d'*Allatius.* L. ALLATIUS.

35. *Melissolyra. De Laudibus Dionysii Petavii Soc. Jesu. Carmine Iambico Græco.*

36. *De utriusque Ecclesiæ Orientalis atque Occidentalis perpetua in Dogmate de Purgatorio Consensione. Addita sunt Leonis Allatii Epistola ad Joannem Christianum de Boinebourg de perpetua Ecclesiæ Orientalis atque Oc-*

L. ALLATIUS. *cidentalis tum in Dogmate, tum in Ritibus consensione, ad Bartoldum Nihusium Epistola secunda de Communione Græcorum sub unica specie & de Textu Machabæorum de Sacrificio pro Mortuis; Eustratius Constantinopolitanus de Animabus separatis; Joannis Vecci Patriarchæ Constantinopolitani liber tertius de Causa Schismatis. Græce & Latine. Leone Allatio Interprete. Romæ* 1655. *in*-8°. Plusieurs Auteurs ont été persuadez que les Grecs ne reconnoissoient point de Purgatoire, & *Allatius* avouë qu'il peut y avoir eu quelques Grecs qui ayent été de ce sentiment, mais il nie que ce soit celui de l'Eglise Greque.

37. *Carmina Græca in Christinam Suecorum Reginam.*

38. *De Cryptographia Græcorum recentiorum Epistola ad Carolum Moronum.*

39. *S. Methodii Episcopi & Martyris convivium X. Virginum, sive de Castitate. Græce & Latine. Interprete Leone Allatio, qui notas & Diatribam de Methodiorum scriptis adjecit. Romæ* 1656. *in*-8°. Les Notes d'*Allatius* & la Dissertation ont été réim-

L. ALLATIUS.

primées dans l'édition des Œuvres de S. *Hippolyte* Martyr, donnée par *Fabricius* en 1718.

40. *Enchiridion de Processione Spiritus-Sancti. Romæ* 1658. *in*-12. Cet Ouvrage n'est qu'en Grec.

41. *Vindiciæ Synodi Ephesinæ, & S. Cyrilli de Processione Spiritus Sancti ex Patre & Filio. Romæ* 1661. *in*-8°.

42. *Joannes Henricus Hottingerus fraudis & imposturæ convictus circa Græcorum Dogmata. Romæ* 1661. *in*-8°. *Hottinger* avoit inseré dans son Histoire Ecclesiastique du 16e siecle une Dissertation où il prétendoit faire voir que les sentimens de l'Eglise Greque étoient fort differens de ceux de l'Eglise Romaine, & approchoient de ceux des Protestans; & ce fut pour refuter cette Dissertation qu'*Allatius* composa cet Ouvrage, qui lui en attira une Réponse d'*Hottinger*, intitulée *Leo Allatius nimiæ temeritatis convictus*.

43. *De Octava Synodo Photiniana; annexa est Joannis Henrici Hottingeri Disputationis Apologeticæ de Ecclesiæ Orientalis atque Occidentalis tam in Dogmate quam in Ritibus dissensu;*

L. ALLATIUS. *& juvenis Ulmensis exercitationis Historico-Theologicæ de Ecclesia Græcanica hodierna Refutatio. Romæ 1662. in-8°.* Celui dont *Allatius* veut parler sous le nom de *Juvenis Ulmensis*, est *Elie Vejelius.*

44. *De Simeonum scriptis Diatriba & Simeonis Metaphrastæ laudatio auctore Psello. Paris. 1664. in-4°.* L'Ouvrage qui a donné occasion à la publication de ce Livre, est une Plainte de la Vierge tenant Jesus-Christ mort entre ses bras, qui a été composée par *Metaphraste* : *Allatius* a pris de là sujet de publier un Eloge de *Metaphraste* écrit par *Psellus*, & à l'occasion de *Metaphraste*, qui s'appelloit *Simeon*, il fait une longue Dissertation sur la Vie & les Ouvrages des Grands Hommes qui ont porté ce nom. Des *Simeons* il passe aux *Simons*, ensuite aux *Simonides*, & enfin aux *Simonactides.*

45. *L. Allatii in Roberti Creygtoni Apparatum, versionem & notas ad Historiam Concilii Florentini scriptam à Sylvestro Syropulo Exercitationes. Romæ 1666. in-4°. Robert Creygton,* Chapelain du Roi d'Angleterre, ayant

ayant eu communication de l'Hiſ- L. ALLATIUS.
toire du Concile de Florence écrite en Grec par *Syropule*, la traduiſit en Latin, & la fit imprimer avec des Remarques & une longue Préface. Mais ſi l'Auteur original a témoigné beaucoup d'animoſité contre l'Egliſe Latine, le Traducteur en a fait paroître encore davantage. Car il a enchéri par tout ſur ce qu'il y avoit de déſavantageux aux Latins dans le texte, & a envenimé dans ſa traduction pluſieurs choſes que *Syropule* avoit dites fort innocemment. Sa mauvaiſe foi excita le zele d'*Allatius*, qui compoſa cet Ouvrage pour la faire connoître à tout le monde.

46. *Epiſtolarum Libri IV. Græce & Latine, cum notis & Diatriba de Nilis & eorum ſcriptis. Romæ* 1668. *fol.*

47. *Allatius* a donné un petit Ouvrage Grec ſur le Symbole de S. *Athanaſe*, à *Rome* 1659. *in*-12.

48. *Drammaturgia diviſa in ſette Indici. In Roma* 1666. *in*-12. Cet Ouvrage eſt très-peu connu, il traite des Pieces de Theatre & de leurs Auteurs.

L. ALLATIUS.

49. *Il Viaggio della signora D. Lucrecia Barberina Duchessa di Modena da Modena da Roma. Genoa* 1654. *in*-4°.

50. *La Vita della venerabile suor Maria Raggi da Scio del terzo Ordine di S. Domenico. In Roma* 1655. *in*-4°.

51. *Vita è morte del P. F. Alessandro Baldrati da Lugo fatto morire nella Città di Scio da Turchi per la Fede Catholica. In Roma* 1657. *in*-12.

52. M. *Du Pin* cite un Ouvrage d'*Allatius* intitulé : *La Concorde des Nations Chrétiennes d'Asie, d'Afrique & d'Europe sur la foi Catholique abandonnée par les Protestans. Mayence* 1655. *in*-8°. Ouvrage que le Catalogue de la Bibliotheque d'*Oxford* cite sous ce titre : *Epistola de perpetua consensione Latinæ & Græcæ Ecclesiæ.* Ce doit être apparemment un des Traitez que j'ai déja rapportez.

V. *Elogii d'Huomini Letterati scritti da Lorenzo Crasso. In Venetia* 1666. *in*-4°. *tom.* 1. *p.* 397. *Du Pin Bibliotheque des Auteurs Ecclesiastiques. Allatii Apes Urbanæ.*

J. H. HOTTINGER.

JEAN HENRI HOTTINGER.

JEAN-*Henri Hottinger* naquit à *Zurich* en Suisse le 10. Mars 1620. d'une honnête famille.

Il fit ses premieres études avec un succès qui fut un heureux présage pour la suite. Son inclination le portoit à la connoissance des Langues, & il apprit en peu de tems la Latine, la Greque & l'Hebraïque.

Lorsqu'il fut en état d'aller visiter les Academies Etrangeres, on le jugea digne d'être entretenu dans ses voyages aux dépens du Public, & il partit pour les commencer le 26. Mars 1638. avec *Jean-Henri Ottius*, qui s'est rendu depuis fameux par son habileté.

Il alla d'abord à *Geneve*, où il demeura deux mois occupé à profiter des instructions de *Frederic Spanheim*. Il parcourut ensuite la France & les Pays-Bas, & fut se fixer à *Groningue*, où il s'appliqua à la Theologie sous *François Gomare* & *Henri Alting*, & à la Langue

J. H. HOTTINGER.

Arabe ſous *Matthias Paſor*. Son deſſein étoit de faire un long ſejour en cette Ville, mais on lui offrit un poſte qu'il crût devoir accepter, ce fût celui de Precepteur des enfans de *Jacques Golius*, Profeſſeur en Langues Orientales à *Leyde*. Le deſir qu'il avoit d'apprendre parfaitement ces Langues, ne lui permit pas de negliger une occaſion ſi favorable pour cela, & il ſe rendit à *Leyde* en 1639.

Il trouva en ce lieu tout ce qu'il pouvoit deſirer. *Golius*, qui lui vit du goût & de la diſpoſition, n'oublia rien pour lui communiquer ſes connoiſſances. Il y avoit auſſi à *Leyde* un Turc qui fut d'un grand uſage à *Hottinger* pour apprendre l'Arabe & le Turc. Outre cela *Golius* avoit une Bibliotheque Arabe aſſez nombreuſe, & *Hottinger* en copia pour ſon uſage un grand nombre pendant les quatorze mois qu'il demeura à *Leyde*.

L'an 1641. il ſe preſenta une occaſion de faire le voyage de *Conſtantinople* avec l'Ambaſſadeur des Etats Generaux, qui l'avoit, à la perſuaſion de *Golius*, choiſi pour ſon Aumônier. *Hottinger* ravi de cette occaſion, qui lui donnoit le moyen de ſe perfectionner dans les connoiſſances qu'il avoit déja acquiſes, & d'en acquerir de nouvelles, ſe diſpoſoit à en profiter, lorſque le Senat de *Zurich*, qui appréhenda de le perdre entierement, le rappella. J. H. HOTTINGER.

Il ſe rendit donc en Suiſſe, après avoir fait un tour en Angleterre, & y avoir contracté amitié avec pluſieurs ſçavans hommes de ce Royaume. Il ne demeura pas longtems ſans emploi ; car l'année ſuivante 1642. il fut fait Profeſſeur en Hiſtoire Eccleſiaſtique à *Zurich*, emploi auquel on ajoûta encore en 1643. celui de Profeſſeur en Theologie & en Langues Orientales.

Dix ans après, c'eſt-à-dire en 1653. il fut honoré de nouveaux titres, ayant été nommé Profeſſeur ordinaire de Rhetorique & de Logique, & extraordinaire de la Theologie, de l'Ancien Teſtament & de Controverſe, & de plus encore Chanoine.

J. H. HOTTINGER.

Tout cela ne suffisoit pour remplir son tems, car il n'a pas laissé au milieu de ses occupations de composer un grand nombre d'Ouvrages. Aussi étoit-il infatiguable, & aucune entreprise, quelque pénible qu'elle fût, n'a-t'elle jamais été capable de l'effrayer.

L'Electeur Palatin voulant remettre en réputation son Université d'*Heidelberg*, le demanda au Senat de *Zurich* en 1655. on eût quelque peine à condescendre à ses desirs; mais comme il ne le demandoit que pour trois ans, on ne pût le lui refuser.

Il se rendit donc à *Heidelberg*, après avoir été à *Bâle* se faire recevoir Docteur, & prit possession de la chaire de Theologie de l'Ancien Testament & des Langues Orientales le 16. Août de la même année. Peu de tems après l'Electeur lui donna la conduite du College de la Sapience, qu'il avoit rétabli, & l'honora encore depuis de quelques autres dignitez.

En 1658. il accompagna ce Prince à la Diete de *Francfort*, & ce voyage lui donna occaſion de faire connoiſſance avec pluſieurs Savans, & principalement avec *Job Ludolf.* J. H. HOTTINGER.

Les trois années du ſejour qu'il devoit faire dans le Palatinat étant écoulées, il ſongeoit à retourner dans ſa Patrie; mais l'Electeur fit tant d'inſtances auprès du Senat de *Zurich*, qu'on le lui laiſſa encore pour quelques années.

Il demeura donc à *Heidelberg* juſqu'en 1661. que la ville de *Zurich* ne pouvant ſouffrir plus long-tems ſon abſence, le redemanda à l'Electeur, qui le lui renvoya à regret, & l'honora avant ſon départ du titre de ſon Conſeiller Eccleſiaſtique.

De retour en ſa Patrie, on lui donna en differens tems pluſieurs emplois honorables, & qui marquoient la confiance qu'on avoit en ſon habileté. Il fut fait l'année ſuivante 1662. Recteur, & quoique cette dignité ne ſoit donnée que pour deux ans, on la lui conſerva par une diſtinction particuliere juſqu'à ſa mort.

Il fit en 1664. un voyage en

J. H. HOTTINGER.

Allemagne & en Hollande, pour négotier quelques affaires dont il fut chargé, & il profita de cette occasion pour revoir les Savans, avec lesquels il avoit été jusques-là en relation.

Plusieurs Universitez avoient tâché en plusieurs circonstances de l'attirer ; mais attaché à sa Patrie, il avoit toûjours refusé les partis les plus avantageux, qu'on lui avoit offerts. Cependant les Etats de Hollande le demanderent en 1667. avec tant d'empressement pour professer à *Leyde*, & on lui fit entrevoir tant d'avantages dans ce changement de Pays, qu'il accepta les offres qu'on lui faisoit, & que le Senat de *Zurich* lui accorda son congé.

Il mit donc ordre à ses affaires ; mais un bien qu'il avoit à deux lieuës de *Zurich* sur le *Limage* fut l'occasion du triste accident qui termina ses jours. Comme il ne pouvoit le faire valoir en son absence, il avoit résolu de le loüer à un Gentilhomme voisin. Il s'embarqua donc le cinquiéme Juin 1667. avec sa femme, trois de ses enfans,

enfans, une fille qui les servoit & deux de ses amis, pour y aller & pour terminer cette affaire. Mais à peine étoient-ils à quatre pas de la Ville, que le bateau alla donner contre un pieu, que les grosses eaux empêchoient d'appercevoir; la secousse le fit tourner, & tous ceux qui y étoient tomberent dans l'eau en un endroit où son cours étoit très-rapide.

J. H. HOTTINGER.

Hottinger se sauva à la nage avec ses deux amis, & gagna un gué. Mais la vûë de sa femme & de ses enfans, qui servoient de joüet aux flots, l'attendrirent, il se remit avec eux à la nage pour les aller tirer du danger. Ses forces ne seconderent point son ardeur, elles lui manquerent, & il se noya avec l'un d'eux & ses trois enfans. L'autre ami avec sa femme & sa servante se sauverent heureusement. C'est ainsi que périt ce sçavant homme, dans un âge où l'on pouvoit encore esperer beaucoup de lui, car il n'avoit que 47. ans.

Il s'étoit marié en 1642. & avoit épousé *Anne Huldric*, fille d'un Mi-

J. H. HOTTINGER.

niſtre de *Zurich*, dont il a eu pluſieurs enfans.

Voici le jugement que M. *Simon* fait de ſes Ouvrages. (*a*) » Si *Hottinger* avoit gardé quelque mo-» deration dans ſes Ouvrages, & » qu'il ne ſe fût pas tant arrêté aux » minuties, on pourroit y trouver » quelque choſe d'utile pour l'in-» telligence de l'Ecriture. Mais » comme il prend preſque toujours » parti, & qu'il compoſoit ſes Li-» vres avec trop de précipitation, » il eſt ſujet à ſe tromper ſouvent. Quoique pluſieurs Proteſtans ſemblent contredire ce jugement par les éloges dont ils relevent le merite d'*Hottinger*, *Jean-Henri Heidegger*, qui a fait ſa vie, fait aſſez connoître qu'il n'eſt pas mal fondé, lorſqu'il rapporte qu'il lui avoit ſouvent entendu dire, que pour compoſer plus vîte, il ſuivoit la methode de *Bullinger*, qui étoit de convenir avec un Imprimeur pour l'impreſſion d'un Livre avant qu'il y en eût rien de fait, & de le compoſer à meſure qu'on le mettoit

(*a*) Hiſt. Crit. V. Teſt. liv. 3. chap. 19.

ſous la preſſe, parce qu'alors l'Imprimeur, qui en vouloit voir la fin, preſſoit l'Auteur ſans relâche, & ne lui laiſſoit point de repos qu'il ne l'eût achevé. Cette methode eſt fort bonne pour faire beaucoup de Livres, mais il eſt difficile en la ſuivant de rien faire d'exact.

J. H. HOTTINGER.

Catalogue de ſes Ouvrages.

1. *Exercitationes Anti-Moriniana, de Pentateucho Samaritano, ejuſque udentica authentia. In quibus non tantum firmis rationibus Pentateuchus Samariticus Apographum vitioſum ex Hebræo Apographo demonſtratur; ſed etiam nonnulla S. Scripturæ & Antiquitatis loca difficiliora de Samaritanorum Religione, ſcriptis, moribus illuſtrantur, atque ex monumentis variis eruuntur. Quibus accedit Epitome omnium Capitum Libri Joſuæ, hoc eſt Chronici illius Samaritani, quod ex Legato Magni Scaligeri in Leidenſi Bibliotheca Arabice contextum, ſed Samaritico charactere exaratum aſſervatur. Tiguri* 1644. *in*-4°. Le P. *Morin* avoit ſoûtenu fortement l'autenticité du Pentateuque Samaritain, qu'il préferoit au texte Hebreu,

J. H. HOTTINGER. sous prétexte que celui-ci avoit été corrompu par les Juifs & ce fût pour combattre son sentiment, qu'*Hottinger* composa cet Ouvrage, qui est au jugement de M. *Simon*, le meilleur qu'il ait fait, quoiqu'il n'y soit pas tout-à-fait exact.

2. *Erotematum Linguæ sanctæ libri duo, cum appendice Aphorismorum ad lectionem Bibliorum Hebraïcorum. Tiguri* 1647. *in*-8°.

3. *Le Conducteur Chrétien impartial.* (en Allemand) *Zurich*, 3. *tom. in*-4°. 1647. 1648. 1649. C'est un Ouvrage de Controverse, où l'Auteur prétend défendre la créance de son Eglise sur les principaux points de la Foi.

4. *Thesaurus Philologicus, seu Clavis Scripturæ, quâ quidquid ferè Orientalium, Hebræorum maximè & Arabum habent monumenta de Religione ejusque variis speciebus, Judaïsmo, Samaritanismo, Muhammedismo, Gentilismo, de Theologia & Theologis, Verbo Dei, &c. breviter & aphoristicè ità reseratur & aperitur, ut multiplex inde ad Philologiæ & Theologiæ studiosos fructus redundare possit. Tiguri*

1649. in-4°. 2a editio in qua Samaritica, Arabica, Syriaca suis quaque nativis characteribus exprimuntur. Tiguri 1659. *in*-4°. Comme *Hottinger* étoit dans le Palatinat, lorsqu'on fit cette seconde édition, *Jean Huldric* & *Guillaume Frey* en eurent la direction. *3a editio. Tiguri 1696. in*-4°. J. H. HOTTINGER.

5. *Historia Ecclesiastica Novi Testamenti; Partes IX. Tiguri in*-8°. Les neuf Parties ont été publiées en differens tems. La premiere & la seconde ont paru en 1651. la troisiéme en 1653. la quatriéme en 1654. la cinquiéme en 1655. la sixiéme en 1664. la septiéme en 1665. la huitiéme en 1666. & la neuviéme en 1667. Cette Histoire s'étend depuis Jesus-Christ jusqu'à la fin du seiziéme siecle. Il y a plusieurs choses curieuses; mais la methode y manque, le stile en est rude, & l'Auteur y témoigne trop de passion à l'égard de ceux qui ne sont pas de son sentiment.

6. *Historia Orientalis, quæ ex variis Orientalium monumentis collecta agit. 1. De Muhammedismo ejusque causis tum procreantibus, tum conser-*

J. H. HOTTINGER.

vantibus. 2. *De Saracenismo, seu Religione veterum Arabum.* 3. *De Chaldaïsmo, seu Superstitione Nabatæorum, Chaldæorum, Charranæorum.* 4. *De Statu Christianorum & Judæorum tempore orti & nati Muhammedismi.* 5. *De variis inter ipsos Muhammedanos circà Religionis dogmata & administrationem, sententiis, schismatis, & hæresibus excitatis.* 6. *Accessit, ex occasione Genealogiæ Muhammedis, plenior illustratio Taarich Bene Adam, quâ, ex ipsis Arabum scriptis, vita & res gestæ Prophetarum, Patriarcharum, quorumdam etiam Apostolorum, Regum Persiæ, aliorumque ab Adamo ad Muhammedis usque natales in orbe degentium & regentium, explicantur. Tiguri* 1651. *in*-4°. 2a *editio auctior. Tiguri* 1660. *in*-4°. Personne n'étoit plus en état de nous instruire des affaires de l'Orient, puisqu'il sçavoit la plûpart des Langues qui s'y sont parlé autrefois, & qui s'y parlent à present, comme l'Hebreu, le Syriaque, le Chaldaïque, l'Arabe, le Turc, le Persan & le Copte.

7. *Grammatica Chaldæo-Syriaca*

libri duo, cum triplici appendice Chaldæa, Syra & Rabbinica. Tiguri 1652. *in-8°.* J. H. HOTTINGER.

8. *Analecta Historico-Theologica, octo Dissertationibus proposita.* 1. *De necessitate Reformationis superiori sæculo institutæ.* 2. *De Heptaplis Parisiensis, sive Bibliis Regiis.* (Cette Dissertation avoit déja été imprimée séparément à *Zurich* en 1644. *in-4°.*) 3. *De Jubilæo Judaïco, Christiano & Pontificio.* 4. *Judicia Hebræorum & Arabum de terræ motibus.* 5. *De Usu linguæ Hebrææ contrà Pontificios & Anabaptistas.* 6. *De Usu linguæ Arabicæ in Theologia, Medicina, Jurisprudentia, Philosophia & Philologia.* 7. *Introductio ad Lectionem Patrum.* 8. *De Usu Patrum. Accessit Appendix de Cyrilli Patriarchæ Constantinopolitani confessione, Scripturæ & Patrum testimoniis vestita, vita, scriptis & martyrio. Tyguri* 1653. *in-8°.*

9. *Dissertationum Miscellanearum Pentas.* 1. *De abusu Patrum.* 2. *Catalogus Scriptorum Ecclesiasticorum suppositiorum.* 3. *Specimen Philosophiæ Historicæ.* 4. *Irenicum Helveticum.* 5. *Methodus legendi Historias Helveticas.*

J. H. HOTTIN-GER.

Tiguri 1654. *in*-8°. Ce Recüeil est proprement la suite du précedent. Le Catalogue qui y tient le second rang n'est, selon le P. *Labbe*, qu'une mechante rapsodie de *Cocus* & de *Rivet*, qu'*Hottinger* a augmentée d'un grand nombre de fautes grossieres.

10. *Dissertatio de subsidiis Analyseos sacræ, ubi prolixè de sensu Verborum institutionis Cœnæ Dominicæ. Tiguri* 1654. *in*-4°. On voit par ce titre qu'il s'agit de controverse dans cet Ouvrage.

11. *Juris Hebræorum Leges* 261. *juxtà Legis Mosaïcæ ordinem atque seriem depromptæ, atque ad Judæorum mentem, ductu R. Levi Barzelonitæ, indicatis cujuslibet præcepti fundamento, materia, subjecto, fine, accidentibus, transgressoris pœna, propositæ. Tiguri* 1655. *in*-4°. *Heidegger* se plaint de ce que cet Ouvrage n'est pas aussi parfait qu'il auroit pû l'être.

12. *Collegium Sapientiæ restitutum, sive Oratio sæcularis de Collegio Sapientiæ quod Heidelbergæ est. Accesserunt notæ de Heidelbergensis Acade-*

miæ origine, progressu, privilegiis, &c. Heidelbergæ 1656. *in*-4°. J. H. HOTTINGER.

13. *Smegma Orientale sordibus Barbarismi, contemptui præsertim Linguarum Orientalium oppositum. Heidelbergæ* 1657. *in*-4°. C'est un Recüeil de huit Dissertations d'*Hottinger* sur l'utilité & l'usage des Langues Orientales.

14. *Promptuarium, sive Bibliotheca Orientalis; exhibens Catalogum sive Centurias aliquot tam Auctorum, quam Librorum Hebraïcorum, Syriacorum, Arabicorum, Ægyptiacorum; addita Mantissa Bibliothecarum aliquot Europæarum. Heidelbergæ* 1658. *in*-4°. Le jugement que M. *Baillet* porte d'*Hottinger* à l'occasion de cet Ouvrage, ne lui est pas favorable. » Il n'est pas, dit-il, fort exact » dans cette Bibliotheque non plus » que dans tout ce qu'il a fait, & » quoique ses Livres ayent eu quel- » que cours, à cause des matieres » curieuses qu'il s'est proposé d'y » traiter, néanmoins il n'est point » dans la réputation d'un bon Ecri- » vain, ni parmi ceux de sa Com- » munion, ni parmi ceux de son

J. H. HOTTINGER.

» Pays, comme je l'ai appris de » M. *Morel* celebre Antiquaire de » *Berne*.

15. *Grammatica quatuor Linguaguarum Hebraïcæ, Chaldaïcæ, Syriacæ & Arabicæ harmonica, ità perspicuè instituta, ut ad Linguam Hebraïcam, tanquam matrem cæterarum etiam ceu filiarum linguarum accommodentur præcepta. Cui accedit Technologia Linguæ Arabicæ Historico-Theologica. Heidelbergæ* 1658. *in*-8°.

16. *Cippi Hebraïci, sive Hebræorum tam veterum, Prophetarum, Patriarcharum, quam recentiorum, Tannæorum, Amoræorum, Rabbinorum monumenta, Hebraïce à Judæo quodam, teste oculato, tum intrà, tum extrà Terram sanctam observata & conscripta. Nunc verò Latinitate donata notisque illustrata. Accedunt Dissertationes*: 1. *De variis Orientis monumentis, mensuris & inscriptionibus.* 2. *De nummis Orientalium, Hebræorum maximè & Arabum.* 3. *Elenchus Tractatuum ab Autore editorum Heidelbergæ* 1659. *in*-8°. 2a *editio auctior. Heidelbergæ* 1661. *in*-8°.

17. *Primitiæ Heidelbergenses, sive*

Tomus Disputationum, à restituta Academia, ab Autore tam publicè, quam privatim habitarum. 1 De mediis explicandæ Scripturæ sacræ. 2. De Reformationis causa efficiente & materiali. 3. De usu Scriptorum Hebraïcorum in Novo Testamento. 4. Meletemata Irenica. 5. Sabbathismus, sive Dissertationes de Sabbatho Judaïco, Christiano, Mariano, Muhammedico, Gentili. 6. Idolographia Veteris Testamenti. Heidelbergæ 1659. in-4°. J. H. HOTTINGER.

18. *Historiæ Creationis Examen Theologice-Philologicum, ità institutum, ut Opera sex dierum ex primo Geneseos capite strictim enarrentur, singulæ penè voces obscuriores cum primis & emphaticæ, quæstionibus 164. elucidentur, & ad varios usus accommodentur. Heidelbergæ 1659. in-4°.*

19. *Duæ Quæstionum Philologico-Theologicarum Centuriæ de Theologia Disputationibus triginta in Collegio Sapientiæ discussæ. Heidelbergæ 1659. in-4°.*

20. *Dissertationum Theologico-Philologicarum fasciculus. 1. De Resurrectione mortuorum. 2. De notis Ecclesiæ visibilis. 3. De translationibus Biblio-*

J. H. HOTTINGER.

rum in varias Linguas vernaculas. 4. *De nominibus Dei Orientalium, publicè ventilatus in Academia Heidelbergensi. Accedit Mantissa doctrinæ Hebræorum de Essentia Dei, variisque ejus attributis. Heidelbergæ* 1660. *in*-4°. Ce sont des Theses qu'il avoit fait soûtenir en differens tems.

21. *Cursus Theologicus Methodo Altingiana expositus; cui accedit Urim, id est, Oratio Theologi ideam nobis exhibens Theoretici. Heidelbergæ* 1660. *in*-8°. It. *auctior. Tiguri* 1666. *in*-8°.

22. *Etymologicum Orientale, sive Lexicon Harmonicum Heptaglotton; cum Præfatione de gradibus studii Philologici, & Apologetico brevi contrà Abrahamum Eccbellensem Maronitam. Francofurti* 1661. *in*-4°. Les sept Langues contenuës dans ce Lexicon, sont l'Hebraïque, dont *Hottinger* prétendoit que toutes les autres Langues Orientales dérivoient, la Chaldaïque, la Syriaque, l'Arabe, la Samaritaine, l'Ethiopienne, & la Rabbinique. L'apologie contre *Abraham Ecchellensis* tend à refuter ce qu'il avoit avancé dans la Préface de son *Catalogne des Li-*

vres Chaldéens d'Hebed Jesu, que *Selden*, *Hottinger*, *Callixte*, *Louis de Dieu*, *Constantin l'Empereur*, *Saumaise* & les autres Protestans, qui s'étoient appliquez aux Langues Orientales, ne les avoient pas souvent entenduës, & s'étoient trompez lorsqu'ils avoient voulu s'en servir pour expliquer l'Ecriture.

J. H. HOTTINGER.

23. *Compendium universæ Theologiæ Judaïcæ, Methodo Scolastica exhibitum. Heidelbergæ* 1661. *in*-8°.

24. *Epitome utriusque juris Judaïci, Aphorismis Maimonidis exhibita, locis Scripturæ, unde deprompti sunt, confirmata & notis generalibus illustrata. Heidelbergæ* 1661. *in*-8°. Cet Ouvrage est joint au précédent.

25. *Compendium Theologiæ Christianæ Ecclesiarum Orientalium, Syrorum cum primis, Æthiopum, Arabum, & Ægyptiorum. Heidelbergæ* 1661. *in*-8°.

26. *Archæologia Orientalis exhibens* 1. *Compendium Theatri Orientalis.* 2. *Topographiam Ecclesiasticam Orientalem. Heidelbergæ* 1662. *in*-8°.

27. *Enneas Dissertationum Philologico-Theologicarum Heidelbergen-*

J. H. HOTTINGER. *sium. Tiguri* 1662. *in*-4°. Les neuf Dissertations contenuës dans ce Recüeil, sont 1. *De Libris Veteris Testamenti suppositiis.* 2. *De probatione Abrahami. ex Gen.* 22. 3. *De Paradiso.* 4. *De Ministerii Ecclesiastici necessitate.* 5. *De Baptismo.* 6. *De Melchisedeco, annexa brevi Apologia contrà Labbæum Jesuitam.* 7. *De Causis Cœnæ Dominicæ.* 8. *De Leone Allatio nimiæ temeritatis convicto, & perpetuo Ecclesiarum Latinæ & Græcæ dissensu.* 9. *Compendium Theologiæ Judaïcæ.*

28. *Bibliothecarius quadri-partitus. Tiguri* 1664. *in*-4°. Cet Ouvrage est fort peu de chose. L'ordre n'en vaut rien, & il n'y a rien d'exact ; d'ailleurs l'édition fourmille de fautes.

29. *Schola Tigurinorum Carolina. Tiguri* 1664. *in*-4°. *Hottinger* se propose de prouver dans cet Ouvrage que le College de *Zurich* a été fondé par *Charlemagne*, il y ajoûte une liste des Livres que les Savans de cette Ville ont composez avant & après la Reformation.

30. *Eucharistia defensa. Tiguri* 1663. *in*-8°. C'est un Ouvrage de Controverse.

31. *Speculum Helvetico-Tigurinum. Tiguri* 1666. J. H. HOTTINGER.

32. *Lettre sur les impostures des faux Messies des Juifs, & principalement sur celles de Schabbethai Sevi.* (en Allemand) *Zurich* 1666. *Hottinger* n'a point mis son nom à cette Lettre.

33. *Gymnasii Theologici Disputationes quinque. Tiguri* 1666. *in*-4°.

34. *Hottinger* a aussi travaillé à revoir la Traduction Allemande de la Bible, en qualité de Président des Commissaires nommez pour ce sujet.

V. *Historia Vitæ & Obitus J. H. Hottingeri. Autore J. H. Heideggero. Tiguri* 1667. *in*-12. & *Hottingeri Cippi Hebraïci.*

NICOLAS CALLIACHI.

NICOLAS *Calliachi* naquit à *Candie* en 1645. d'une bonne famille de cette Isle, dans le tems que les Turcs l'assiegeoient. Il en sortit en 1655. à l'âge de dix ans, & alla étudier à *Rome* au College N. CALLIACHI.

N. CAL-LIACHI. Gregorien, sous les habiles Maîtres qui y enseignoient alors.

Après neuf années d'étude il fut reçu Docteur en Philosophie & en Theologie. Sa réputation commença dès-lors à être si grande, que *Thomas Flangini* fameux Jurisconsulte, natif de l'Isle de *Chypre*, ayant établi à *Venise* un Seminaire pour l'instruction des Grecs, à l'imitation du College Romain, *Calliachi* fut appellé en 1666. pour y professer les Langues Latine & Greque, & la Philosophie d'*Aristote*, ce qu'il fit pendant onze ans, d'une maniere qui lui fit beaucoup d'honneur.

Jean B. Negroni de *Corfou*, qui avoit enseigné pendant plusieurs années à *Padoue* la Logique d'*Aristote*, étant venu à mourir en 1677. *Calliachi* fut choisi pour remplir sa place, qu'il garda jusqu'en 1681. Il succeda alors à *Pierre Franzano*, premier Professeur en Philosophie, qui mourut dans ce tems.

Ottavio Ferrari Professeur de Rhetorique à *Padoue*, étant aussi mort le 7. Mars 1682. *Calliachi* quitta la chaire

chaire de Philosophie pour prendre celle de Rhetorique, qu'il a conservée jusquà sa mort. N. CALLIACHI.

Il mourut à *Padoue* après de longues infirmitez le 8. May 1707. âgé de 62. ans.

On a de lui quelques Discours qu'il prononça en diverses circonstances, entre autres celui qu'il fit le 23. Avril 1687. en prenant possession de sa chaire de Rhetorique. Il se propose d'y montrer qu'on ne peut être excellent Orateur, sans être un Philosophe parfait. On voit bien qu'il vouloit se justifier sur le changement qu'il avoit fait. Ce Discours a été imprimé à *Padoue* en 1687. *in*-4°.

Il a laissé plusieurs Ouvrages manuscrits, dont il n'a été publié que le suivant.

De Ludis Scenicis Mimorum & Pantomimorum Syntagma Posthumum, quod è tenebris erutum recensuit, ac præfatione auctum Petro Garzonio Senatori amplissimo dicavit Marcus Antonius Madero, Venetæ D. M. Bibliothecæ Curator. Patavii 1713. *in*-4°. *pp*. 98. It. dans le second tome du

N. CALLIACHI. *Novus Thesaurus Antiquitatum Romanarum* de *Sallengre*. Ce Traité, qui fait connoître le Theatre Grec & Romain mieux qu'on ne l'avoit connu jusque-là, étoit resté dispersé parmi les papiers de l'Auteur, qui étoit mort sans y avoir mis la derniere main ; le dernier chapitre est même demeuré imparfait. L'Ouvrage est curieux & merite d'être lû.

V. *Patin. Lycæum Patavinum*, & la vie de *Calliachi* par M. A. *Madero* à la tête de l'Ouvrage précédent.

JEAN DONNE.

JEAN DONNE. *JEAN Donne* naquit à *Londres* l'an 1574. Son pere étoit Marchand de cette Ville, originaire du Pays de Galles, où sa famille avoit été considerable ; & sa mere descendoit du fameux Chancelier d'Angleterre *Thomas Morus*.

Il fut instruit dans la maison paternelle par un Précepteur particulier jusqu'à l'âge de dix ans, &

il y fit de grands progrès dans la langue Latine, & dans la Françoise, qu'on lui apprit en même tems. JEAN DONNE.

En 1584. on l'envoya à *Oxford*, où il demeura trois ans, & il s'y rendit si habile sous les differens Maîtres dont il prit les leçons, qu'on disoit que ce siecle avoit produit un nouveau *Pic de la Mirande*, dont l'Histoire rapporte que sa science étoit plus infuse qu'acquise.

Il étoit fort en état de prendre des degrez dans cette Université, mais il en fut détourné par ses amis, qui étant Catholiques Romains, avoient de l'éloignement pour le serment qu'on prête en cette occasion.

Vers sa quatorziéme année il passa d'*Oxford* à *Cambrige*, où il demeura jusqu'à l'âge de dix-sept ans, occupé de ses études, mais toûjours sans dessein de prendre aucun degré.

Il retourna ensuite à *Londres*, où il étudia pendant deux ans en Droit; étude dans laquelle il se distingua, mais dont il ne fit dans la suite aucun usage.

JEAN DONNE.

Son pere mourut vers ce tems-là, & lui laissa pour sa part trois mille livres sterling. Sa mere, qui l'aimoit beaucoup, continua à prendre un soin particulier de son éducation, & lui donna de nouveaux Maîtres pour les Mathematiques, & les autres sciences qui lui restoient à apprendre.

Il n'avoit point eu jusques-là de sentimens fixes sur la Religion. Sa mere & plusieurs de ses Maîtres, qui étoient Catholiques, s'efforçoient de lui inspirer leurs sentimens, pendant qu'il se voyoit entourré de personnes, qui en avoient d'autres entierement opposez, & dont l'exemple ne pouvoit manquer de faire impression sur lui.

Il commença à l'âge de 19. ans à songer à prendre son parti, & à examiner les Matieres de Controverse, pour sçavoir à quoi il se détermineroit. Il lût les Ouvrages de *Bellarmin*, & se livra avec tant d'ardeur à cette lecture qu'il l'acheva au bout d'un an, & montra alors au Doyen de *Glocester* tous les Ouvrages de ce Cardinal apostillez de

JEAN DONNE.

sa main. Mais il ne retira pas de cette lecture le fruit qu'il auroit pû en esperer, si son esprit & son cœur avoient été libres de tous préjugez; il penchoit déja du côté du Protestanisme, & ce penchant affoiblissoit à son égard les preuves les plus solides de la Religion Catholique. La prétenduë Reformation lui sembla le meilleur parti, & il se détermina à l'embrasser.

Il songea ensuite à voyager. Il accompagna d'abord le Comte d'*Essex* en Irlande, d'où il alla en Italie, & ensuite en Espagne. Il avoit eu, lorsqu'il s'étoit trouvé à l'extremité de l'Italie, une grande envie de passer dans la Terre Sainte, pour voir *Jerusalem* & le saint Sepulchre; mais le manque de compagnie, la crainte des dangers, & la difficulté de se faire tenir de l'argent, l'obligerent à se priver de cette satisfaction.

Peu de tems après son retour en Angleterre, le Lord *Elsemore* Garde du Grand Sceau & Chancelier d'Angleterre, ayant entendu parler de sa science, de son habileté dans

JEAN DONNE.

la connoiſſance des Langues, & de ſes autres talens, le prit pour ſon premier Secretaire, dans le deſſein de le pouſſer encore plus loin. Il ſe rendit dans ce poſte ſi agréable à ſon Maître, qu'il en uſa toûjours avec lui plûtôt comme avec un ami, que comme avec un domeſtique, qu'il le faiſoit manger à ſa table, & ſe plaiſoit à s'entretenir avec lui.

Pendant qu'il demeuroit chez lui, il devint amoureux d'une jeune Demoiſelle, qui étoit niéce de Madame *Elſemore*, & fille de *George Moor*, Chancelier de l'Ordre de la Jarretiere, & Lieutenant de la Tour.

Le pere ne fut pas long-tems à s'en appercevoir, & jugea à propos de prévenir les mauvaiſes ſuites que cét amour pourroit avoir, en envoyant ſa fille à ſa maiſon de *Lotheſley*. Mais il étoit trop tard, car ils s'étoient déja fait des promeſſes ſi fortes, que rien ne ſembloit pouvoir alterer l'amour qu'ils ſe portoient l'un à l'autre. Leur ſeparation fut même inutile, puiſqu'ils trouverent le moyen de ſe voir, &

même de se marier ensemble secretement.

JEAN DONNE.

George Moor l'ayant appris, en fut si irrité, qu'il alla sur le champ prier le Chancelier de chasser *Donne* de chez lui. Ce Magistrat ne pût le lui refuser; mais en congédiant son Secretaire, il lui fit connoître l'estime qu'il avoit pour lui, en lui disant, qu'*il étoit plus propre pour être le Secretaire d'un Roi, que d'un Sujet.*

La vengeance de *Moor* ne se borna pas à cela; il le fit mettre en prison avec *Samuel Brook*, qui les avoit mariez, & *Christophe Brook* son frere, qui y avoit servi de témoin.

Donne fut élargi peu de tems après, mais il ne se trouva pas pour cela dans un état de tranquillité. Il lui fallut paroître en Justice, & y soûtenir la bonté de son mariage, par une infinité de procedures, qui ne pouvoient être qu'onéreuses à un homme, qui n'avoit pas beaucoup de bien.

Lorsque le premier feu de l'animosité de *Moor* fut passé, il commença à refléchir sur les bonnes

JEAN DONNE.

qualitez de *Donne*, qui firent alors tant d'impression sur lui, qu'il s'adoucit entierement à son égard, & que pour lui donner des marques du changement qui s'étoit fait en lui, il pria le Chancelier de vouloir bien le reprendre à son service; ce que celui-ci refusa, croyant qu'il ne convenoit point à un Magistrat de prendre ou de congédier des domestiques, suivant les fantaisies ou les passions des autres.

Quelque tems après *Moor* lui rendit sa femme, qui jusques-là avoit été separée de lui; mais il ne voulut pas contribuer en la moindre chose à leur entretien, ni leur rien donner, ce qui les mit fort à l'étroit; car la plus grande partie du bien de *Donne* avoit été dépensée en voyages, en livres, & en autres choses semblables, outre qu'il n'avoit plus d'emploi. La crainte de voir sa femme dans le besoin, après avoir été jusques-là dans l'abondance, le plongeoit dans le chagrin; mais la générosité de *François Wolly* de *Pirford* l'en retira, en prévenant leurs besoins. Il les prit chez lui,

lui, & leur fournit toutes les choses qui leur étoient necessaires, avec une bonté qui ne faisoit qu'augmenter à mesure que leur famille croissoit, car ils avoient tous les ans un enfant.

JEAN DONNE.

Donne & sa femme demeurerent dans cette maison jusqu'à la mort de leur bienfaiteur, après laquelle ils furent obligez de prendre leur parti. Mais ils n'étoient plus embarassez de le faire; car *Moor* s'étoit quelque tems auparavant reconcilié parfaitement avec son gendre, & s'étoit obligé de lui payer 800. liv. sterl. pour la dotte de sa fille, & de lui donner jusqu'au payement de cette somme celle de 20. liv. par quartier.

Ainsi *Donne* loüa une maison à *Micham*, près de *Croydon*, dans le Comté de *Surrey*, qui est un lieu renommé par son bon air & par la bonne compagnie qui s'y trouve, pour y loger sa femme & ses enfans. Il prit aussi un appartement à *Londres* près de *White-Hall*, où il alloit souvent. Ses amis voulurent lui persuader de s'établir entierement

JEAN DONNE.

à *Londres*, mais il le refusa long-tems, & ne se rendit à leurs instances qu'après plusieurs années.

Lorsqu'il se fut fixé à *Londres*, plusieurs personnes de consideration s'employerent auprès du Roi pour lui faire donner quelque emploi. Ce Prince le connoissoit, & se faisoit quelquefois un plaisir de l'entretenir ; ainsi il avoit sujet d'esperer qu'il lui feroit du bien. Un jour la conversation étant tombée sur le serment de Supremacie & d'Allegeance que quelques-uns refusoient de prêter, *Donne* parla sur cette matiere d'une maniere si nette, que le Roi lui ordonna de mettre par écrit les raisons de ceux qui refusoient de prêter le serment & leur refutation ; ce qu'il fit aussi-tôt par un Livre qu'il composa en six semaines, & qu'il intitula *Pseudo-Martyr*.

La lecture de ce Livre prévint si fort le Roi en faveur de sa capacité, qu'il se mit en tête d'engager son Auteur dans le Ministere, quelque répugnance qu'il témoignât alors pour cet état, & qu'il refusa tous les postes seculiers qu'on lui demanda pour lui.

JEAN DONNE.

Donne fut trois ans avant que de se rendre aux instances du Roi, & ce ne fut qu'au bout de ce tems, qu'il se détermina à recevoir les Ordres, qui lui furent conferez par M. *King* alors Evêque de *Londres.*

Le Roi le fit aussi-tôt après son Chapelain ordinaire, & lui promit d'avoir soin de son avancement. Un voyage qu'il fit avec ce Prince à *Cambrige* lui donna occasion de s'y faire recevoir Docteur en Theologie.

A peine en fut-il de retour, qu'il eut le chagrin de perdre sa femme. Il fut si frappé de cette perte, qu'il se retira du monde pendant quelque tems, sans vouloir être visité de personne: il en avoit eu 12. enfans, & il lui en restoit sept, à l'éducation desquels il résolut de se donner, sans songer à un nouveau mariage.

Gataker, qui étoit Prédicateur de la Societé des Avocats, dite de *Lincoln*, ayant été fait Curé en 1611. on offrit sa place à *Donne*,

JEAN DONNE.

& on l'engagea à l'accepter.

Il fit un voyage en Allemagne quelque tems après avec le Lord *Hay* Comte de *Doncaster* Ambassadeur du Roi *Jaques I.* & ne revint à *Londres* qu'au bout de quatorze mois. Ce voyage lui fut très-utile pour rétablir sa santé, que l'étude & le travail avoient extrêmement alterée.

Un an après son retour, c'est-à-dire l'an 1621. le Docteur *Cary*, Doyen de S. Paul de *Londres*, fut fait Evêque d'*Exeter*, & le Roi lui donna *Donne* pour successeur dans son Doyenné.

Ce Benefice le mit fort au large, & il fit à cette occasion un acte de générosité à l'égard de son beau-pere. Car lorsqu'il vint après son installation lui payer son quartier, il refusa de le recevoir, & lui rendit même le Contrat qu'il lui avoit fait, en lui disant qu'il avoit assez de bien, & qu'il ne lui en falloit pas davantage.

Il lui en vint cependant encore, ayant eu aussi-tôt après le Vicariat de S. *Dunstan* à *Londres*.

JEAN DONNE.

La même année il eut l'honneur d'être choisi pour Orateur de la Convocation, & d'être nommé par le Roi pour prêcher en plusieurs occasions d'éclat. Quelques rapports que l'on fit à ce Prince à l'occasion de ses Sermons lui auroient fait encourir sa disgrace, s'il y avoit ajoûté foi. On lui dit que *Donne* avoit fait entendre dans un de ses discours qu'il penchoit vers le *Papisme*, & qu'il avoit décrié son Gouvernement ; mais cette accusation lui parut si étrange, qu'il voulut s'en éclaircir avec *Donne*, qui n'eut point de peine à détruire la calomnie.

Il est mort le dernier jour du mois de Mars 1631. âgé de 57. ans, & a été enterré dans l'Eglise de saint Paul, où l'on lui mit cette Epitaphe, qu'il s'étoit faite lui-même.

Joannes Donne
Sac. Theol. Professor
Post varia studia, quibus ab annis tenerrimis
Fideliter nec infeliciter incubuit;
Instinctu & impulsu Spiritus-sancti,
Monitu & hortatu

JEAN DONNE.

Regis Jacobi
Ordines sacros amplexus
Anno sui Jesu 1614.
Et suæ ætatis 42.
Decanatu hujus Ecclesiæ indutus
27. *Novembris* 1621.
Exutus morte ultimo die Martii 1631.
Hic licet in occiduo cinere
Aspicit eum,
Cujus nomen est Oriens.

Catalogue de ses Ouvrages.

1. *Pseudo-Martyr. Traité où l'on fait voir que les Catholiques Romains d'Angleterre peuvent & doivent prêter le serment d'Allegeance.* (en Anglois) *Londres* 1610. *in*-4°. J'ai rapporté ci-dessus l'occasion qui lui fit composer cet Ouvrage.

2. *Sermon sur le* 20. *verset du ch.* 5. *des Juges.* (en Anglois) *Londres* 1622. *in*-4°.

3. *Sermon sur Isaïe chap.* 50. ℣. 1. (en Anglois) *Londres* 1626. *in*-4°.

4. *Sermon sur le* ℣. 13. *du ch.* 3. *de la seconde Epitre de S. Pierre.* (en Anglois) *Londres* 1627. *in*-8°.

5. *Quatre-vingt Sermons prononcez en differentes occasions.* (en Anglois) *Londres* 1680. *fol.*

6. *Pratiques de devotion pour les maux pressans de la vie.* (en Anglois) *Londres* 1624. *in*-8°. JEAN DONNE.

7. *La fragilité du monde, Poëme fait à l'occasion de la mort prématurée d'Elizabeth Drurey.* (en Anglois) *Londres* 1628. *in*-8°. It. *Ibid.* 1633.

8. *Juvenilia* ou *Problêmes & Paradoxes.* (en Anglois) *Londres* 1633, *in*-4°. Ces Poësies qu'il composa à l'âge de 18. ans sont pleines d'esprit. Une partie a été traduite en *Flamand* par *Constantin Hugonius*, à la sollicitation du Roi *Charles II.* qui croyoit que le stile de *Donne* étoit inimitable à l'égard des Hollandois & des Allemans.

9. *Poëmes sacrez, & Lettres au Sieur Henri Goodere.* (en Anglois) *Londres* 1633. *in*-4°.

10. *Poëmes, Satyres, Lettres, Eloges funebres, &c.* (en Anglois) *Londres* 1635. *in*-4°. Les Lettres sont ingénieuses.

11. *Biathanatos. Ouvrage où l'on fait voir que l'homicide de soi-même n'est pas tellement un peché, qu'il ne puisse jamais être permis.* (en Anglois) *Londres* 1648. *in*-4°. It. *Londres*

JEAN DONNE.

1664. *in*-4°. L'Auteur composa cet Ouvrage pernicieux dans sa jeunesse, & on ne l'imprima qu'après sa mort. La lecture en fut funeste, selon *Morhof* [a] à plusieurs, qui se livrant à la mélancolie, trop ordinaire à la Nation, trouverent ses raisons assez bonnes pour les mettre en pratique, & se donnerent eux-mêmes la mort. Il est étonnant qu'un homme aussi pieux que l'Auteur de sa vie le represente, ait composé un semblable Ouvrage, ou du moins ne l'ait point jetté au feu dans la suite.

12. *Fasciculus Epigrammatum Miscellaneorum. Londini* 1652. *in*-8°. Ces Poësies Latines sont accompagnées d'une traduction Angloise de *Gaspar Mayne*, Professeur en Theologie.

13. *Essais de Theologie.* [en Anglois] *Londres* 1652. *in*-8°. Ces Essais ont été imprimez par les soins de son fils *Jean Donne*, Professeur en Droit Civil.

14. *Conclave Ignatii, sive Ejus in Nuperis Inferni Comitiis inthronisatio.*

(a) Polyhist. tom. 1. lib. 6.

Accessit & Apologia pro Jesuitis. Londini 1653. *in*-8°. It. 1680. *in*-8°. On peut voir par ce titre que l'Ouvrage est entierement satyrique. JEAN DONNE.

V. sa vie en Anglois par *Isaac Walton. Londres* 1658. *in*-12. *Wood Athenæ Oxonienses.*

JEAN GALLOIS.

JEAN *Gallois* naquit à *Paris* le 14. Juin 1632. d'*Ambroise Gallois* Avocat au Parlement, & de *Françoise de Launay.* J. GALLOIS.

Son inclination pour les Lettres se declara de bonne heure, & il s'y donna d'autant plus volontiers, qu'il s'étoit destiné à l'Etat Ecclesiastique, & qu'il reçut dans la suite l'Ordre de Prêtrise.

Son devoir lui fit tourner ses principales études du côté de la Theologie, de l'Histoire Ecclesiastique, des Peres, de l'Ecriture sainte, & des Langues Orientales : mais il ne renonça pas pour cela à la Physique & aux Mathématiques, ni à l'Histoire Profane, ni aux Langues

J. GALLOIS.

vivantes, telles que sont l'Italien, l'Espagnol, l'Anglois & l'Allemand; car l'ardeur qu'il avoit de sçavoir lui fit embrasser tout cela. Il possedoit au souverain degré la science des Livres; desorte que rien ne lui manquoit, en quelque genre de litterature que ce fût.

Le premier Ouvrage que l'on vit de lui fut une Traduction Latine du *Traité de Paix des Pyrenées*, imprimée à *Paris* par ordre du Roi en 1660. *in-fol.* Mais son nom devint bientôt plus illustre par le *Journal des Sçavans.*

M. *de Salo* ayant conçû le dessein de cet Ouvrage, s'associa M. l'Abbé *Gallois*, qui par la varieté de son érudition sembloit né pour ce travail, & qui de plus sçavoit le François & écrivoit bien, ce qui ne se trouve pas souvent dans ceux qui sçavent tant de choses.

Le premier Journal parut le Lundi 5. Janvier 1665. mais il le prit sur un ton trop haut, & censura la plûpart des Ouvrages nouveaux avec une liberté qui ne pouvoit manquer de révolter les Auteurs.

J. GALLOIS.

Ils se soûleverent effectivement ; le Journal fut arrêté au bout de trois mois, & M. *de Salo* l'abandonna entierement, après avoir donné le treiziéme, qui fut publié le 30. Mars 1665.

M. *Gallois*, qui s'étoit chargé de le continuer, crut devoir laisser passer le reste de l'année, sans en rien donner, pour laisser aux mécontens le tems de s'appaiser. Il ne mit au jour le premier de ses Journaux que le Lundi 4. Janvier 1666. Ce Journal fut précedé d'un petit avertissement pacifique, où après avoir avoüé, *que c'étoit entreprendre sur la liberté publique, & exercer une espece de tyrannie dans l'Empire des Lettres, que de s'attribuer le droit de juger des Ouvrages de tout le monde* ; il assuroit qu'*il s'attacheroit desormais à bien lire les Livres, pour en pouvoir rendre un compte plus exact qu'on n'avoit fait jusqu'à lors.* La critique ne perdoit pas beaucoup à cette transformation de *jugement*, en *compte exact* ; mais cette derniere expression allarmoit beaucoup moins les Auteurs. La protection de M. *Colbert*, qui

J. GALLOIS.

touché de l'utilité & de la beauté du Journal, prit du goût pour cet Ouvrage, & bien-tôt après pour son Auteur, acheva sans doute de désarmer ceux qui s'étoient d'abord opposé à sa publication.

M. *Gallois* continua d'y travailler jusqu'en 1674. mais son travail ne fut pas toujours également soûtenu pendant cet intervalle, & les dernieres années furent sujettes à de grandes interruptions.

En 1668. M. *Colbert* lui donna une place dans l'Academie des Sciences, presque encore naissante, avec la fonction de Secretaire en l'absence de M. *du Hamel*, qui fut deux ans hors du Royaume. Ce Ministre, qui concevoit de plus en plus de l'affection pour lui à mesure qu'il le connoissoit, le prit chez lui en 1673. & lui donna toûjours une place à sa table & dans son carosse.

Cette même année M. *Gallois* fut reçu à l'Academie Françoise. La suivante il quitta le Journal des Sçavans, qu'il remit entre les mains de M. *de la Roque*. Il étoit trop occupé auprès de M. *Colbert* & d'ailleurs ce travail étoit trop assujettissant pour un génie naturellement aussi libre que le sien. Il ne résistoit pas aux charmes d'une nouvelle lecture qui se presentoit, & d'une curiosité soudaine qui le saisissoit, & la regularité qu'exige un Journal leur étoit sacrifiée.

J. GALLOIS.

Il perdit M. *Colbert* en 1683. Quoiqu'il eût employé le crédit qu'il avoit auprès de ce Ministre pour faire du bien aux gens de Lettres, il n'avoit presque rien fait pour lui-même. Il n'avoit qu'une pension modique de l'Academie des Sciences, & une Abbaye d'un revenu si mediocre, qu'il fut obligé de s'en défaire dans la suite. M. de *Seignelai* lui donna la place de Garde de la Bibliotheque du Roi, dont il disposoit; mais la Bibliotheque étant sortie de ses mains, il récompensa M. *Gallois* par une place de Professeur en Grec au College Royal, & par une pension particuliere qu'il lui obtint du Roi sur les fonds de ce College, attachée à une espece d'inspection generale.

J. GALLOIS. Lorsque l'Academie des Sciences commença, par les soins de M. l'Abbé *Bignon*, à sortir d'une espece de langueur où elle étoit tombée, ce fut M. *Gallois* qui mit en ordre les Memoires de cette Academie, qui parurent en 1692. & 1693. & qui eut soin d'en épurer le stile. Mais la grande varieté de ses études interrompit quelquefois ce travail qui avoit des tems prescrits, & le fit enfin cesser.

Au renouvellement de l'Académie en 1699. il fut mis dans la classe des Géometres. Pour remplir les fonctions de cette place, il entreprit de travailler sur la Géométrie des Anciens, & principalement sur le Recüeil de *Pappus*, dont il vouloit faire imprimer le texte Grec, qui ne l'avoit jamais été, & corriger la traduction Latine qui est fort défectueuse. Mais ce n'a été qu'un projet qui n'a pas eu son execution.

Le goût de l'Antiquité, qui l'avoit porté à cette entreprise, le rendit peu favorable à la Géométrie des infinimens petits embrassée par la plûpart des Modernes, & il l'attaqua ouvertement. J. GALLOIS.

Il est mort le 19. Avril 1707. dans sa 75. année, & a été enterré à S. Etienne du Mont, Paroisse sous laquelle il étoit né.

Il étoit d'un tempérament vif, agissant & fort gai, d'une imagination fertile, & d'un esprit pénétrant. Il n'avoit d'autre occupation que les Livres, ni d'autre divertissement que d'en acheter. Il avoit rassemblé plus de douze mille volume, considerables par leur merite ou par leur rareté, dont le Catalogue a été imprimé à Paris en 1710. *in*-12.

Son désinteressement a paru par la conduite qu'il a tenuë avec M. *Colbert*. Charitable à l'égard des pauvres, il leur donnoit tout; il ne s'étoit reservé sur l'Abbaye de *S. Martin de Cores*, qu'il avoit possedée, qu'une pension de 600. livres, qu'il laissoit même à son successeur, pour être distribuée aux pauvres du Pays.

On trouve dans la Bibliotheque Historique de la France du P. *le*

J. GALLOIS. *Long*, p. 958. des *Remarques de l'Abbé Gallois sur le Projet de l'Histoire de France, dressé par M. du Cange.*

Le P. *le Long* dit aussi qu'on lui attribuë un Livre intitulé : *Reflexions d'un Académicien sur la vie de M. Descartes. La Haye 1692. in-12.* Il n'est pas cependant de lui, mais du P. *Michel le Tellier*, Jesuite.

Il ne faut pas confondre *Jean Gallois* dont je parle, avec le Sieur *le Gallois* dont on a un *Traité des plus belles Bibliotheques de l'Europe. Paris 1689. in-12. & Amsterdam 1697. in-12.* Ouvrage dont le titre promet beaucoup, mais où l'on ne trouve rien qui y réponde.

V. son éloge *Hist. de l'Acad. des Sciences an. 1707.*

JAQUES CUJAS.

J. CUJAS. JAQUES *Cujas* naquit à *Toulouse* l'an 1520. comme il est porté par son testament, fait le jour de sa mort, & non pas l'an 1522. comme quelques-uns l'ont prétendu.

prétendu. Sa naissance n'avoit rien J. CUJAS. que de très-commun, & ses parens étoient de la lie du peuple. *Teissier* fait dire à *Papyre Masson* qu'il étoit fils d'un foulon ; ce Sçavant n'en dit cependant rien.

Quoiqu'il en soit, la nature dédommagea *Cujas* de la bassesse de sa naissance par les grands talens dont elle orna son esprit. En effet il vint au monde avec un génie si heureux, que sans le secours d'aucun Maître, il apprit les Langues Grecque & Latine. Il passa ensuite à l'étude du Droit, à laquelle il s'appliqua sous le sçavant *Arnoul Ferrier.* Les connoissances qu'il acquit dans cette science le mirent en état d'instruire lui-même les autres. Il rechercha une chaire qui vint à vaquer à *Toulouse* ; mais on lui préfera *Etienne Forcadel.*

Ses Panégyristes se recrient fort sur l'injustice qu'on lui fit en cette occasion & sur le peu de merite de celui qu'on choisit à son préjudice. Mais l'Auteur de la *Bibliotheque Françoise* [a] prétend qu'ils ont tort

(a) Tom. I. p. 275.

J. CUJAS. pour deux raisons. 1°. Parce qu'on n'a nulle certitude que *Cujas* ait entré en dispute, & qu'on en a qu'il n'a pas disputé. On voit bien par les Registres du Parlement qu'il donna son nom ; mais il n'est point fait mention de lui dans les Registres de l'Université ; ce qui prouve manifestement qu'il ne fit que se presenter sans aller plus avant. 2°. Parceque, quand il seroit vrai que *Cujas* auroit disputé, il n'y auroit pas tant à se récrier sur la préference donnée à *Forcadel*. *Cujas* n'étoit pas encore le *Grand Cujas*, il n'avoit mis aucun Ouvrage au jour, & son merite n'étoit point encore développé. *Forcadel* au contraire étoit un homme déja connu par plusieurs Ouvrages. La dispute dont on parle se fit en 1554. au rapport de *la Faille* dans ses *Annales de Toulouse*, & l'on peut voir dans la *Bibliotheque de Du Verdier* que *Forcadel* avoit dès-lors publié plusieurs Ouvrages de Droit, & même quantité de Poësies Françoises ; ce qui prouve que ce n'étoit point un competiteur à dédaigner, & que sa réputation pouvoit l'emporter de beaucoup en ce tems là ſur celle de *Cujas*, qui n'avoit encore rien imprimé en aucune Langue. J. CUJAS.

De quelque maniere qu'on enviſage la choſe, il eſt sûr que *Cujas* en fut piqué au vif, & qu'il abandonna la ville de *Toulouſe*, dans le deſſein de n'y jamais retourner. On aſſure que les Toulouſains reconnurent dans la ſuite leur faute, lorſque ſon habileté lui eut fait un nom dans le monde, & qu'ils l'inviterent pluſieurs fois à retourner dans leur Ville, mais qu'il ne leur répondit que par cette lettre courte & fiere.

Senatui P. Q. Tholoſano Jacobus Cujacius.

S. P. D.

Fruſtrà abſentem requiritis, quem præſentem neglexiſtis. Valete.

Cujas en quittant *Toulouſe*, alla à *Cahors*, où il enſeigna quelque tems. *Michel de l'Hopital* alors Chancelier de *Marguerite de France* Ducheſſe de *Berry* l'attira à *Bourges*, & il ſucceda à *François Baudoin*, qui avoit quitté la chaire de Droit qu'il

J. CUJAS. y avoit, pour en aller prendre une autre en Allemagne. Il eut pour collegues dans ce poste *François Duaren* & *Hugues Doneau.* Des disputes qu'il eut avec le premier, firent naître une espece de guerre civile dans l'Université de *Bourges*, & *Cujas* pour le bien de la paix fut obligé de ceder à *Duaren*, & de se retirer à *Valence* en Dauphiné. Il disoit depuis qu'il avoit beaucoup d'obligation à *Duaren*, qui par la peine qu'il lui avoit causée, l'avoit obligé de s'appliquer davantage à l'étude du Droit, que sa grande jeunesse eut pû lui faire abandonner, & à pousser plus loin ses connoissances.

Ce qui l'engagea à aller à *Valence* fut l'invitation de *Bertrand de Simiane*, Seigneur de *Gordes*, Lieutenant General du *Dauphiné*, qui apparemment eut aussi quelque part à l'honneur que le Roi fit à *Cujas* de lui permettre de prendre séance au Parlement de *Grenoble*, parmi les Conseillers, comme un des plus illustres Interprétes des Loix; privilege qu'il ne refusa point, mais dont il ne voulut jamais se servir. J. CUJAS.

Emanuel Philibert Duc de Savoye l'attira ensuite à *Turin*, & eut tant de consideration pour lui, qu'il le fit Conseiller Honoraire.

La ville de *Bourges* ne l'avoit vû partir qu'avec peine, & elle avoit fait plusieurs fois ses efforts pour l'attirer de nouveau chez elle; il se rendit enfin à ses instances, & quitta *Turin* pour y retourner. Il s'y fixa pour toujours, & y demeura jusqu'à sa mort.

Il est sûr qu'il a fait des leçons de Droit à *Paris*, & on en sçait même le tems, puisqu'on a un Arrêt du Parlement du 2. Avril 1576. par lequel la Cour lui permettoit de faire les lectures & profession en Droit Civil dans l'Université de *Paris*, à tel jour & heure dont il seroit convenu avec les Docteurs-Regens en Droit Canon, avec permission à M. *Cujas* & aux Docteurs de donner les degrez à ceux qui auroient étudié le tems requis. (*Menagiana tom.* 3. *p.* 201.) Cependant comme les dates de ses changemens ne sont pas marquées, il est difficile

J. CUJAS. de déterminer l'intervalle où l'on peut rapporter cette époque.

Le Pape *Gregoire XIII.* le fit aussi inviter de venir à *Boulogne* professer la Jurisprudence, lui faisant esperer de plus grands appointemens que ceux dont il joüissoit. *Cujas* étoit assez porté à accepter cette offre, mais ses disciples en lui promettant de plus grands avantages que ceux qu'il pouvoit esperer du Pape, l'engagerent à rester en France.

Rien ne donne une plus haute idée de lui que ce qui est rapporté du nombre de ses Ecoliers & de leur attachement pour lui. Nous lisons dans le *Menagiana* (a) que » le P. *Maldonat*, qui professoit la » Theologie l'étant allé voir, ce » grand Jurisconsulte lui rendit sa » visite à la tête de huit cens Eco- » liers qui prenoient ordinairement » ses leçons. « Et *Papire Masson* nous apprend que ses Ecoliers le suivoient dans les differentes Villes où il alloit enseigner.

Sa réputation étoit en effet si

(a) Tom. 1. p. 37.

J. CUJAS.

grande, qu'il ne faut point s'étonner des eloges qu'il a reçu de son tems & après sa mort. » Il a été, » selon M. de *Thou*, après les Ju» risconsultes Romains le premier » & le dernier Interpréte du Droit, » & c'est à lui que la Posterité sera » redevable de tous les éclaircisse» mens & de toutes les lumieres » que notre siecle a ajoûtées à la » Jurisprudence ; c'est pour cela » qu'on l'a appellé le Jurisconsulte » par excellence. C'est celui de » tous les Jurisconsultes Modernes, » dit *Vigneul-Marvil*, qui a pénétré » plus avant dans les origines & les » sources des Loix & du Droit Ro» main. Il se servit pour cela de deux » choses, de l'Analogie des mots, » & de la connoissance de l'Histoire, » suivant la Methode des anciens » Jurisconsultes. *Cujas*, dit M. » *Gravina*, joignant à l'étude du » Droit une latinité pure & une » érudition profonde, a mis la Ju» risprudence Romaine dans tout » son jour, & l'a fait paroître avec » ses plus beaux ornemens.

Avant que de faire ses leçons,

J. CUJAS. il employoit sept ou huit heures à méditer & digérer ce qu'il devoit dire ; & lorsqu'il n'étoit pas bien prêt, & qu'il n'avoit pas bien éclairci toutes les difficultez du sujet qu'il avoit à traiter, il renvoyoit sa leçon à un autre jour. Il ne dictoit point, mais il parloit avec tant de netteté & si distinctement, que les Ecoliers, & particulierement les Allemans, en écrivoient ce qu'ils pouvoient, & qu'ensuite conferant ensemble ce qu'ils avoient écrit, il se trouvoit que peu de chose leur avoit échappé de ce qu'il avoit dit. Au reste *Cujas* ne vouloit pas être interrompu lorsqu'il parloit, & souvent il descendoit de chaire, & se retiroit, lorsqu'on faisoit du bruit.

Il aimoit en pere ses Ecoliers, & leur rendoit tous les services qu'il pouvoit, jusqu'à leur prêter de l'argent & des livres, lorsqu'ils en avoient besoin, & *Joseph Scaliger* assure qu'ils lui ont fait perdre plus de quatre mille livres. Il prenoit plaisir à les traiter aussi bien que ses amis, sur tout à la Campagne, afin de se dissiper un peu l'esprit par la

gayeté

gayeté & par des converſations enjoüées. Il ne pouvoit ſouffrir qu'on lui proposât alors quelque queſtion de Juriſprudence, il renvoyoit tout cela à ſes heures d'étude. J. CUJAS.

On remarque de lui deux choſes ſingulieres. La premiere, qu'il étudioit étendu tout de ſon long ſur un tapis le ventre contre terre, ayant ſes Livres autour de lui. Et la ſeconde, que ſa ſueur avoit une odeur qui n'étoit pas déſagréable, ce qu'il diſoit quelquefois en badinant à ſes amis lui être commun avec Alexandre le Grand.

Il profeſſoit la Religion Catholique, & en faiſoit les exercices; mais parce qu'il prit le parti d'Henri IV. contre la Ligue, on voulut le faire paſſer pour Proteſtant, & on tâcha pluſieurs fois de l'aſſaſſiner. Pour ce qui eſt de ſes ſentimens intérieurs, il ne vouloit jamais s'expliquer là-deſſus, & lorſqu'on lui demandoit ce qu'il penſoit des Matieres de Religion, qui s'agitoient alors, il répondoit toûjours : *Nihil hoc ad Edictum Prætoris.*

J. CUJAS. Comme il étoit d'un tempérament sain & vigoureux, il esperoit que Dieu lui feroit la grace d'être à quatre-vingt ans en état d'enseigner la jeunesse, avec une parfaite vigueur de corps & d'esprit, comme avoit fait *Philippe Dece* Professeur à *Pise*. Dans cette espérance, il avoit résolu de pousser ses *Observations* jusqu'au quarantiéme Livre, & il prétendoit que la fin de cet Ouvrage seroit celle de sa vie & de ses travaux.

Mais le Seigneur en disposa autrement. Car il mourut à *Bourges* le 4. Octobre 1590. âgé de 69. ans, étant né à la fin de l'année 1520. Je ne sçai sur quel fondement on a mis dans le Dictionnaire de Morery sa mort au 25. Septembre. L'Auteur du Journal d'Henri III. s'est aussi trompé en le faisant mourir le 3. Octobre. Le chagrin que lui causerent les guerres civiles qui désoloient alors la France, & la crainte des suites fâcheuses qu'elles pouvoient avoir, contribuerent beaucoup à abréger ses jours.

Il ordonna par son Testament,

qui est daté du jour de sa mort, qu'on l'enterrât à sa Paroisse, sans qu'il y eut aucun convoi, ni autre personne que le Curé & le Porte-Croix. Ce Testament finit par ces paroles qu'il adresse à sa femme & à son beau-pere, qui devoient seuls le voir, & qui en étoient les executeurs. *Passez cette vie en paix, loüans & craignans Dieu sans cesse. Ne faites mal à nul, faites bien à tous, sans distinction de personnes. Fuyez l'Ante-Christ & les inventions & suppôts d'icelui, qui, sous le nom d'Eglise, gourmandent, brigandent, corrompent & persecutent la vraye Eglise, de laquelle la pierre fondamentale est Jesus-Christ seul, notre Sauveur & Seigneur Dieu; & suivez sa sainte parole de point en point, sans y rien ajoûter ni diminuer.* Quelques-uns ont prétendu se servir de ces paroles pour faire douter de l'orthodoxie de *Cujas*; mais il est visible qu'il ne s'y agit que des Ligueurs, qui abusant du nom de la Pieté & de la Religion, les faisoient servir à leurs propres passions, & qui étoient la cause des

J. CUJAS.

J. CUJAS. maux qui troubloient le Royaume.

Cujas ordonna encore par son Testament que ses Livres fussent vendus non pas à une seule personne, mais en détail ; apparemment de peur que quelqu'un ne ramassât tout ce qu'il avoit écrit sur les marges, & que l'on ne fit aux dépens de sa réputation des Livres de ces remarques, qu'il n'avoit écrites que pour lui, sans les rédiger comme il auroit fallu pour les rendre publiques.

Il a été marié deux fois. Il épousa d'abord en 1557. *Madelaine Roure* fille d'un Medecin d'*Avignon*, dont il eut un fils nommé *Jaques Cujas*, qui promettoit beaucoup, & à qui il dédia en 1673. ses quatre derniers Traitez *ad Africanum* ; mais qui donna dans la débauche & en mourut fort jeune. *Cujas* fait mention de cette femme dans son Testament, où il dit qu'elle lui apporta mille livres en mariage, & que si ses heritiers les redemandent, il faut soûtenir qu'il les a gagnées, selon la Coutume de *Toulouse*, qu'ils suivirent dans leur Contrat. Il se remaria

en 1586. à *Bourges* avec *Gabrielle* J. CUJAS.
Hervé, & en eut une fille nommée *Susanne*, qui s'est renduë fameuse par son impudicité, ce qui a donné occasion à cette Epigramme de *Merille.*

Viderat immensos Cujaci nata labores
Æternum patri commeruisse decus.
Ingenio haud poterat tam magnum æquare parentem
Filia, quod potuit corpore fecit opus.

On dit que *Cujas* avoit tiré l'horoscope de cette fille avant sa naissance, lorsque sa mere étoit prête à la mettre au monde, & qu'il avoit trouvé dans les Astres, que si sa femme mettoit au monde un fils, il mourroit par les mains d'un bourreau, & que si elle accouchoit d'une fille, ce seroit une prostituée. Mais M. *Catherinot* prétend que c'est un conte quon a tiré de la Vie de *Cardan*, & que l'on a appliqué à *Cujas.*

Quoiqu'il en soit, *Cujas* ne vêcut gueres que trois ans après la naissance de cette fille, & n'eut pas

J. CUJAS. le chagrin de voir sa conduite déreglée, qui commença de si bonne heure, que quoique le Président de *Thou* lui eut trouvé un Mari à l'âge de quinze ans, il ne pût empêcher qu'elle ne devançât le mariage; & elle continua depuis si ouvertement ses galanteries, que son Mari, qui étoit un honnête Gentilhomme, en mourut de chagrin. Elle en épousa ensuite un autre, sans changer de conduite, & alla au contraire de mal en pis.

Catherinot, qui s'étend fort sur les loüanges de *Cujas*, ne cache pas un défaut qu'il avoit, qui étoit qu'il s'érigeoit souvent en Tyran dans la Republique des Lettres; ce qui fait qu'il ne faut pas toûjours recevoir ses paroles comme des Oracles.

J'ajoûte pour ceux qui veulent connoître quelque chose de sa figure extérieure, qu'il étoit de petite taille, & assez replet.

Il y a plusieurs éditions du Recüeil de ses Ouvrages, outre les éditions particulieres qui s'en sont faites en differens tems, & dont je parlerai plus bas.

J. CUJAS.

La premiere, qui contient tous les Ouvrages qu'il a revûs lui-même, & qu'il a voulu qu'on publiât, a paru à *Paris* en 1578. en 4. *vol. in-fol.* elle a été suivie de celles de *Francfort* 1595. de *Hanau* 1602. & de *Lyon* 1606. toutes de même en 4. *volumes in-fol.*

Ses Ouvrages Posthumes ont été publiez pour la premiere fois à *Francfort* en 1595. & ensuite à *Lyon* & à *Paris* en 1617. & en 1637. en 6. *vol. in-fol.* L'édition de *Francfort* est préferable aux suivantes, dans lesquelles on a retranché plusieurs choses, comme le montre *Henri Ernstius* dans un Livre intitulé : *Emendationes in Opera Posthuma Cujacii. Hafniæ* 1634. *in-8°.*

Enfin *Charles Annibal Fabrot* a donné à *Paris* en 1658. une nouvelle édition plus corecte de tous les Ouvrages de *Cujas* en *dix volumes in-fol.* Je vais faire le détail de tout ce qui y est contenu.

Le premier volume des Ouvrages de *Cujas* renferme :

1. *Notæ ad Libros IV. Institut. Justiniani, & in easdem Caroli Annibalis Fabroti notæ.* Cet Ouvrage que *Cujas* fit à Bourges en 1556. a

J.CUJAS. été imprimé séparément à *Cologne* 1583. & 1592. *in*-8°. It. *Paris* 1585. *in*-4°. It. *Lyon* 1593. *in*-16.

2. *Notæ ad Ulpiani Titulos XXIX. Parisiis* 1555. *in*-8°. It. *Ib.* 1585. *in*-4°. It. *Coloniæ* 1592. *in*-8°. It. *Venetiis* 1584. *in*-4°. It. *Lugduni* 1593. & 1610. *in*-4°.

3. *Interpretationes ad Jul. Pauli receptarum sententiarum Libros V. Paris.* 1558. *in*-4°. It. *Coloniæ* 1577. *in*-8°.

4. *Pragmateia de diversis temporum præscriptionibus & terminis.*

5. *Liber Eustathii Antecessoris de temporalibus intervallis à momento usque ad centum annis Græce & Latine, Interprete Joanne Leunclavio.*

6. *Consultationes LX. quibus præposita est veteris cujusdam Jurisconsulti consultatio. Coloniæ* 1590. *in*-8°.

7. *Paratitla in Libros L. Digestorum. Paris.* 1576. & 1654. *in*-12. It. *Coloniæ* 1577. *in*-8°. It. *Francofurti* 1615. *in*-8°. It. *Aureliæ* 1625. *in*-8°.

8. *Commentaria in quosdam Pandectarum Titulos. De Pactis. De Transactionibus. De in integrum Resti-*

tutionibus. Quod metus causa gestum erit. De Dolo malo. De Minoribus. De Excusationibus Tutorum & Curatorum. Qui Testamenta facere possunt & quomodo Testamenta fiant. De Liberis & Posthumis hæredibus instituendis vel exhæredandis. De injusto, rupto, irrito facto Testamento. De his quæ in Testamento delentur, inducuntur, vel inscribuntur. De Usurpationibus & Usucapionibus. Pro Emptore. Pro Hærede vel pro Possessore. Pro Donato. Pro Derelicto. Pro Dote. Pro Suo. De Verborum Obligationibus. Francofurti 1598. *in*-8°. J. CUJAS.

9. *Ad Africanum Tractatus IX.* Les cinq premiers ont été publiez en 1569. & les quatre autres en 1573.

La premiere Partie du II. Volume contient.

Paratitla in IX. Libros Cod. cum enarrationibus Caroli Annibalis Fabroti. Paris. 1679. *fol.* It. *Aureliæ* 1625. *fol.* Cet Ouvrage est fort loüé par tous les Jurisconsultes. *Antoine Matthieu*, qui avoit un jugement exquis, au rapport de *Morhof*, (*a*) dit que ce Livre a paru si

(*a*) *Polyhist. tom.* 3. *lib.* 6.

J.CUJAS. excellent & si admirable à tous les connoisseurs, qu'ils ont assuré que comme *Cujas* dans ses autres Ecrits avoit surpassé tous les Auteurs du Droit, il sembloit que dans ses Paratitles il s'étoit surpassé lui-même, & que *François Hotman*, quoique son ennemi, faisoit néanmoins tant de cas de cet Ouvrage, que lorsque son fils *Jean Hotman* alla voyager pour continuer ses études, il lui ordonna de porter avec lui & de lire avec application ces Paratitles & les Pseaumes de David.

La seconde Partie du II. Volume comprend.

1. *Commentarii ad tres postremos Libros Cod. Lugduni* 1562. *in*-8°. It. *Coloniæ* 1592. *in*-8°.

2. *Expositio Novellarum Constitutionum. Lugduni* 1570. *in-fol.* Ce Commentaire est très-sçavant, selon *Struvius*, (*a*) qui donne aussi de grandes loüanges à tous les autres Ouvrages de *Cujas*.

3. *De Feudis Libri V. & in eos Commentarii. Lugduni* 1566. *in*-8°. It. *Coloniæ* 1592. *in*-8°.

(*a*) *Bibl. Juris. p.* 187.

Le III. Volume contient. J.CUJAS.

Obſervationum & Emendationum Libri XXVIII. Cet Ouvrage eſt le meilleur qu'il ait fait. Il n'en parut d'abord que 24. Livres, les quatre autres n'ont été publiez qu'après la mort de ſon Auteur.

Le I. Volume des Ouvrages Poſthumes contient.

1. *Quæſtiones Papiniani. Francofurti* 1595. *in*-4°.

2. *Reſponſa, Definitiones, & cætera ejuſdem Papiniani Opera. Francofurti* 1595. *in*-4°.

Le II. Volume.

1. *Commentaria in Libros Pauli ad Edictum. Francofurti* 1604. *in*-4°.

2. *Commentaria in Libros Quæſtionum ejuſdem. Francofurti* 1596. & 1604. *in*-4°.

3. *Commentaria in Libros differentiarum Juris Modeſtini. Hanoviæ* 1593. *in*-8°.

Le III. Volume.

1. *Recitationes ad Salvii Juliani Libros* 90. *Digeſtorum, ad Pauli Reſponſor. Libros XXIII. ad Neratii Reſponſorum Libros II. ad Marcelli Reſponſorum Librum ſingularem, ad Ul-*

J. CUJAS. *piani Responsorum Libros II. ad Modestini Responsorum Libros XIX. ad Scævolæ Respons. Libros VI. Francofurti* 1600. *in*-4°.

2. *Recitationes ad Decretalium Gregorii IX. Libros II. III. IV. Francofurti* 1594. *in*-8°. It. *Spiræ* 1595. *in*-4°.

Le IV. Volume.

1. *Commentarii in Libros L. Digestorum. Francofurti* 1598, *in*-8°.

2. *Comm. in Libros IV. Institutionum Justiniani.*

3. *Epistolæ hactenus inedita.*

4. *Præscriptio pro Montlucio Episcopo Valentino, adversus libellum editum sub falso nomine Zachariæ Furnesteri. Antuerpiæ* 1574. *in*-8°. It. *Lugduni* 1575. *in*-8°. *Jean de Montluc* Evêque de *Valence*, ayant publié un Ecrit pour excuser le Massacre de la saint Barthelemi, fut refuté par *Hugues Doneau*, qui prit dans l'Ouvrage qu'il publia le nom de *Zacharie Furnester*. *Cujas* crut devoir prendre le parti de ce Prélat, & *quoiqu'il ne se fût pas exercé dans ces sortes d'Ouvrages*, dit M. de *Thou*, & *qu'il s'occupât à des études plus impor-*

tantes, il ne voulut pas refuser ce bon office à Montluc, qui étoit son ami, & par l'excellente Piece qu'il publia, il fit connoître ce qu'il étoit capable de faire dans des sujets de cette nature. J. CUJAS. *Cujas* ne mit pas son nom à cette Apologie; mais il ne voulut pas y en mettre un supposé, comme avoit fait son adversaire, à qui il en fit un crime. Cependant comme la conduite des hommes ne garde jamais une parfaite uniformité, il en usa de la même façon, dans une autre occasion, dont je parlerai plus bas.

5. *Oratio de Confessione in Schola Bituricensi dicta anno* 1576. *Parisiis* 1593. *in*-8°.

6. *Oratio in Funere Gasparis Chastræi Nancæi Reg. Stipatorum Præfecti dicta anno* 1576. *Paris.* 1610. *in-fol.* Cette Oraison Funebre de *Gaspar de la Châtre*, Sieur de *Nancei*, Capitaine aux Gardes, fut d'abord imprimée en François, à *Paris* en 1576. *in*-8°. telle qu'elle avoit été faite par *Cujas*. Mais elle étoit en si mauvais François, que M. *Rigaut*, qui vouloit conserver cette Piece à la

J. CUJAS. posterité, la traduisit en bon Latin. Ce qui donne lieu de remarquer, que quoique *Cujas* possedât fort bien les langues sçavantes, il ne sçavoit que médiocrement sa langue maternelle; en quoi il ressembloit aux Sçavans de son tems, qui, au rapport de *Pasquier*, faisoient si peu de cas de leur propre langue, qu'ils ne s'en servoient que pour demander à manger & à boire.

7. *Oratio de ratione docendi Juris in Schola Bituricensi dicta anno* 1585. *Francofurti* 1603. *in*-8°.

Le V. Volume.

Commentarii in IX. Libros Codicum.

Le VI. Volume.

1. *Notata Antonii Mercatoris ad Librum Animadversionum Johannis Roberti. Biturig.* 1581. *in*-4°. *Jean Robert* d'*Orleans* ayant publié en 1567. contre *Cujas* un Livre intitulé: *Receptarum Sententiarum libri duo*, celui-ci lui répondit dans ses Observations, & se livrant au goût qu'il avoit pour les Anagrammes, transposa les lettres du nom de son adversaire, & y trouva celui de *serò*

in orbe natus. Robert opposa à *Cujas* J. CUJAS. en 1579. trois Livres d'*Animadversions*, où il l'accabla d'injures atroces. *Cujas* lui repliqua par cet Ouvrage, où il lui rend injures pour injures. Quelques-uns prétendent que *Robert* avoit raison en plusieurs points.

2. *In Digesta notæ.*

3. *In Codicem notæ.*

4. *Ad Leg. IX. ff. de Jurisdictione repetita prælectio.*

5. *Ad Tit. de Actionibus empti & venditi repetita prælectio.*

6. *Ad Titulum sextum : Si Tabulæ Testamenti nullæ extabunt, repetita prælectio.*

7. *Recitationes solemnes ad varios Titulos Dig. & Cod.*

Outre les Ouvrages contenus dans ce Recüeil, on a encore de lui les suivans.

1. *Codicis Theodosiani Libri XVI. cum variis Novellis Cujacii & aliorum. Lugduni* 1566. It. *Coloniæ* 1570. *in*-8°. It. *Paris.* 1586. *in-fol*

2. On trouve dans les Collections des Decretales faites par le P. *Labbe* quelques notes de *Cujas*.

J. CUJAS. 3. Il y en a qui lui attribuent la Version Latine des 60. Livres de l'Ouvrage qu'on appelle *Basiliques*, imprimée à *Paris*; mais d'autres ont crû qu'il n'en étoit pas l'Auteur, & qu'elle a été composée par un Allemand, qui a voulu la publier sous un nom si illustre, pour lui attirer approbation du Public.

4. *Kekerman* lui attribue aussi le Livre de *Nicolas Cragius*, *de Republica Lacedæmoniorum*, & un Ecrit publié en Hollande sous le titre de *Locorum Communium Typus*; mais tout cela n'est point de lui.

Le P. *le Long* cite un Mf. qui étoit dans la Bibliotheque de M. *Baluze*, & qui est intitulé; *Avis & Opinion de Jaques Cujas touchant la succession du Roi de Portugal, vacante par la mort du Roi Henri sans enfans en l'année* 1578. *avec plusieurs autres Pieces sur le même sujet. in-fol.*

Il s'est formé entre quelques Sçavans une espece de contestation, dont il est à propos de parler ici; sçavoir, qui de *du Moulin* ou de *Cujas* doit être préferé à l'autre. M. *de Ferriere* dans son *Histoire du Droit*

Droit Romain fait ainsi le parallele de ces deux Grands Hommes. J. CUJAS.

» On peut dire qu'il se surpassent l'un l'autre en quelque chose. » *Du Moulin* est plus inventif, & » a l'esprit plus profond & plus » transcendant ; *Cujas* est plus clair, » plus égal & plus parfait. *Du Moulin* traite les choses avec plus de » vivacité & plus d'étenduë ; *Cujas* » les traite avec plus d'ordre, plus » de justesse d'esprit, d'une maniere » plus élegante. Il se fait entendre » bien plus aisément & ne s'égare » jamais.

» Ceux qui ont porté le plus » d'envie à ce dernier, ont prétendu qu'il n'avoit pas l'esprit » fort vif, & sont en même tems » demeurez d'accord qu'il a travaillé sur tout le Droit Romain, » & que ses explications sont si » exactes & si achevées, qu'elles » ne laissent rien à desirer. Mais les » plus grands admirateurs de *du* » *Moulin* conviennent tous que le » stile & l'arrangement lui manquent, & qu'il eut été à souhaiter qu'il eut écrit avec la politesse,

J. CUJAS. » la netteté, l'ordre & la précision » de *Cujas*.

» Finissons leur paralelle, en di- » sant que *Cujas* s'est appliqué par- » ticulierement à l'étude du Droit » Romain, & qu'il en a acquis une » connoissance si parfaite, qu'il a » surpassé tous ceux qui l'avoient » précedé, & qu'il doit servir de » guide & de modele à tous ceux » qui doivent après lui s'adonner à » l'étude des Loix Romaines, pour » les enseigner aux autres. *Du Mou-* » *lin*, qui n'a pas fait du Droit Ro- » main le principal objet de son » application, excelle dans la science » du Droit Canonique & du Droit » Coûtumier, mais d'une maniere » si élevée, que personne ne pourra » jamais avoir un merite qui appro- » che du sien.

» Disons donc que si *du Moulin* » est sans contredit le Prince des » Jnrisconsultes François, *Cujas* » est sans contestation le Prince des » Interpretes du Droit Romain; » & concluons qu'ils sont tous les » deux incomparables, chacun dans » son genre & chacun a sa maniere.

On lit dans les Recherches de Pasquier (Liv. 9. Chap. 18.) une chose qui fait beaucoup d'honneur à *Cujas*; c'est qu'il est si fort réveré en Allemagne, qu'ordinairement lorsque les Professeurs parlent de lui en chaire, ils mettent la main au bonnet, pour marquer le respect qu'ils portent à la memoire de ce Grand Homme. J. CUJAS.

V. son Eloge par *Papire Masson. Sainte Marthe, Elogia. Imperialis Musæum Historicum. Catherinot Opuscules. Les Eloges des Sçavans de M. de Thou avec les Additions de Teissier. De Ferriere Hist. du Droit Romain, p. 429.*

JEAN-MARIE DE LA MARQUE DE TILLADET.

JEAN-*Marie de la Marque de Tilladet* naquit vers l'an 1650. ou 1651. au Château de *Tilladet* en Armagnac, de *François de la Marque* & d'*Angelique Riviere*. On ne sçait, & il disoit ne sçavoir pas lui-même plus précisement la date J. M. DE TILLADET.

J. M. DE TILLADET.

de sa naissance, parce que les Registres de sa Paroisse avoient été brûlez pendant les troubles, qu'il avoit perdu de très bonne heure son pere & sa mere, & qu'enfin il étoit sorti de son Pays dans un âge où ce point de Chronologie ne l'embarassoit gueres.

La Maison de la *Marque*, dont il étoit, est la même que celle de *Marca*, l'une des meilleures du Bearn, où rien n'est plus ordinaire que cette diversité de noms & de terminaisons dans les titres d'une même famille.

Il fit ses Humanitez & un cours de Philosophie à *Ausch*; de là il passa à l'Academie de *Toulouse*, au sortir de laquelle il fit deux Campagnes, l'une dans l'Arriere-Ban, l'autre à la tête d'une Compagnie de Cavalerie.

La paix de *Nimegue* suspendit l'ardeur de ce jeune Guerrier, & le dérangement où il trouva ses affaires domestiques à son retour dans la Province ébranla fort sa vocation. Divisions de famille, dettes, procès, réparations, tout vint l'accabler, & concourut à le dégoûter non seulement du genre de vie qu'il avoit embrassé, mais encore du monde. J. M. DE TILLADET.

Il vendit la terre de *Tilladet*, qui faisoit presque tout son bien. Une partie du prix servit à dégager l'autre qu'il mit à fonds perdu, pour s'en faire un revenu plus fort. Il vint ensuite à *Paris*, où se trouvant à portée de choisir la retraite la plus convenable, il entra chez les Prêtres de l'Oratoire, & y prit les Ordres.

Ce ne fut toutefois qu'avec peine qu'il parvint à la Prêtrise. Car dans l'impossibilité de produire son Extrait Baptistaire, il fallut y suppléer par des enquêtes Juridiques, qui sans déterminer précisément son âge, établirent au moins qu'il avoit bien celui que l'Eglise a prescrit pour le Sacerdoce.

M. *de Tilladet* s'étant remis à l'étude, fit tant de progrès dans celle de la Philosophie & de la Theologie, qu'il fut bien-tôt en état de les enseigner, & ç'a été son occupation chez les Prêtres de l'Ora-

J. M. DE TILLADET.

toire pendant près de quinze années, c'eſt-à-dire, juſqu'au tems où ſa ſanté ne lui permit plus de continuer un ſi fatiguant exercice.

Il ſe retira alors au Seminaire des Bons-Enfans. La Prédication y devint pour lui l'objet d'un délaſſement Chrétien, non ſeulement par le zele & les talens qu'il ſe ſentoit pour l'inſtruction des fidelles, mais plus encore par l'habitude qu'il avoit contracté de parler des Matieres les plus ſublimes de la Religion.

Les Belles Lettres eurent auſſi une bonne partie de ſon loiſir. Au renouvellement de l'*Academie des Inſcriptions* en 1701. il y fut appellé en qualité d'Aſſocié, & y remplit en 1705. la place de Penſionnaire de M. *Pavillon*. Peu de tems après il eut une autre penſion ſur le Sceau, comme Examinateur des Livres.

On prétend qu'une trop forte application a abregé ſes jours. Le Livre de l'*Action de Dieu* faiſoit beaucoup de bruit ; il voulut en peu de tems en approfondir le ſyſtême, en faire l'Analyse, & y joindre ses réflexions. Ce travail précipité le jetta dans un épuisement, dont il n'a pû revenir, & divers autres accidens s'y étant mêlez, il mourut enfin à *Versailles* le 15. Juillet 1715. âgé d'environ 65. ans.

J. M. DE TILLADET.

La douceur de ses manieres, la modestie avec laquelle il parloit des choses qu'il sçavoit le mieux, la circonspection & les ménagemens qu'il observoit en donnant les conseils les plus utiles, la docilité avec laquelle il recevoit jusqu'aux avis les plus indifferens, sa droiture, son attachement pour ses amis, son ardeur pour rendre service à tous ceux qui pouvoient avoir besoin de lui, le faisoient generalement estimer & aimer. Son application aux choses abstraites lui avoit rendu la Metaphysique si familiere, qu'il ne la perdoit jamais de vûë & qu'il la plaçoit souvent jusques dans les conversations les plus ordinaires. Quelquefois aussi il lui arrivoit d'en être intérieurement si fort occupé, qu'il oublioit tout ce qui l'envi-

J. M. DE TILLADET. ronnoit & tomboit dans des distractions singulieres, dont il ne se disculpoit, qu'en les avoüant encore plus facilement qu'on ne pouvoit les lui reprocher.

Il n'a jamais voulu qu'on imprimât rien sous son nom, qu'un Recüeil de *Dissertations sur diverses Matieres de Religion & de Philologie, contenuës en plusieurs Lettres écrites par des personnes sçavantes de ce tems. Paris* 1712. *in*-12. 2. *tomes.* Ces Dissertations sont de M. *Huet* Evêque d'*Avranches*, qui sans cet expédient en auroit peut-être toûjours privé le Public.

On trouve dans les Memoires de l'Academie des Inscriptions quelques Pieces de lui.

V. l'*Histoire de cette Academie*, *tome* 3.

JEAN

J. COCCEIUS.

JEAN COCCEIUS.

JEAN *Cocceius* ou *Cock* naquit l'an 1603. à *Breme*, de *Timan Cock*, Secretaire de cette Ville. Il apprit les premiers élemens de la langue Hebraïque, en même tems que ceux de la Latine & de la Greque, & étudia ensuite en Philosophie sous *Gerard de Neufville*, qui professoit dans l'Academie de cette Ville.

L'étude de la Philosophie ordinaire ne l'occupant pas assez, il s'appliqua à se perfectionner dans la langue Grecque sous *Metrophane Critopule*, Grec de nation, qui demeuroit à *Breme*, & dans l'Hebraïque sous les Professeurs *Gerard Hannevvinckel*, & *Matthias Martinius*.

Pendant ce tems-là il traduisit en Hebreu, par maniere d'exercice, le Livre de la Sagesse, & apprit les principes du Chaldéen, du Syriaque, de l'Arabe & du langage des Rabbins.

Il fit ensuite sa Theologie sous

J. COCCEIUS.

le même *Martinius* & *Louis Crocius*, que la ville de *Breme* avoit envoyez, peu de tems auparavant, en qualité de ses Députez au Synode de *Dordrecht*. Il étoit fort aimé de ces deux Professeurs, mais sur tout de *Martinius*, qui ayant conçu de grandes esperances de son attachement & de son génie pour les langues, n'oublioit rien pour le cultiver. Ce fut lui qui le porta à mettre en Grec les sentimens des Turcs & à les tirer de l'Alcoran, pour ne leur rien attribuer mal à propos; ce que le jeune *Cocceius* executa d'une maniere qui surprit ce Professeur.

En 1625. *Cocceius* alla à *Hambourg*, pour s'y fortifier dans la lecture des Rabbins, par le secours d'un sçavant Juif, à qui le Magistrat permit en sa faveur de demeurer dans la Ville.

A son retour de *Hambourg*, il alla continuer ses études dans l'Academie de *Franeker*, où il se mit en pension chez *George Pazor*, Professeur en Grec, & cultiva les connoissances, qu'il avoit déja acquises de la langue Hebraïque, sous *Six*-

tinus Amama. Ce fut-là que *Cocceius* se fit connoître au Public pour la premiere fois, en mettant au jour sa version de deux Traitez du *Thalmud*, avec ses notes, qui lui attirerent les loüanges de la plûpart des Sçavans de ce tems-là, *Heinsius*, *Grotius*, *Selden*, *Saumaise*, *Rivet*, l'*Empereur*, *de Dieu*, *&c.* mais principalement d'*Amama*, qui le regardoit comme un prodige, & qui dit de lui dans une de ses lettres à *Martinius*: *Qu'il croit que Dieu l'a suscité pour porter l'étude des langues Orientales beaucoup plus loin qu'elle n'a été jusqu'ici, & pour découvrir les trésors cachez des Juifs.* J. COCCEIUS.

Cocceius retourna dans sa Patrie en 1629. *Martinius* étant mort en 1630. il fut élu Professeur en Hebreu, & il eut dans ce poste plusieurs disciples qui se sont depuis rendus celebres, *Gronovius* le pere, *Chrétien Perizonius*, qui a été Professeur en Medecine à Groningue, &c.

En 1636. il passa de *Breme* à *Franeker*, pour y enseigner l'Hebreu, & il y publia deux Ouvrages

J. Coc-ceius.

contre le celebre *Grotius*, qui furent si bien reçûs, qu'on lui donna en 1643. la chaire de Theologie, outre celle qu'il avoit déja.

Après avoir servi pendant quatorze ans l'Academie de *Franeker*, il fut appellé à *Leyde*, pour remplir la place de *Frederic Spanheim* le pere, & il y fit son discours d'entrée le 4. Octobre 1650.

Jusques-là il s'étoit acquitté de ses fonctions avec tranquillité & avec gloire, mais il eut dans sa vieillesse à essuyer bien des chagrins, & pour des sujets, qui ne paroîtront pas à tout le monde d'une si grande importance. En voici l'origine.

On avoit coutume dans l'Université de *Leyde* de marquer aux Professeurs en Theologie un certain ordre de Lieux Communs, dont chacun, selon son rang, devoit expliquer une partie. Le tour de *Heidanus*, l'un des trois collegues de *Cocceius*, étant venu vers le commencement de l'année 1658. la matiere qui lui échût fut celle du *Sabbath*, *& du jour du Dimanche*.

Heidanus ne fit pas difficulté d'embraſſer le ſentiment de *Lambert Daneau*, l'un des premiers Profeſſeurs de *Leyde*, que *Jean Cuchlin*, Regent du College des Etats, *Gomarus*, *Rivet*, *Thyſius*, *de Dieu*, *Iſaac Junius*, & pluſieurs autres avoient ſoûtenu après lui, ſçavoir: *Qu'encore que ce fût une coutume venuë des Apôtres de s'aſſembler le premier jour de la ſemaine, il n'y avoit pourtant pas d'apparence, que les premiers Chrétiens l'euſſent fait par aucune neceſſité, ou qu'ils ſe fuſſent crû obligez à l'obſervation préciſe de ce jour, par un motif de pieté, ou que les Apôtres euſſent fait là-deſſus quelque ordonnance obligatoire.* J. COCCEIUS.

Non ſeulement les Theologiens, dont je viens de parler, avoient été de ce ſentiment, *Cocceius* lui-même l'avoit ſoûtenu à *Franeker* & à *Leyde* dans des diſputes & dans des livres, ſans que perſonne y trouvât à redire. Cependant comme les eſprits des hommes ne ſont pas toûjours dans la même diſpoſition, on commença à faire du bruit de l'opinion de *Heidanus*; ce qui l'obligea de l'expliquer & de la défendre dans

J. COCCEIUS. un petit Livre, qui parut le 11. May de la même année.

Mais ses éclaircissemens, bien loin d'appaiser ses adversaires, ne firent que les irriter. *Essenius* Professeur d'*Utrecht* entreprit de le refuter dans ses *Disputes sur l'Alliance Legale*, aussi bien que ce que *Cocceius* avoit publié là-dessus l'année précédente dans ses *Considerations sur le Chapitre IV. de l'Epître aux Hebreux. Heidanus* se crût alors obligé de faire une Apologie, & *Cocceius* de s'expliquer plus clairement dans un Livre intitulé : *Examen de la nature du Sabbath & du repos du Nouveau Testament*. Ces deux Ouvrages parurent au mois de Novembre.

Essenius ne manqua pas de repliquer dans la seconde édition de son Traité sur la *Moralité du IV. Precepte. Hoornbeeck*, le troisiéme Professeur de *Leyde*, ayant soûtenu le sentiment d'*Essenius* dès l'année 1655. crut qu'il étoit engagé à refuter ses Collegues, en faisant réimprimer son Livre *de la Sanctification du Nom de Dieu & de son jour*, au commencement de l'année 1659.

Heidanus lui répondit dans sa premiere Partie des *Considerations sur le Sabbath*, & son adversaire repliqua en publiant une *Défense de la Sanctification du Dimanche.* Ce qui obligea *Heidanus* à mettre au jour la seconde Partie de ses *Considerations*, & *Hoornbeeck* à le refuter dans un Traité, qui a pour titre: *Le Dimanche jour de repos.* J. COCCEIUS.

Quelque tems auparavant *Cocceius* avoit tâché de trouver un moyen de conciliation, en faisant voir que le sentiment de *Hoornbeek* ne portoit pas plus à la pieté que celui de *Heidanus* & le sien. Le Livre où il le prouve est intitulé: *Typus Concordiæ amicorum circà honorem Dominicæ.* Mais il n'eut d'autre effet que de le faire traiter de Socinien par un Anonyme caché sous le nom de *Nathanael Johnson.*

La défense que firent les Etats de pousser cette dispute plus loin, fut beaucoup plus efficace. Elle est du 7. Août 1659. & porte qu'on s'en tiendroit à la Doctrine des six Articles dressez par ordre du Synode de *Dordrecht*, pour concilier

J. COCCEIUS.

les differens sur cette matière.

Malgré toutes ces disputes, les étudians en Theologie prenoient goût à la Methode de *Cocceius*, & soûtinrent des Theses conformes à ses sentimens. Un d'entre eux, nommé *Guillaume Momma*, en soûtint le 9. Septembte 1662. sur la diversité des Œconomies Divines, qui lui fit des affaires dans la suite.

Lorsqu'il fut retourné à *Hambourg* sa Patrie, quelqu'un qui ne l'aimoit pas, prit prétexte de ces Theses, pour s'opposer à son avancement, & en ayant extrait 83. Propositions, les envoya à *Desmarets* Professeur de *Groningue*. Ce celebre Controversiste ne laissa pas échapper une si belle occasion de faire paroître sa penétration dans les disputes, & fit soûtenir le 21. Janvier 1663. des Theses, où il examina ces Propositions. Aussi-tôt le bruit se répandit que *Desmarets* avoit refuté publiquement les sentimens de *Cocceius*, & y avoit trouvé diverses erreurs.

Cocceius, pour dissiper ces bruits, fit des remarques sur les Theses de

Groningue, & les dédia à *Desmarets* lui-même, tâchant de lui faire comprendre qu'on l'avoit mal instruit, & que s'il avoit sçû le veritable état de la question, il auroit pensé autrement. J. COCCEIUS.

Desmarets parut satisfait de ces éclaircissemens, & témoigna dans une Lettre à *Cocceius*, qu'il étoit bien aise qu'ils convinssent dans le fond des choses.

Cela n'empêcha pas *Gisbert Voëtius* d'écrire en 1665. & de faire disputer ses Ecoliers contre la distinction de *Paresis* & d'*Aphesis*, ou la difference de la remission des pechez sous le Vieux & le Nouveau Testament : à quoi *Cocceius* répondit par un Livre intitulé : *More Nebochim*, ou le *Docteur des Doutans*, ou des scrupuleux.

On ne croyoit pas que ces démêlez allassent plus loin, lorsqu'une occasion imprévûë les ralluma plus fortement que jamais.

En 1668. *Desmarets*, qui ne s'accordoit pas avec son collegue *J. Alting*, presenta aux Curateurs de l'Academie de *Groningue* trente-un

J. COCCEIUS.

articles, sur lesquels il souhaitoit que ce Professeur se declarât, parce qu'il le soupçonnoit d'Heterodoxie. Les Curateurs envoyerent ces articles avec les Réponses d'*Alting* aux Professeurs de *Leyde*, pour sçavoir leur sentiment, & ceux-ci trouverent qu'*Alting* étoit accusé mal à propos, & qu'il n'y avoit pas lieu de le traiter d'heretique, pour des disputes de mots, ou des conjectures incertaines sur des passages de l'Ecriture.

Là-dessus les Etats de la Province ordonnerent que les deux parties s'en tiendroient au Jugement de l'Academie de *Leyde*, & comme *Alting* offrit de garder le silence sur ces Matieres, on ordonna la même chose à *Desmarets* & à tous les Ministres de la Frise.

Mais celui-ci offensé du Jugement des Professeurs de *Leyde*, s'en prit à *Cocceius*, qui étoit alors *Moderateur* ou *Doyen*, comme on parle dans cette Academie, & écrivit un Traité contre lui sous ce titre : *Audi & alteram partem*, & un autre Livre, où il parle assez mal d'*Alting*

& de *Comenius*, ce qui obligea les Etats à faire supprimer ces deux Ouvrages. J. COCCEIUS.

Cependant quelques personnes, qui en vouloient depuis long-tems à *Cocceius* & à ses disciples, se servirent de cette occasion pour reconcilier deux grands ennemis *Voëtius* & *Desmarets*, qui convinrent d'oublier leurs differens sur la génération éternelle du Fils de Dieu, pour les combattre ensemble.

Cocceius n'eut pas le tems de sentir les effets de cette étroite union, qui causa dans la suite bien des troubles, étant mort le 5. Novembre 1669. le même mois qu'elle fut faite : il étoit alors âgé de 66. ans.

Il a laissé un fils, nommé *Jean-Henri Cocceius*, qui a publié le Recüeil de tous ses Ouvrages, six ans après sa mort.

Cocceius étoit, selon M. *de Joncourt*, (*a*) un homme de bien, qui avoit beaucoup de pieté, de douceur & de modestie, capable d'un grand travail & aimant l'étude, sçavant en Grec & en Hebreu,

(*a*) Entret. sur les Cocceïens,

J. COCCEIUS. assez versé dans la connoissance de l'Histoire Ecclesiastique, possedant l'Ecriture Sainte & les Livres des Rabbins; mais n'ayant rien de particulier en matiere de Theologie, obscur, embarassé, ayant peu de disposition à faire un systême de ses pensées; né plûtôt pour être compilateur qu'inventeur, puisqu'on ne trouve que du faux dans ses pensées, & du mauvais goût dans ses explications.

Le jugement que M. *Simon* porte de cet Auteur *(a)* ne ressemble point en tout à celui de M. *de Joncourt*: » *Cocceius*, dit-il, possedoit » parfaitement la langue Hebraïque » & les Rabbins, & il n'ignoroit » pas de plus la langue Grecque. » J'aurois seulement souhaité, qu'il » se fût appliqué davantage à la lec- » ture des anciens Ecrivains Eccle- » siastiques, desquels il auroit pû » tirer quelque lumiere. Toute son » occupation étoit le simple texte » de la Bible, sur lequel il méditoit » sans cesse; aussi a-t'il fait de nou-

(a) Hist. Crit. des Comm. du N. Test. p. 764.

» velles découvertes dans l'Œcono- J. COC-
» mie de l'Ancien & du Nouveau CEIUS.
» Teſtament : mais il ſemble avoir
» eu des penſées trop particulieres
» ſur de certains ſens, qui ne pa-
» roiſſent pas tout-à-fait à la lettre.
» Il faut être perſuadé de ſes prin-
» cipes, pour demeurer d'accord
» des interprétations qu'il a données
» à pluſieurs Propheties. On dit de
» lui qu'il trouvoit par tout le Meſ-
» ſie, & que Grotius tout au con-
» traire, qu'il combat ordinaire-
» ment, ne le trouvoit preſque en
» aucun endroit. Ce ſçavant Com-
» mentateur ayant eu des principes
» & même des ſentimens ſinguliers,
» quelques-uns de ſes Confreres le
» traiterent de Novateur, & même
» de Socinien ; mais ils ne lui ont
» pas rendu juſtice en cela, n'y
» ayant point d'Heretiques qu'il
» ait refutez ſi ſouvent dans ſes
» Commentaires que les Sociniens.
» Il a expliqué le Nouveau Teſta-
» ment par l'Ancien, étant perſuadé
» que Jeſus-Chriſt ſe trouve claire-
» ment dans Moyſe, & dans les Li-
» vres Prophetiques. Comme il mê-

J. COCCEIUS. » le souvent de la Theologie dans » ses explications, il est trop étendu, & sa Theologie même est tirée de certains principes qu'il a » établis, & dont tout le monde ne » demeure pas d'accord.

Cocceius a eu beaucoup de Sectateurs, & en a encore en Hollande. Il ne sera pas inutile d'exposer ici les opinions particulieres qui les distinguent des autres Calvinistes. Elles roulent sur six articles. 1. Les Alliances de Dieu avec les Hommes. 2. L'état des Fidelles dans l'ancienne Eglise & dans l'Eglise Chrétienne. 3. La Loi cérémonielle. 4. La nature du Decalogue. 5. Le Sabbat. 6. La maniere d'expliquer l'Ecriture Sainte.

Sur le premier & le second article, ils enseignent que Dieu ayant créé l'Homme libre, lui promit une vie & un bonheur éternel, pourvû qu'il les meritât par son amour & par son obéïssance; c'est ce qu'ils appellent l'*Alliance des Oeuvres*. Cette Alliance ayant été rompuë par le peché d'Adam, Dieu en a contracté une autre qu'ils appellent l'*Alliance de Grace*. Dans cette Alliance, l'Homme pecheur n'étant pas en état de contracter avec un Dieu, dont la sainteté est infinie, il a fallu un Mediateur ; & Dieu par un effet de sa Misericorde a voulu que son Fils fût ce Médiateur chargé d'expier les pechez des Hommes. L'œconomie de cette nouvelle Alliance n'a pas toujours été la même. Les Patriarches s'approchoient de Dieu avec autant de liberté, que si le prix de leur redemption eût déja été payé. La Loi de Moyse chargea les Fidelles d'un joug terrible, dont la venuë du Fils de Dieu a délivré ceux qui croyent en lui. C'est selon ces Theologiens se tromper, que de croire que l'Ancien Testament soit l'Alliance des Œuvres, & que le Nouveau soit l'Alliance de Grace. Ces deux Alliances sont plus anciennes, & l'une & l'autre a été contractée avec Adam. L'Alliance contractée avec Abraham, n'a été qu'une espece de Codicile, par lequel Dieu a promis à la posterité d'Abraham la terre d'Israël & les Benedictions

J. COCCEIUS.

J. COCCEIUS.

temporelles jusqu'à la venuë du Messie, qui devoit naître de lui.

Sur le troisiéme article, c'est-à-dire sur la Loi cérémonielle, ils disent qu'elle a été imposée aux Juifs comme une peine de l'adoration du Veau d'Or, & insistent beaucoup sur le poids de cette Loi, & de la sujetion où étoit le Peuple Juif à l'égard des Prêtres.

Sur le quatriéme article, ils enseignent que le Decalogue est un formulaire de l'Alliance de Grace, dont il explique les conditions, & ils sont fort éloignez de croire qu'il fasse partie de la Loi de Moyse.

Sur le cinquiéme article, ils soûtiennent que le précepte du Sabbat n'est que typique & cérémoniel, qu'il n'enferme rien de moral & d'immuable, & que ce n'est point une Loi naturelle ou divine, que de déterminer un jour de la semaine, pour ne l'employer qu'à des Œuvres de Religion.

Mais la principale difference de cette secte consiste dans la methode particuliere d'expliquer l'Ecriture. Leurs principes sont, qu'il faut

donner

donner aux paroles du Texte Sacré toute l'énergie possible, que tout y est mysterieux & allégorique, & que l'Histoire de l'Eglise Chrétienne y est entierement renfermée. C'est pour cela qu'un Coccéïen, à qui M. de *Joncourt* demandoit un jour quel choix il falloit faire dans l'Histoire des Patriarches, pour y prendre des Types, & quelle partie de leur vie étoit allegorique, lui répondit sans balancer, qu'il ne faloit rien choisir ni démembrer; *que toute leur Histoire étoit allegorique, & qu'il n'y avoit pas un chameau ni un bast qui n'entrât dans le sens mystique, & que sans cela ce seroit une aussi miserable Histoire, qu'il y en eut au monde.*

J. COCCEIUS.

Cette methode d'expliquer l'Ecriture, que l'on trouve dans tous leurs Ecrits, s'étend aussi à leurs Sermons, qui ne sont remplis que de raisonnemens peu solides, de Mysteres, de Types & de Visions Prophetiques, & où il n'y a rien de tout ce qui peut porter les hommes à la veritable pieté.

J. COCCEIUS.

Catalogue des Ouvrages de *Cocceius.*

1. *Duo Tituli Thalmudici, Sanhedrin & Maccoth, cum Versione & Commentario. Amstelodami* 1629. *in*-4°. Cette Version & ces Notes lui attirerent des loüanges de tous les Sçavans de son tems. Les deux titres qu'il s'est proposé d'éclaircir traitent du Sanhedrin & des peines. *Surenbusius* a jugé ses remarques dignes d'entrer dans l'édition qu'il a donné de la *Mischna*, à *Amsterdam* en 1698. *in-fol.*

2. *Coheleth, sive Ecclesiastes-Salomonis. Bremæ* 1636. *in*-4°. C'est une traduction de ce Livre avec un Commentaire. Elle fut supprimée quelques années après par l'ordre des Etats, parce qu'elle se trouva contraire en plusieurs endroits à une nouvelle Version Flamande qu'ils firent faire de la Bible, & qu'ils eurent peur que cette contrarieté ne diminuât la réputation d'un Ouvrage qui leur avoit tant coûté.

3. *De Anti-Christo. Franekeræ* 1641. *in*-8°. It. *Lugd. Bat.* 1667. *in*-12. Cet Ouvrage est contre *Grotius.*

Cocceius y défend le ſens que les Proteſtans donnent aux paſſages de l'Ecriture, qui parlent de l'Ante-Chriſt. J. COCCEIUS.

4. *Exercitationes Hermeneuticæ de principio Epiſtolæ ad Epheſios. Franekeræ.* 1643. *in*-8°. Cet Ouvrage, qui eſt encore contre *Grotius*, tend à ſoûtenir la Doctrine des Reformez ſur la Prédeſtination & la Grace. Ces deux Livres, qu'il compoſa en faveur de ſon parti, lui firent beaucoup d'honneur, & ils furent ſi bien reçus, qu'on lui donna une chaire de Theologie.

5. *Commentarius in Jobum. Franekeræ* 1644. *fol.* Ce Commentaire eſt le plus obſcur de tous ſes Ouvrages, ce qui a fait dire par plaiſanterie à quelqu'un, que c'étoit *Jobus in Cocceium*, & non pas *Cocceius in Jobum*.

6. *Summa Doctrinæ de Fœdere & Teſtamento Dei*. 1648. *in*-12. C'eſt la premiere édition de ce Livre, qui a été réimprimé pluſieurs fois & traduit en Flamand.

7. *Conſiderationes ad ultima Moſis, ſeu ſex poſtrema Capita Deuteronomii. Amſtelodami* 1649. *in*-4°. It. *Frane-*

J. Coc-ceius. *keræ* 1650. *in*-4°. *Cocceius* entreprend dans cet Ouvrage de montrer que les Prophetes n'ont presque rien prédit de considerable, que Moyse n'ait marqué obscurement, & qu'ils s'accordent parfaitement entre eux & avec le Nouveau Testament.

8. *Oratio inauguralis de causis incredulitatis Judæorum. Lug. Bat.* 1650. *in*-4°. It. *Amstelodami* 1662. *in*-4°. C'est le discours qu'il fit le 4. Octobre 1650. lorsqu'il prit possession de la chaire de Theologie à *Leyde*.

9. *Commentarius in Prophetas minores. Lugd. Bat.* 1652. *fol.*

10. *De Ecclesia & Babylone Disquisitio. Lugd. Bat.* 1657. *in*-12. C'est un Livre de Controverses contre le P. *Masenius* Jesuite, & les deux freres *Walenburg*.

11. *Consideratio principii Evangelii Johannis, contrà Socinum. Lugd. Bat.* 1654. *in*-4°. *Cocceius* s'applique dans cet Ouvrage à refuter les fausses interprétations que les Sociniens donnent au commencement de l'Evangile de S. Jean, & il le fait avec beaucoup de force.

12. *Equitis Poloni Apologia adversus Edictum Illust. & Præpot. Ordinum Hollandiæ & Westfrisiæ examinata à Joanne Cocceio. Lugd. Batav.* 1656. *in*-4°. L'Auteur contre lequel *Cocceius* a prétendu écrire, est, suivant *Sandius*, *Jonas Schliting*; il s'est proposé de justifier l'Edit que les Etats de Hollande avoient fait publier le 19. Septembre 1653. pour arrêter les progrès du Socinianisme. Cet Ouvrage fut aussi-tôt traduit en Flamand, & les Synodes de la Hollande en firent remercier *Cocceius* par leurs Députez, & le comblerent de loüanges dans les Lettres qu'ils lui écrivirent. J. COCCEIUS.

13. *Admonitio de Principiis Ecclesiæ Reformatæ. Lugd. Bat.* 1657. *in*-8°.

14. *Commentarius in Epistolam ad Hebræos. Lugd. Bat.* 1659. *in*-4°.

15. *Commentarius in Psalmos. Lug. Bat.* 1660. *fol.*

16. *De Potentia Scripturæ Sacræ. Lugd. Bat.* 1655. *in*-12.

17. *Indagatio naturæ Sabbati. Lug. Bat.* 1658. *in*-12.

18. *De Sabbato & quiete Novi*

J. COCCEIUS.

Testamenti. Lugd. Batav. 1658. *in*-12. Il composa ces deux Ouvrages dans les disputes sur le Sabbat, dont j'ai parlé plus haut, de même que le suivant.

19. *Typus concordiæ amicorum circà honorem Dominicæ. Lugd. Bat.* 1659. *in*-12.

20 *Consideratio Judaïcarum Quæstionum & Responsionum LXI cum Præfatione de sacrorum Codicum Hebræorum & Versionis LXX. Interpretum contrà Is. Vossium. Amstelod.* 1661. *in*-4°. *Vossius* prétendoit que la Version des Septante étoit inspirée, & que le texte Hebreu ayant été corrompu, principalement par l'introduction des points, devoit être reformé par cette Version. *Cocceius* se propose de refuter ici le sentiment de *Vossius* sur ces deux articles.

21. *Defensio altera autoritatis Verbi Divini V. T. quod est in Hebraïco Codice, & ejus Lectione recepta. Amstelod.* 1664. *in*-4°. Cette défense est contre l'*Appendix* du Livre de *Vossius* sur les Septante.

22. *Summa Theologiæ ex Sacris Scripturis repetita. Lugd. Bat.* 1661.

in-4°. It. *Amstelodami* 1665. *in*-4°. It. *Geneva* 1665. *in*-4°. J. COCCEIUS.

23. *Utilitas distinctionis Pareseos & Apheseos. Lugd. Bat.* 1663. *in*-12.

24. *More Nevochim. Amstelod.* 1666. *in*-8°. J'ai déja parlé de cet Ouvrage.

25. *Commentarius in Epistolam ad Romanos. Lugd. Bat.* 1665. *in*-4°.

26. *Commentarius in Danielem. Lugd. Bat.* 1666. *in*-4°.

27. *Commentarius in Epistolam Judæ. Lugd. Bat.* 1666. *in*-4°.

28. *Commentarius in Canticum Canticorum. Lugd. Bat.* 1666. *Cocceius* trouve dans le Cantique des Cantiques mille choses qu'on ne s'avise gueres d'y chercher, telle quelle l'Histoire des Etats, des Princes, des Villes & des Docteurs d'Allemagne. Sa fecondité merveilleuse lui fait trouver les Fidelles non seulement dans l'épouse, mais encore dans les filles de Jerusalem, dans les jeunes chévres, dans les brebis, dans le muguet, dans les lys, dans les arbres, dans les fruits, dans les cheveux de l'épouse, & enfin dans la barbe de l'époux.

J. COCCEIUS. 29. *Cogitationes de Apocalypsi. Lugd. Bat.* 1666. *in*-4°. » Il étoit » difficile, dit M. *Simon*, qu'il n'a» vançât dans cet Ouvrage bien des » impertinences, aussi bien que la » plûpart des Commentateurs de » ces derniers tems, qui se sont mê» lez d'écrire sur cette Prophetie. » Ayant été entêté de son Calvi» nisme, il y rapporte plusieurs » Histoires ausquelles S. Jean n'a » jamais pensé. L'étude particuliere » qu'il avoit fait de ce Livre, lui a „ donné des ouvertures pour le reste „ de l'Ecriture. Il en a tiré plusieurs „ principes pour l'explication des „ Propheties tant du Vieux que du „ Nouveau Testament, trouvant „ presque par tout le regne de Je„ sus-Christ & celui de l'Ante„ Christ.

30. *Commentarius in Epistolas ad Timotheum. Lugd. Bat.* 1667. *in*-4°.

31. *Commentarius in Epistolam ad Ephesios. Lugd. Bat.* 1667. *in*-4°.

32. *Commentarius in Epistolam ad Galatas. Lugd. Bat.* 1668. *in*-4°.

34. *Commentarius in Epistolam ad Philippenses. Amstelod.* 1669. *in*-4°.

35.

35. *Commentarius in Ezechielem & Jeremiam. Amstelod.* 1669. *fol.* J. COCCEIUS.

36. *Lexicon & Commentarius Sermonis Hebraïci & Chaldaïci. Lugd. Bat.* 1669. *fol. Editio altera Lugdunensi longè correctior & auctior, Opera Joannis Maii. Francofurti ad Mœnum* 1689. *fol.*

37. *Opera omnia Thelogica, Exegetica, Didactica, Polemica, Philologica LXX. circiter Tractatibus absoluta & in tomos VIII. distributa. Amstelod.* 1675. *in-fol.* 2a *editio Francofurti ad Mœnum* 1689. 8. *vol. in-fol.* Ce Recüeil renferme outre les Ouvrages dont j'ai parlé, plusieurs autres qui n'avoient point encore vû le jour.

38. *Opera anecdota Theologica & Philologica. Amstelodami* 1706. *in-fol.* 2. *vol.*

V. sa vie par *Salomon van Til*, dans un Livre Flamand intitulé: *La paix de Jerusalem*, & le Dictionnaire *Flamand de Luiscius.*

BARTHELEMI PLATINE.

B. PLATINE.

LA coutume que *Platine* avoit d'écrire son nom en abregé par un simple *B*, suivant l'usage des anciens Romains, & les Loix de l'Académie de *Pomponius Lætus*, a fait naître une dispute entre les Sçavans, si son veritable nom étoit *Batiste* ou *Barthelemi.*

Jaques de Bergame dans le *Supplément des Chroniques*, *Leandre Alberti* dans la description de la Lombardie, & *Floridus Sabinus* dans son *Apologie* l'appellent *Batiste. Lambecius* dans ses notes sur l'*Histoire de Mantoue* veut aussi que ç'ait été son veritable nom, & rapporte quelques autoritez pour appuyer ce sentiment.

D'un autre côté, *Vossius* s'est declaré pour le nom de *Barthelemi*, qui est effectivement le veritable. Car c'est ainsi que l'appellent *Raphael Volaterran*, & *Arnold Borstius* dans ses *Hommes illustres de l'Ordre des Chartreux.* D'ailleurs *Platine*

B. PLATINE.

prend lui-même le nom de *Barthelemi* dans trois Lettres adressées au Cardinal de *Pavie*, & ce Cardinal dans une de ses Réponses le nomme de même. Enfin le Bref de *Pie II.* qui l'établit Abbreviateur Apostolique, & celui de *Sixte IV.* qui lui donne la garde de la Bibliotheque du Vatican, l'appellent expressement *Barthelemi.*

Son nom de famille étoit *Sacchi*, & il le quitta, pour prendre celui de *Platina*, lieu de sa naissance, vulgairement appellé *Piadena*, qui est un Village entre *Mantoue* & *Crémone*, du district de cette derniere ville. On voit par-là la fausseté de l'imagination de ceux qui ont prétendu qu'il avoit pris ce nom de *Platina* par affection pour la Philosophie de *Platon*, & qui lui en firent un crime, lorsqu'il fut mis en prison pour la seconde fois sous le Pontificat de *Paul II.* On voit aussi que c'est mal-à-propos que *Boissard*, *Hofman* & quelques autres ont dit qu'il étoit de *Verone.*

Il naquit l'an 1421. Cette date n'est marquée nulle part, mais puis-

B. PLATINE.

qu'il est mort en 1481. âgé de 60. ans, il s'ensuit qu'il doit être né cette année.

Sa premiere profession fut celle des Armes, & il la suivit pendant quatre ans; mais s'en étant dégoûté, il la quitta pour s'appliquer à l'étude des Belles Lettres dans lesquelles il fit des progrès considerables.

Il alla à *Rome* sous le Pontificat de *Calixte III.* & s'y fit connoître au Cardinal *Bessarion*, par le moyen duquel il obtint de *Pie II.* successeur de *Calixte* quelques petits Benefices, & ensuite la Charge d'Abbreviateur du grand Parc.

Mais le Pape *Paul II.* successeur de *Pie* ayant supprimé toutes les Charges d'Abbreviateurs, sans avoir égard aux sommes qu'ils avoient déboursées pour l'achat de ces Charges, ni à leurs remontrances, *Platine* se vit dans un triste état. Ce qu'il fit en cette occasion donne assez à connoître, qu'il étoit d'un caractere peu endurant & même entêté. Voyant que le Pape refusoit d'écouter les plaintes des Abbreviateurs supprimez, il lui écrivit une Lettre, où il lui marqua, que puisqu'il faisoit si peu de cas d'eux, ils s'en alloient par le monde exhorter les Rois & les Princes à convoquer un Concile pour lui faire rendre raison de leur suppression. B. PLATINE.

Cette Lettre fut fort mal reçûë, & *Platine* fut mis en prison, où il demeura quatre mois, chargé de fers & traité avec beaucoup de rigueur. Il en sortit au bout de ce tems à la priere du Cardinal *François de Gonzague*, qui étoit depuis long-tems son protecteur, mais il eut ordre de ne point sortir de *Rome*.

Il demeura tranquille pendant trois ans, après lesquels il eut à soûtenir une nouvelle persécution plus cruelle que la premiere.

On avoit fait entendre au Pape que *Callimaco* avoit conspiré contre lui, & que *Platine* étoit un de ses complices. L'Academie qu'il avoit formée à Rome avec *Pomponius Lætus*, & plusieurs autres Sçavans, donna lieu à cette accusation; on crut qu'il y avoit du mystere dans

B. PLATINE.

le changement des noms, qui se faisoit dans cette Academie, qu'on regardoit comme une troupe de conjurez. Plusieurs personnes furent arrêtées & mises à la question pour ce sujet, & *Platine* fut de leur nombre.

On reconnut bien-tôt que cette conspiration étoit une chimere, mais on ne relâcha pour cela personne. On passa même de l'accusation de crime d'Etat à celle d'Heresie, qui se dissipa comme l'autre. Les Chefs de cette derniere accusation étoient de changer leurs noms Chrétiens en noms Payens, de s'attacher à la doctrine de Platon, de mettre en dispute l'immortalité de l'ame & l'existence de Dieu, & de faire trop de cas du Paganisme. A quoi ils répondoient : 1°. Que les noms étant des choses arbitraires, il devoit être permis à chacun de prendre celui qui lui plaisoit le plus. 2°. Que s'ils avoient quelque attachement pour Platon, ils ne faisoient qu'imiter S. Augustin. 3°. Que tous les Philosophes & les Theologiens même mettoient en dispute les veritez les plus certaines pour s'assurer de leur certitude. 4°. Que l'estime qu'ils faisoient de ce que le Paganisme pouvoit avoir de bon, ne préjudicioit pas à leur attachement pour l'Eglise. *Platine* en particulier representa l'innocence de sa vie, & son exactitude à se confesser & à communier une fois l'an, & assura qu'il n'étoit jamais sorti de sa bouche aucune expression contraire au Symbole des Apôtres, ni qui sentit l'heresie. Tout cela n'empêcha pas que le Pape ne flétrît le nom d'Academicien, & qu'il ne declarât heretiques tous ceux qui parleroient désormais d'Academie ou tout de bon ou en badinant, *serio vel joco*. Il ne faut pas cependant s'imaginer qu'il voulut par-là interdire les Sciences & les Colleges où on les enseigne, comme quelques-uns l'ont prétendu mal-à-propos; il n'eut intention que de condamner l'esprit Sceptique & Pyrronien des beaux esprits de son tems, qui sous prétexte de philosopher à la maniere de *Platon*, le fondateur de l'ancienne Acade-

B. PLATINE.

B. PLATINE.

mie, réduisoient tout en problêmes, & faisoient craindre qu'ils n'en voulussent aussi à la Religion.

Platine après avoir demeuré un an en prison, en sortit avec ses compagnons de disgrace. Le Pape, qui apparemment étoit convaincu de son innocence, lui fit esperer après sa sortie quelque bon établissement, afin de l'empêcher de sortir de Rome. Mais deux ans se passerent dans la vaine attente de l'effet de ces promesses, & *Paul II.* mourut d'apopléxie le 25. Juillet 1471.

Sixte IV. qui lui succeda, donna à *Platine* la place de Bibliothecaire du Vatican l'an 1475. Ce Pape avoit commencé à former la Bibliotheque du Vatican, & il ne connoissoit personne plus propre à en être le premier Bibliothecaire que *Platine*, qui se trouva par ce moyen dans son élément.

Il vêcut fort tranquillement dans cet emploi jusqu'à l'année 1481. qu'il mourut à Rome de la peste, âgé de 60. ans.

Il laissa à *Pomponius Lætus* une

maison qu'il avoit fait bâtir sur le Mont Quirinal, avec le bosquet de lauriers d'où l'on tiroit les couronnes qu'on donnoit à ceux dont on changeoit les noms, lorsqu'ils étoient reçus dans l'Academie, & qui étoit dans le voisinage. Il ne sera pas hors de propos de dire un mot de ce qui se pratiquoit dans cette occasion. *Frederic Ubaldini* en donne un petit détail dans la vie d'*Ange Colocci* qui fonda à *Naples* une Academie sur le modele de celle de *Rome*. Lorsqu'un nouveau recipiendaire avoit été agréé par les Membres de l'Academie, on lui mettoit d'abord sur la tête la couronne de laurier, on l'inscrivoit ensuite sur le Registre de l'Academie. Ces cérémonies étoient suivies d'un repas, où l'on recitoit des Poësies à la loüange du nouvel Academicien, qu'on ne nommoit plus que par le nouveau nom qu'on étoit convenu de lui donner. Enfin on lui imposoit la loi de porter toujours la couronne de laurier dans les assemblées Academiques.

B. PLATINE.

Platine fut enterré dans l'Eglise

B. PLATINE.

de sainte Marie Majeure, & on mit sur son tombeau cette Epitaphe, qu'il s'étoit faite lui-même.

Quisquis es, si pius, Platinam
Et suos ne vexes; anguste
Jacent, & soli esse volunt.

L'expression, *& suos*, marque que c'étoit un tombeau qu'il avoit fait faire pour sa famille. Aussi y avoit-il fait mettre trois ans avant sa mort le corps de son frere *Etienne.*

Demetrius de Lucques, qui prit soin de sa sepulture, ajoûta une seconde Epitaphe à cette premiere. Il étoit depuis long-tems son ami, & il avoit été le compagnon de sa seconde disgrace, & *Platine* le fit nommer en 1480. Garde de la Bibliotheque du Vatican sous lui.

Catalogue de ses Ouvrages.

1. *Excellentissimi Historici Platinæ in vitas summorum Pontificum ad Sixtum IV. Pontificem maximum præclarum opus. Venetiis* 1479. *in-fol.* C'est la premiere édition de cet Ouvrage que l'Auteur dédia au Pape *Sixte IV.* par l'ordre duquel il l'avoit entrepris. It. *Norimbergæ* 1481. *in-fol. apud Antonium Koburgerum. Haller-*

vord, *Olearius* & pluſieurs autres ſe ſont trompez, en prenant cette édition de *Nuremberg* pour la premiere; en quoi ils ſont excuſables, puiſqu'ils ne l'ont été que par la ſupercherie de l'Imprimeur de cette ſeconde édition, qui pour faire croire qu'il n'y en avoit point d'autre, a mis à la tête l'Epître qui ſe trouve dans celle de Veniſe, en ſubſtituant ſeulement ſon nom à ceux des Imprimeurs de cette Ville, par qui l'Ouvrage avoit déja été publié. It. *Pariſ.* 1481. *in*-8°. It. *Venetiis* 1485. *in-fol.* It. *Pariſ.* 1505. *in*-8°. It. *Lugduni* 1512. *in*-8°. It. *Coloniæ Agrippinæ* 1529. 1540. & 1568. *in-fol.* It. *Lovanii* 1572. *in-fol.* It. *Coloniæ Agripp.* 1574. *in-fol.* It. *Coloniæ Ubiorum* 1593. 1599. 1610. 1612. *in*-4°. Ce ſont là les principales éditions de cet Ouvrage, qui en a eu encore pluſieurs autres. Les premieres ſont préferables aux autres, parce qu'on a retranché pluſieurs choſes dans celles-ci. Il y a deux éditions d'Hollande faites en 1645. & en 1664. *in*-12. qui ſont conformes aux anciennes. *Platine*

B. PLATINE.

B. PLATINE. finit au Pape *Paul II. Panvini* & d'autres après lui ont fait les Vies des Papes suivans, & cette continuation se trouve dans la plûpart des éditions.

Il y a deux traductions Françoises de l'Ouvrage de *Platine*. La plus ancienne est intitulée : *Les Genealogies, Faits & Gestes des Saints Peres, Papes, Empereurs & Rois de France jusqu'à Leon X. traduites du Latin de Jehan (Baptiste) Platine. Paris, Galliot du Pré* 1519. *in-fol.* It. *augmentées jusqu'à Paul III. Paris, Real* 1551. *in-8°.* La continuation de *Panvini* est traduite aussi dans ce volume, comme il paroît assez par le titre. L'autre traduction est plus récente, elle a pour titre : *Vies des Papes traduites de B. Platine, avec la continuation d'Onuphre Panvini, Cicarella, Ciaconius & autres, jusqu'à Innocent X. traduite en François par Louis Coulon. Paris* 1651. *in-4°.*

Nous avons aussi plusieurs traductions Italiennes de l'Histoire de *Platine*. Il en parut une à *Venise* en 1565. *in-12.* dont l'Auteur n'est pas nommé. *Lucio Fauno* en fit imprimer une nouvelle dans la même Ville en 1594. *in*-4°. *Barthelemi de Fano* en publia une troisiéme à *Venise* en 1600. *in*-4°. B. PLATINE.

Les Allemans ont aussi traduit cet Ouvrage en leur langue, & *Draudius* en marque deux éditions Allemandes, l'une à *Munich* 1604. & l'autre à *Francfort* 1625. toutes les deux *in-fol*.

Au reste *Platine* parle assez librement des Papes dans son Histoire, & paroît avoir eu envie de dire la verité en rapportant fidelement le bien & le mal qu'il a sçû d'eux.

2. *Historia inclytæ urbis Mantuæ, & serenissimæ familiæ Gonzagæ, in libros sex divisa, & nunc primum ex Bibliotheca Cæsarea Vindobonensi à Petro Lambecio in lucem edita, atque necessariis annotationibus illustrata. Viennæ Austriæ* 1675. *in*-4°. Cette Histoire que *Platine* dédia à son grand protecteur le Cardinal *François de Gonzague*, commence à la fondation de *Mantoue*, & va jusqu'à la mort du Pape *Pie II.* c'est-à-dire jusqu'en 1464. Elle est si rare,

B. PLA-TINE. que plusieurs Auteurs, qui en parlent, ont crû qu'elle n'avoit point été imprimée. Le titre fait voir que *Vossius* & *Possevin* se sont trompez; le premier, en n'y mettant que trois Livres, & le second en y en mettant sept.

3. *Dialogus de falso & vero bono D. Sixto IV. Pontif. max. Libri III. Dialogus contrà Amores ad Ludovicum stellam Mantuanum. De vera Nobilitate ad Joannem Ursinum Archiepiscopum Tranensem Dialogus. De optimo Cive Libri duo. Panegyricus in laudem Bessarionis Cardinalis. Ad Paulum II. Pont. max. Oratio de pace Italiæ confirmandæ & bello Thurcis indicendo. Lugduni* 1512. *in*-12. Ce Volume est terminé par des Poësies de differens Auteurs à la loüange de *Platine*. Il n'est pas inutile de remarquer que son nom y est toujours écrit *Platyna*; aussi l'écrivoit-il ainsi lui-même; & il n'est pas autrement écrit sur son tombeau. Le Discours fait au sujet des Turcs a été inseré dans le second volume d'un Recüeil que *Nicolas Reusnerus* a donné en 1596. à *Lipsic in*-4°. de

plusieurs Pieces touchant la même matiere. B. PLATINE.

4. *Opusculum de Obsoniis ac de Honesta Voluptate & valetudine. Impressum in civitate Austriæ.* (*Cividale del Friuli*) 1480. *in*-4°. Cet Ouvrage, dont le veritable titre est *de Honesta voluptate & valetudine Libri X.* a été imprimé plusieurs fois depuis cette premiere édition, & souvent avec des titres fort differens les uns des autres; ainsi dans l'édition de *Lyon* faite par *Gryphe* en 1541. *in*-8°. à la suite d'*Apicius*, il est intitulé : *De tuenda Valetudine, Natura rerum, & Popinæ scientia. François Arisi* dans sa *Cremona litterata*, compte pour trois Ouvrages differens ceux *de Natura rerum*; *de Obsoniis*; *de Honesta Voluptate*; ce n'est cependant qu'un seul & même Ouvrage. *Platine* le composa pour se divertir, pendant un sejour qu'il fit dans l'Eté à *Frescati* avec le Cardinal *Gonzague*. On lui en fit dans la suite une espece de crime, & *Sannazar* composa à ce sujet cette Epigramme contre lui.

B. PLATINE.

Ingenia & mores, vitasque, obitusque notasse
Pontificum, arguta lex fuit historiæ.
Tu tamen hinc lauta tractas pulmenta culinæ,
Hoc, Platina, est ipsos parcere Pontifices.

Mais cette Censure tombe à faux, car elle suppose que *Platine* fit cet Ouvrage après son Histoire des Papes ; ce qui est une erreur qui a été cependant suivie par *Vossius*, *Bayle*, & plusieurs autres. Une Lettre de *Platine* même suffit pour en convaincre. Elle est parmi celles de *Jaques* Cardinal de *Pavie*, & c'est la 230. de ce Recüeil. On y voit qu'il avoit fait son Livre *de Honesta Voluptate* avant son emprisonnement sous *Paul II.* & par conséquent avant son Histoire des Papes, que dans l'Epître Dédicatoire il declare n'avoir écrite que par ordre de *Sixte IV.* successeur de *Paul.*

Nous avons une vieille traduction Françoise de cet Ouvrage. Elle est intitulée : *Platine de l'honnête volupté & santé, & de toutes viandes & choses que l'homme mange,* leur

leur assaisonnement, &c. translaté du Latin par Didier Christol. Lyon 1505. *fol.* It. *Paris* 1539. *in*-8°. It. *Lyon* 1548. *in-fol. & in*-8°. & quelques autres fois depuis. Il y en a aussi une traduction Italienne imprimée à *Venise* en 1516. *in*-4°. & une Allemande. B. PLATINE.

Le Livre Italien, qui a pour titre *B. Scappi Cuoco secreto di Papa Pio V. Opera dove si tratta di diverse vivande con figure. In Venetia* 1570. *in*-4°. n'est point une traduction du Livre de *Platine*, comme quelques-uns l'ont crû mal à propos. Barthelemi Scappi est un homme entierement different de B. Sacchi, il vivoit même près d'un siecle après lui.

5. *De Flosculis quibusdam linguæ Latinæ ad Lælium. Dialogus ad Ludovicum Agnellum de Amore. Venetiis* 1480. *in*-12. It. *Mediolani* 1481. *in*-12. Le Dialogue de l'Amour est le même que celui *Contrà Amores*; & qui est dédié à Louis Stella dans le Recueil que j'ai cité au n° 3.

6. *De Principe libri tres.* Cet Ouvrage a été imprimé à *Gennes*, se-

B. PLATINE. lon *Arisi*, par les soins d'*Alexandre Saulius* ; il l'avoit déja été à *Francfort* en 1618. ou même en 1608. *in*-8°. si l'on s'en rapporte à *Lipenius*.

Le *Journal de Venise* cite un Manuscrit du 15e siecle, où l'on trouve deux Traitez de *Platine*, l'un *de Laudibus Pacis*, & l'autre *de Laudibus Belli*, avec quelques-unes de ses Lettres.

V. *Jovii Elogia cap.* 16. *Volaterran. Antr. lib.* 21. *Vossius de Hist. Lat. lib.* 3. *Arisii Cremona litterata*, *tom.* 1. *p.* 310. *Journ. de Venise*, *tom.* 13. *p.* 414. *Bayle Dictionn.*

SEBASTIEN VAILLANT.

S. VAILLANT. SEBASTIEN *Vaillant* naquit le 26. Mai 1669. à *Vigny*, lieu situé à trois lieuës au-dessus de *Pontoise*, de *Denys Vaillant*, Marchand, & de *Marguerite Pinson*.

Dès l'âge de cinq ans, son inclination naturelle le porta à contempler les plantes, qu'il trouvoit aux environs de son lieu natal, & à ramasser celles qui lui paroissoient les plus belles, & qui le frappoient davantage. Non content de cela, il en apportoit tous les jours de nouvelles dans le jardin de son pere, qui ne voulant pas contrarier l'inclination de son fils, ni cependant souffrir qu'il remplit son jardin de plantes sauvages, lui marqua un endroit où il lui permit de cultiver ses plantes.

S. VAILLANT.

A l'âge de six ans, il fut mis en pension chez un Prêtre habitué de la Paroisse de S. Pierre de *Pontoise*, pour y apprendre à lire & à écrire, & pour être instruit dans sa Religion. Peu de tems après il fut attaqué d'une fiévre intermittente, qui malgré tous les remedes qu'on lui fit, le tourmenta pendant quatre mois, mais qu'il fit passer lui-même par un remede assez singulier. Un jour que tout le monde étoit allé à la Messe, il se leva, fut cüeillir des laituës dans le jardin, & les mangea après les avoir assaisonnées seulement avec du vinaigre. Depuis ce tems-là il ne ressentit aucun accès de fiévre, & il se trouva parfaitement guéri.

S. VAILLANT.

Le jeune *Vaillant* se voyant en état de travailler employa tous ses soins à satisfaire son Maître, dont la severité l'effrayoit, & de peur de n'avoir pas assez de tems pour apprendre ses leçons, il mettoit tous les soirs sous sa tête en se couchant un soufflet garni dans son milieu d'un gros clou de cuivre fort relevé. Couché sur ce chevet dur & incommode il dormoit moins, & gagnoit par-là du tems pour étudier. Mais à la longue ce clou lui blessa tellement la tête, qu'il lui vint à la nuque du cou une loupe, qu'il porta toute sa vie.

Le Maître avoit coûtume les jours de congé de mener promener ses écoliers à la campagne. *Vaillant*, profitant de cette occasion, couroit de tous côtez, pour découvrir quelques plantes, qu'il n'eut point encore vûës.

Le pere qui avoit peu de bien, & à qui cette inclination pour les plantes ne paroissoit pas une chose qui pût être utile à son fils, voulut qu'il apprit la Musique & à joüer du Clavecin, pour être ensuite en état de toucher l'Orgue. Il lui donna pour maître l'Organiſte de S. Macloud de *Pontoiſe*, & le diſciple profita ſi bien de ſes leçons, qu'il fut en peu de tems aſſez habile pour toucher l'Orgue en ſon abſence. S. VAILLANT.

Cet Organiſte étant mort en 1680. *Vaillant*, qui n'étoit âgé que d'onze ans, fut trouvé capable de lui ſucceder, & il remplit ſa place avec tant de ſuccès, que les Religieuſes Hoſpitalieres de cette même Ville le ſolliciterent de venir toucher leur Orgue, lui offrant pour cet effet ſa nourriture & ſon logement, ce qu'il accepta avec plaiſir.

A ſes heures de loiſir il alloit dans l'Hôpital voir panſer les malades : il y fit connoiſſance avec les Chirurgiens qui y travailloient, & forma enſuite le deſſein d'apprendre la Chirurgie.

Pour cela il emprunta des Livres d'Anatomie & de Chirurgie, il les lût avec application, & après s'être fait inſtruire, il fut reçu à l'Hôtel-Dieu de *Pontoiſe* en qualité de garçon Chirurgien.

Il s'attacha alors entierement à

S. VAIL-LANT. panser les malades, & pour se perfectionner dans la Chirurgie, il passoit une partie des nuits à faire des dissections dans sa chambre, persuadé qu'il est impossible d'être bon Chirurgien, sans sçavoir l'Anatomie, ni de sçavoir bien l'Anatomie, sans avoir disséqué.

Il demeura ainsi à *Pontoise* jusqu'à l'année 1688. qu'il en sortit âgé de 19. ans, pour aller à *Evreux* en Normandie exercer la Chirurgie sous un Maître. Deux ans après, c'est-à-dire en 1690. il quitta *Evreux* par complaisance pour M. le Marquis *de Goville*, Capitaine dans le Régiment des Fusiliers du Roi, qui voulut l'avoir avec lui à l'armée, en qualité de Chirurgien de sa Compagnie.

Pendant son sejour à l'armée, il donna des preuves de son courage. Il se trouva à la bataille de *Fleurus*, le premier Juillet 1690. & M. le Marquis *de Goville* y ayant été tué, il fut chercher son corps sous un monceau de cadavres & le fit enterrer.

Il ne songea plus après cela qu'à

retourner à *Evreux*, & profita de l'occasion de son retour pour voir plusieurs Villes de Flandres. S. VAILLANT.

Il continua à exercer la Chirurgie à *Evreux* jusqu'en 1691. qu'il en partit pour venir à *Paris*, dans le dessein d'y travailler dans l'Hôtel-Dieu en qualité d'externe.

Il ne fut pas plutôt arrivé dans cette Ville, qu'il apprit qu'un des plus grands Botanistes de France, qui étoit le celebre M. *Tournefort*, y démontroit les Plantes toutes les années dans le Jardin du Roi. Il n'en fallut pas davantage pour réveiller sa premiere inclination pour la Botanique, il s'empressa d'assister à ses leçons, & le fit avec tant d'assiduité, que M. *Tournefort* en conçut de l'estime pour lui, & jugea qu'il deviendroit un jour très-habile Botaniste.

En 1692. un Chirurgien de *Neüilli* près de *Paris*, l'engagea à venir demeurer avec lui pour exercer la Chirurgie. Quelque occupation que lui donnât cet exercice, & quelque éloigné qu'il fût du Jardin du Roi, il ne laissa pas d'aller assiduëment

S. VAILLANT.

aux démonstrations de M. *Tournefort*. Il arrivoit tous les jours au Jardin du Roi à cinq heures du matin, & y apportoit quelquefois de la campagne des Plantes, qui y manquoient, & qu'il plaçoit chacune selon son genre.

Après la démonstration, il alloit à l'Amphitheâtre, pour y écrire les vertus des Plantes qu'un Professeur y dictoit. L'après-midi il assistoit aux leçons d'Anatomie de M. *Duverney*, & se trouvoit ensuite à celles de Chymie de M. *de Saint-Yon*. Après ces exercices il retournoit le soir à *Neüilli*, & en chemin il visitoit plusieurs malades.

Comme M. *Tournefort* songeoit à donner au Public l'Histoire des Plantes, qui naissent aux environs de *Paris*, il pria M. *Vaillant* de lui faire part de ses découvertes; ce que celui-ci lui accorda avec plaisir, & ce qui engagea M. *Tournefort* à le citer en plusieurs endroits de son Livre.

Il quitta ensuite *Neüilli*, & entra en qualité de Secretaire chez le P. *le Valois* Jesuite, alors Confes-

seur

ſeur de M. le Duc de Bourgogne. Ce fut là que M. *Fagon*, premier Medecin du Roi *Louis XIV*, l'ayant un jour apperçu qui diſpoſoit des Plantes ſur un Herbier, admira l'ordre & la propreté de ſon travail, & lui dit quelques jours après qu'il étoit bien intentionné pour lui, & qu'il n'avoit qu'à lui marquer en quoi il pourroit lui rendre ſervice. *Vaillant* lui répondit ſur le champ qu'il ne ſouhaitoit rien avec tant d'ardeur que de voyager dans les Pays Etrangers, pour y découvrir des Plantes inconnuës, & pour éclaircir des doutes qu'il avoit ſur pluſieurs de celles qui ſont connuës. M. *Fagon* lui ayant fait entendre qu'il auroit ſoin de cette affaire, il pria le P. *de Valois* de lui permettre de ſe retirer, & il loüa à *Paris* un petit appartement, pour y faire ſon unique occupation de la Botanique.

S. VAILLANT.

M. *Fagon*, qui connut bien-tôt tous les talens de M. *Vaillant*, l'appella peu de tems après auprès de lui, le fit ſon Secretaire, & lui obtint du Roi la permiſſion d'entrer

S. VAILLANT. dans tous les Jardins de Sa Majesté pour y herboriser.

Il ne borna pas là le bien qu'il vouloit lui faire ; il lui donna depuis la direction du Jardin du Roi. M. *Vaillant* ne fut pas plûtôt revêtu de cette Charge, qu'il se donna beaucoup de mouvement pour enrichir ce Jardin ; ce qu'il fit avec tant de succès, qu'on ne l'a jamais vû si rempli de Plantes, que dans le tems qu'il en a eu la direction.

Au commencement de l'année 1708. M. *Fagon*, persuadé plus que jamais de l'habileté de M. *Vaillant*, lui résigna la Charge de Professeur & Sous-Démonstrateur des Plantes du Jardin Royal, qu'il avoit lui-même exercée.

Il lui donna outre cela la direction du Cabinet de Drogues qu'il fit bâtir par la liberalité du Roi *Louis XIV*. & M. *Vaillant* fit venir des Pays Etrangers pour le remplir les drogues les plus rares, & les enferma dans des bocaux de cristal, qu'il rangea selon l'ordre où on les voit aujourd'hui.

Dès qu'il eut mis ce beau Cabinet en ordre, il fut fait Garde du Cabinet des Drogues du Roi, & ce fut lui qui en cette qualité en expliqua toutes les raretez au Czar. S. VAILLANT.

Au commencement de l'année 1716. il entra à l'Academie des Sciences, ſans avoir ſollicité cette place, & aux inſtances preſſantes de ſes amis, qui eurent bien de la peine à la lui faire accepter.

Il étoit d'une conſtitution forte & robuſte, mais il altéra ſa ſanté par ſes fatigues exceſſives. L'ardeur qu'il avoit de découvrir de nouvelles Plantes, lui faiſoit quelquefois entreprendre des voyages à pied. Il en fit un de cette eſpece avec un de ſes amis Botaniſtes depuis le 17. Septembre 1707. juſqu'au 18. Octobre de la même année, & parcourut pendant ce temslà les côtes de la Normandie & de la Bretagne.

Il paſſoit ſouvent les nuits au milieu des champs, & ſes études étoient immoderées. Comme les fonctions de ſa Charge demandoient qu'il marchât & qu'il parlât beau-

S. VAILLANT. coup, ces deux exercices joints aux autres, furent cause que son poumon s'altéra; il rendit par la bouche jusqu'à quatre cens petites pierres, ce qui lui attira un asthme qui devint incurable, & dont pendant les quatre dernieres années de sa vie, il augmenta encore les incommoditez par l'excès de ses travaux.

Il est mort le 26. Mai 1722. âgé de 53. ans. Il avoit épousé le 14. Octobre 1701. Françoise-Nicole Bossonet, dont il n'a point laissé d'enfans.

Il avoit ramassé un Cabinet singulier des curiositez de la Nature, que le Roi a fait acheter de sa Veuve.

L'Auteur de sa vie louë avec raison sa probité & son désinteressement, dont il rapporte plusieurs exemples. Ainsi M. *Fagon*, son protecteur, ayant voulu, pour reconnoître les services qu'il avoit reçûs de lui dans la maladie où il fut taillé, lui ceder les droits qu'il avoit sur les Eaux Minerales, ne pût jamais lui faire accepter ce present.

S. VAILLANT.

M. *Tournefort* voulant lui marquer l'estime qu'il faisoit de son merite & de sa capacité dans la Botanique, donna son nom à un genre de Plante, mais M. *Vaillant* le lui ôta, pour lui en donner un autre.

Il avoit dessein d'établir une Methode Generale des Plantes, en prenant dans les fleurs des marques pour distinguer les classes ; pour ce qui est des caracteres des genres, il vouloit les prendre de toutes les parties indifferemment, selon que cela s'accommoderoit mieux avec sa Methode. Il s'étoit aussi proposé, après qu'il auroit établi les classes & les genres le plus solidement & le plus distinctement qu'il étoit possible, de leur donner des noms dont la seule dénomination auroit donné une idée distincte propre & certaine de leurs attributs ; il promettoit ensuite de faire connoître les especes avec tant de facilité, en ajoûtant seulement un mot ou deux, pour exprimer leur marque particuliere, qu'on n'auroit eu presque aucun besoin d'autre distinction pour connoître avec certitude toutes

S. VAIL-LANT. sortes de Plantes. Enfin il promettoit de donner la vraye representation de chaque caractere, & un dessein exact de chacun, au bas duquel il devoit marquer tous les synonymes. Ce plan a été seulement conçu, & sa mort a privé le Public de son execution. Il y a cependant sujet de douter que sa Methode eût été aussi nette, aussi simple, & aussi commode que celle de M. *Tournefort.*

Catalogue de ses Ouvrages.

1. *Discours sur la structure des Fleurs, leurs differences, & l'usage de leurs parties, prononcé à l'ouverture du Jardin Royal de Paris le 10. Juin 1717. & l'établissement de trois nouveaux genres de Plantes l'Araliastrum, la Sherardia, la Boerhaavia, avec la description de deux nouvelles rapportées au dernier genre. Par S. Vaillant.* (en François & en Latin) *Leyde 1718. in-4°. pp.* 55. Le principe fondamental de ce Discours est que les Plantes se reproduisent comme les Animaux, c'est-à-dire, par le moyen de parties, dont les unes sont mâles, & les autres fe-

melles, & qu'en certaines Plantes ces deux sortes de parties sont réunies ensemble, mais qu'en d'autres elles sont separées de maniere que les mâles sont sur un pied & les femelles sur un autre.

S. VAILLANT.

2. *Novum Plantarum genus Araliastri nomine, cujus species est celebratissimum illud Ninzin, sive Gin-Seng Sinensium, assertum à Valente in litteris ad amicum Hanoveranum. Hanoveræ* 1718. *in*-4°. It. dans les *Nova Litteraria Lipsiensia.* 1718. *p.* 57. It. dans les *Nouvelles Litteraires de la Haye.* 1718. *p.* 179. L'Editeur de ce petit Ouvrage est *Auguste-Jean Hugo* Medecin de l'Electeur d'*Hanover.*

3. *Etablissement de trois nouveaux caracteres de trois familles ou classes de Plantes à fleurs composées, sçavoir des Gynarocephales, des Corymbiferes, & des Chicoracées*; inseré dans les *Memoires de l'Academie des Sciences*, années 1718. 1719. 1720. 1721.

Caracteres de quatorze genres de Plantes; le dénombrement de leurs especes, les descriptions de quelques-unes, & les figures de plusieurs; in-

S. VAILLANT. ſerées dans les *Memoires de l'Academie des Sciences*, année 1719.

5. *Suite de l'établiſſement de nouveaux caracteres de Plantes. Claſſe des Dipſacées*; inſerée dans les *Memoires de l'Academie*, année 1722.

6. *Remarques ſur la Methode de M. Tournefort*; inſerées dans les *Memoires de l'Academie*, année 1722.

7. *S. Vaillant Botanicon Pariſienſe. Operis Majoris prodituri Prodomus. Lugduni Batav.* 1723. *in*-8°. Le *Botanicon Pariſienſe* étoit l'Ouvrage favori de M. *Vaillant*, qui y avoit travaillé pendant 36. ans. Se voyant près de mourir ſans avoir pû le publier lui-même, & craignant que le fruit d'un ſi long travail ne fût entierement perdu, il écrivit à M. *Herman Boerhaave* Profeſſeur de *Leyde* ſon ami, pour le prier de ſe charger du ſoin de publier ſon Livre. Ce Sçavant s'en étant chargé, M. *Vaillant* lui envoya ſon Manuſcrit, & ne ſongea plus qu'à ſe diſpoſer à la mort. M. *Boerhaave* fidele à ſa promeſſe, après avoir acheté les Deſſeins des Plantes contenuës dans l'Ouvrage, de M. *Aubriet*

qui les avoit dessinées sous les yeux de l'Auteur, commença par publier ce projet, qui fut quatre ans après suivi du Livre même. S. VAILLANT.

8. *Botanicon Parisiense*, ou *Dénombrement par ordre Alphabetique des Plantes qui se trouvent aux environs de Paris, compris dans la Carte de la Prevôté & l'Election de ladite Ville, par le Sieur Danet Gendre, année 1722. avec plusieurs descriptions des Plantes, leurs synonymes, le tems de fleurir & de grainer, & une Critique des Auteurs de Botanique; enrichi de plus de 300. figures. Leyde 1727. in-fol.*

V. son éloge par M. *Boerhaave* dans la Préface du *Botanicon Parisiense.*

JAQUES SANNAZAR.

JAQUES *Sannazar* naquit à *Naples* le 28. Juillet 1458. d'une famille fort ancienne & fort illustre, originaire du Château de *San-Nazario* dans le territoire de *Laumellina*, qui fait partie du Duché de *Milan*, mais que la Reine *Jeanne* J. SANNAZAR.

J. SANNAZAR.

avoit dépoüillée d'une partie de ses biens.

Il eut le malheur de perdre son pere dès son enfance ; & sa mere se voyant hors d'état de vivre à Naples d'une maniere conforme à sa naissance, se retira avec lui & un autre frere qu'il avoit à *Nocera*, où elle prit soin de leur éducation, autant que ses facultez le lui permettoient.

Sannazar avant que de quitter *Naples* avoit déja fait de grands progrès dans les langues Latine & Grecque, sous un fameux Maître de ce tems nommé *Junien Majus* ; cet homme qui connoissoit les dispositions de son disciple, & qui avoit conçû de grandes esperances de lui, ne le vit qu'avec peine sortir d'une Ville où il trouvoit tous les secours dont il avoit besoin pour se perfectionner l'esprit, pour aller se confiner dans une autre où ces secours lui manqueroient.

Il fit plusieurs fois des tentatives pour engager sa mere à le ramener à *Naples*, dans l'esperance que les progrès que son fils y feroit dans les

Sciences la dédommageroient un jour abondamment des frais qu'elle seroit obligée de faire pour cela. Il la gagna enfin, & elle revint à *Naples* avec ses enfans. J. SANNAZAR.

Jean Pontanus enseignoit alors dans cette Ville avec beaucoup de réputation, & sa maison étoit une espece d'Academie où la jeune Noblesse s'empressoit de venir profiter de ses instructions. *Sannazar* y eut d'abord accès, & *Pontanus* pour lui marquer l'estime qu'il faisoit de lui, changea son nom en celui d'*Actius Sincerus*, suivant la coutume qu'il avoit introduite dans son Academie, & qu'il avoit lui-même observée en transformant son nom de *Jean* en celui de *Jovien*.

Les Poëtes ont coutume de se faire des Maîtresses imaginaires, pour exercer leur veine, *Sannazar* n'en fut point réduit là, il en eut une réelle, qui lui causa bien du chagrin. C'étoit une Demoiselle Noble de la Famille des *Bonifacio*, qui étoit amie de la sienne; mais il ne pût s'en faire aimer, & ses Poësies sont pleines de plaintes contre

J. SANNAZAR.

ſa dureté & ſa cruauté. Il crut que l'abſence la lui feroit oublier, & vint faire un tour en France; mais l'éloignement ne fit que donner de nouvelles forces à ſon amour, & le deſir violent qu'il eut de la revoir le fit retourner à *Naples* après quelque ſejour dans ce Royaume. Quelque diligence qu'il fît pour regagner ſa Patrie, il ne pût avoir le plaiſir qu'il ſe propoſoit; il la trouva morte, & ne ſongea plus qu'à immortaliſer ſa douleur par les Poëſies qu'il fit à ſon ſujet.

La réputation de *Sannazar* étant parvenuë juſqu'à la Cour de *Ferdinand* Roi de *Naples*, *Frederic* fils de ce Prince, qui aimoit beaucoup la Poëſie, voulut l'avoir auprès de lui, le logea dans ſon Palais, & en fit bien-tôt ſon confident. Il eut alors occaſion de ſe faire connoître au Roi *Ferdinand* & à *Alphonſe* Duc de Calabre, ſon fils aîné, & il acquit leur eſtime & leur bienveillance. Il accompagna même *Ferdinand* dans quelques Campagnes, où il donna des marques de ſon courage; mais le bruit des Armes ne pût jamais lui faire oublier les Muses, il employoit jusques dans le Camp ses momens de loisir à la Poësie, qui étoit son occupation favorite.

J. SANNAZAR.

Lorsque *Frederic* fut monté sur le Trône, on crût que les honneurs & les biens alloient fondre sur lui, & il le crût lui-même; l'attachement qu'il avoit toujours eu pour sa personne lui faisoit tout esperer de lui; mais il fut trompé dans son esperance. Car ce Prince se contenta de lui donner une pension & une Maison de Campagne sur le *Pausilype*, nommée *Mergolino*, dans l'aspect le plus agréable & le plus charmant.

Sannazar fut d'abord mécontent de voir ses services si mal récompensez, mais il prit dans la suite tant de goût pour le lieu enchanté qui lui avoit été donné, qu'il résolut d'y passer ses jours dans le repos & la tranquillité. Il ne pût cependant executer cette résolution. Car *Frederic* dépouillé du Royaume de *Naples*, ayant été obligé de se retirer en France, il ne voulut pas manquer à la fidelité qu'il lui avoit

J. SANNAZAR.

gardée jusques-là, & il le suivit dans sa retraite. Il ne se contenta pas même de cela, il vendit encore quelques heritages qu'il avoit, & fit present de l'argent qu'il en retira à ce Prince, qu'il sçavoit en avoir besoin.

Après la mort de *Frederic*, arrivée en 1504. il retourna à *Naples*, & commença à y vivre dans un plus grand repos qu'il n'avoit fait jusques-là, occupé uniquement du commerce qu'il avoit avec les habiles gens de son tems, & de ses plaisirs.

Les belles qualitez qu'il remarqua dans une Dame d'Honneur de la Reine, nommée *Cassandre Marchesia*, lui inspirerent de l'amour pour elle ; mais comme cet amour n'avoit que sa vertu & son merite pour objet, il la vit sans peine recherchée par un Seigneur de laCour. Ce Seigneur lui avoit fait une promesse de mariage ; mais peu constant dans ses attachemens, il voulut peu de tems après se dispenser de la tenir. *Sannazar*, qui crût l'honneur de la Demoiselle interessé dans

J. SANNAZAR.

cette affaire, fit agir ses amis auprès du Pape *Leon X.* pour empêcher qu'il ne le relevât de sa promesse. Mais le credit du Seigneur Napolitain étoit plus grand que le sien, & il obtint tout ce qu'il voulut. Ce qui inspira à *Sannazar* un tel ressentiment contre *Leon X.* que quoique ce Pontife lui eut fait de grandes avances pour l'engager à achever son Poëme *de Partu Virginis*, il ne voulut jamais le publier de son vivant.

Sannazar non content des Poësies qu'il avoit composées à l'honneur de la Vierge, lui fit bâtir encore une Eglise auprès de sa Maison de Campagne, & y ajoûta un Monastere de Servites, auquel il donna d'amples revenus.

Peu de tems après la prise de *Rome* par l'armée du Connêtable de *Bourbon* en 1527. il survint à *Naples* une peste violente, qui y fit beaucoup de ravage, & qui obligea *Sannazar* à se retirer dans un Village, qui étoit alors au pied du Vesuve, mais que les éruptions de cette Montagne ont ruiné entiere-

J. SANNAZAR.

ment depuis. *Marchesia* s'y étoit aussi retirée quelque tems auparavant ; & *Sannazar* qui étoit constant dans l'amitié qu'il avoit conçûë pour elle, ne manquoit pas de l'aller voir tous les jours, malgré son grand âge, & la distance d'un mille qui les séparoit.

Il étoit en ce lieu, lorsqu'il apprit la nouvelle que *Philibert* Prince d'Orange avoit fait raser sa maison de *Mergolino*, après avoir taillé en pieces des François qui y étoient postez. Le chagrin qu'il en eut lui causa, selon *Jove*, la maladie dont il mourut. Une seconde nouvelle qui lui vint pendant cette maladie, que *Philibert* avoit été tué dans un combat, fut pour lui un sujet de consolation ; il se mit à son séant pour dire qu'il mouroit content, puisque celui qui lui avoit fait cet affront en avoit été puni. C'étoit porter bien loin l'esprit de vengeance.

Il mourut à *Naples* dans la maison de sa chere *Cassandre* l'an 1530. âgé de 72. ans, selon *Jean-B. Crispo*, qui a écrit sa vie, & c'est aussi ce que

que porte ſon Epitaphe ; quelques-uns cependant prétendent qu'il faut mettre ſa mort en 1532. *Toppi* même la recule juſqu'en 1533. J. SANNAZAR.

Au reſte ſon corps fut porté au Couvent des Servites, qu'il avoit fondé, & mis dans le tombeau qu'il s'y étoit fait conſtruire. On y voit encore ſon buſte couronné de laurier, & à côté les ſtatuës d'Apollon & de Minerve. Mais comme ce monument eſt juſtement derriere le Grand Autel ; on a crû empêcher le ſcandale qu'il y avoit à voir en ce lieu des Divinitez Profanes, en mettant au deſſus de la ſtatuë d'*Apollon* le nom de *David*, & au deſſus de celle de *Minerve* celui de *Judith*.

Sannazar s'étoit fait lui-même cette Epitaphe.

Actius hic ſitus eſt, cineres gaudete ſepulti,
Jam vaga poſt obitus umbra dolore vocat.

Mais comme on la trouva un peu trop Payenne, on mit à ſa place celle que *Bembe* lui fit.

Da ſacro cineri flores ; hic ille Maroni

J. SANNAZAR.

Sincerus Musa, proximus & tumulo.

Quoiqu'elle ne soit gueres plus Chrétienne que la premiere.

Il n'a jamais été marié; il a eu cependant un fils dont il déplore la perte dans ses Epigrammes, mais on ignore quelle a été sa mere.

Il aimoit le plaisir, & passoit ses jours dans des fêtes continuelles, le travail & l'étude étoient un amusement pour lui. Il eut toujours de l'enjouëment, & même dans sa vieillesse il vouloit paroître jeune, & affectoit les manieres & les habillemens qui ne conviennent qu'à la jeunesse.

Catalogue de ses Ouvrages.

1. *Opera omnia.* (*Latina*) *Venetiis* 1531. *in*-24. It. *Venetiis apud Hæredes Aldi Manutii* 1535. *in*-8°. It. *Lugduni Seb. Gryphius* 1547. *in*-16. It. *Venetiis* 1593. *in*-8°. It. *Lugduni* 1603. *in*-16. It. *Rhedonis* 1609. *in*-12. It. *Rothomagi* 1609. *in*-16. It. *Accedunt Notæ ad Eclogas, Elegias & Epigrammata. Amstelodami* 1689. *in*-12. C'est *Janus Broukhusius* qui a fait les Notes de cette édition, quoi-

J. SANNAZAR.

qu'il n'y ait point mis son nom. On y trouve quantité de circonstances de l'Histoire du siecle de *Sannazar*, tirées des Auteurs contemporains. It. *Ex secundis curis Jani Broukhusii. Accedunt Gabriëlis Altilii, Danielis Cereti, & Fratrum Amaltheorum Carmina, Vita Sannazariana, & Notæ Petri Ulamingii. Amstelodami* 1727. *in*-8°. (cette édition se trouve à *Paris* chez Briasson.)

Les Ouvrages de *Sannazar* contenus dans ce Recüeil, sont

De Partu Virginis, Libri III. Ce Poëme est celui de tous les Ouvrages de *Sannazar* qui lui a attiré le plus de loüanges. *Jules Scaliger* y trouve toutes les parties, qui sont essentielles à la Poësie, pour en faire un beau corps, comme sont les nerfs, la juste proportion, l'air naturel & la beauté. Il ajoûte que *Sannazar* a la veine très-pure, & qu'elle coule avec beaucoup d'égalité. *Joseph Scaliger* y reconnoît aussi une grande netteté & beaucoup de clarté, jointe à une fort belle invention.

Mais malgré toutes ces loüanges

J. SANNAZAR. que les Italiens lui ont données avec encore plus de profusion, il s'y trouve des défauts considerables.

Le mélange que le Poëte y a osé faire des Fables du Paganisme avec les Mysteres de notre Religion, a toujours paru quelque chose de monstrueux aux personnes de bon sens. *Sannazar* n'a pas eu honte de remplir son Poëme, qui roule sur un sujet tout Chrétien, de Dryades & de Nereïdes, d'ôter d'entre les mains de la Vierge les Livres des Prophetes & des Pseaumes, pour y mettre les Vers des Sybilles; d'introduire au lieu d'*Isaïe*, de *David*, ou de quelque autre Prophete, le Protée de la Fable à l'antre du Jourdain, prédisant le Mystere de l'Incarnation, & par ce moyen de rendre fabuleuse, autant qu'il a pû, l'une des plus saintes & des importantes veritez de notre Religion; il n'a pas même daigné nommer une seule fois le nom de *Jesus*.

Outre cela le P. *Rapin*, qui avouë que la pureté du stile de *Sannazar* est admirable, prétend que la constitution de son Poëme n'a aucune délicatesse, & que sa maniere n'est nullement proportionnée à la dignité de son sujet. Il dit encore que ce Poëte s'est contenté de copier les phrases de *Virgile*, sans en exprimer l'esprit, qu'à la verité il a quelques traits de son grand air, mais qu'il en a trop peu, qu'il retombe sans cesse dans son génie, & que parmi les vains efforts d'une imitation servile, il laisse de tems en tems échapper des traits de son propre esprit. J. SANNAZAR.

Paul Jove & *Giraldi* ne peuvent non plus s'empêcher de se moquer de la patience que *Sannazar* a eu de travailler pendant vingt ans à ce Poëme, & de le blâmer de l'avoir usé & affoibli, sous prétexte de le polir de plus en plus.

On en a une traduction Françoise, intitulée : *Les Couches sacrées de la Vierge, Poëme Heroïque, traduit du Latin de Sannazar, par Guillaume Colletet. Paris 1634. in-12.*

De Morte Christi ad Mortales lamentatio. Ce Poëme qui ne tient que 118. Vers a été imprimé séparément à *Paris* avec les Notes de

J. SANNAZAR.

Daniel d'Auge l'an 1557. *in-4°.* & ensuite avec celles de *Charles Gilmerius* dans la même Ville en 1589. *in-12.*

Eglogæ. Ces Eglogues, qui sont au nombre de six, ont, au jugement de *Paul Jove*, obscurci & effacé généralement tous les autres Ouvrages de *Sannazar*, parce qu'il les avoit composées dans la vivacité de la jeunesse, qui est l'âge auquel on est le moins difficile sur ses propres Ouvrages. Le P. *Vavasseur* est du même sentiment, & remarque à cette occasion, qu'en matiere de Poësie les Ouvrages faits à la hâte, dans la premiere chaleur de l'imagination, & sans une longue méditation, enlevent quelquefois l'estime qu'on refuse aux Pieces les plus travaillées.

Elegiarum Libri tres.

Epigrammaton Libri tres. Dans les éditions qui précedent celles de *Broukhusius*, on avoit retranché quelques-unes de ces Epigrammes, qui étoient trop satyriques, mais il les a remises dans les siennes. Celle que *Sannazar* fit sur la ville de *Venise* en six Vers, & pour laquelle les Venitiens lui donnerent six cens écus d'or, merite d'être rapportée ici. J. SANNAZAR.

Viderat Adriacis Venetam Neptunus in undis
Stare urbem, & toto ponere jura mari.
Nunc mihi Tarpejas quantumvis, Jupiter, arces,
Objice, & illa tui mœnia Martis, ait.
Si pelago Tybrim præfers, urbem aspice utramque,
Illam homines dices, hanc posuisse Deos.

2. *Arcadia.* Cet Ouvrage Italien, qui est mêlé de Prose & de Vers, a été imprimé plusieurs fois, & trois Auteurs ont pris soin d'y joindre des Notes, *Jean-B. Massarengue*, *François Sansovino* & *Thomas Porcacci.* Les Notes de ce dernier ont été réimprimées le plus souvent. Nous avons une traduction Françoise de cet Ouvrage, faite par *Jean Martin*, & imprimée à *Paris* en 1544. *in-8°.* D. *Claude Lancelot* dans la Préface de sa Methode Ita-

J. SANNAZAR.

lienne assure que cette Piece est écrite avec une délicatesse & une naïveté merveilleuse, soit pour les Vers, soit pour la Prose.

3. *Rime. In Venetia* 1581. & 1603. *in*-12. Ces Poësies, qui ont été imprimées un grand nombre de fois, ont, selon *Jove*, le même sel & les mêmes agrémens que ses Poësies Latines, & elles portent le caractere de leur Auteur, particulierement dans les excès qu'il y a commis, soit dans l'aigreur de ses Vers mordans, soit dans la molesse de ses Vers galans.

V. sa Vie par *Sansovino* & par *Porcacci*, qui ne sont pas exacts; *Jean-B. Crispo* en a donné une bien meilleure, qui a été imprimée à *Rome* pour la seconde fois en 1593. *Jean-Antoine Vulpi* l'a copiée dans celle qu'il a faite, & y a ajoûté plusieurs choses, qu'il a tirées des differens Auteurs. Elle se trouve à la fin des Oeuvres Latines de *Sannazar*, de l'année 1728. *Pauli Jovii Elogia. Toppi* & *Nicodemo*, *Bibl. Napolitana. Baillet*, *Jugemens sur les Poëtes.*

JEAN

J. J. PONTANUS.

JEAN-JOVIEN PONTANUS.

JEAN-*Jovien Pontanus* naquit à *Cerreto* dans le Duché de *Spolète* au mois de Decembre 1426. *Alexandre ab Alexandro* (*a*) dit qu'il avoit coutume tous les ans de celebrer ce mois là le jour de sa naissance dans un jardin délicieux qu'il avoit à *Naples*.

De sa famille sont sortis plusieurs hommes illustres, même de son tems : tels ont été *Louis Pontanus*, Jurisconsulte, qui mourut au Concile de *Bâle* en 1439. & *Octave* ou *Octavien Pontanus*, qui fut à *Bâle* en qualité de Nonce, du tems du Pape *Pie II.* & qui mourut en 1460. en retournant à *Rome*, où l'on prétend qu'il devoit être nommé Cardinal.

Celui dont j'ai à parler reçut au Baptême le nom de *Jean*. Il ne prit celui de *Jovien*, que lorsqu'il fut reçu à l'Academie de *Naples*, suivant l'usage qui s'y étoit établi.

(*a*) *Dier. Geni. lib.* 1. *c.* 1.

J. J. PONTANUS.

Une partie de sa famille étant périe par le fer & par le feu dans les troubles qui agitoient alors l'Italie, & son pere même y ayant été tué, il fut obligé de sortir fort jeune de sa Patrie. Comme il se trouvoit sans biens, il lui fallut chercher une retraite, où il pût avoir un Protecteur, qui lui fournit les moyens de subsister.

La réputation d'*Alphonse I.* Roi de *Naples* l'engagea à se retirer dans ce Royaume. Il alla à *Naples*, où il trouva moyen de s'introduire dans les bonnes graces d'*Antoine Panormita*, qui étoit Secretaire du Cabinet de ce Prince, & par son moyen dans celles du Prince même.

Ferdinand I. successeur d'*Alphonse* le combla de biens. Il lui fit donner le droit de Bourgeoisie à *Naples* : il voulut qu'il l'accompagnât dans toutes ses Campagnes, & *Panormita* étant mort en 1471. il le fit son Secretaire à sa place. Il lui avoit fait épouser dix ans auparavant, c'est-à-dire en 1461. une riche heritiere nommée *Adrienne Sas-*

J. J. PONTANUS.

sonia, dont il eut plusieurs enfans, mais qui moururent devant lui, à l'exception de deux filles, & qui mourut elle-même le premier Mars 1490.

Il fut encore dans la suite honoré de la Charge de Viceroi de *Naples*, & le Roi *Ferdinand* le fit Gouverneur de son fils *Alphonse II.* dont il fut ensuite Secretaire, de même que de *Ferdinand II.*

Dans la révolte des Seigneurs du Royaume de Naples contre *Ferdinand*, dans laquelle *Alphonse* son fils se trouvoit engagé, *Pontanus* s'entremit pour les reconcilier avec leur Souverain, & il y réussit. Cette paix se fit à *Rome* en 1486.

Il attendoit beaucoup de *Ferdinand* pour ce service qu'il lui avoit rendu; mais ses esperances ne furent point remplies. Le mécontentement qu'il en eut, lui fit composer son Dialogue de l'Ingratitude, où il introduit un Asne nourri délicatement par son Maître, & qui ne l'en remercie qu'à coups de pied.

Mais il se rendit lui-même cou-

J.J. PONTANUS.

pable d'ingratitude, puisqu'après avoir été comblé de biens par les Rois de la Maison d'Arragon, il ne laissa pas, lorsque *Charles VIII.* Roi de France s'empara du Royaume de *Naples* en 1495. & s'en fit couronner Roi, de prononcer au nom du Peuple un Discours à la loüange de ce Prince, où pour lui plaire davantage, il décria la conduite de ses bienfaiteurs.

Ce qu'il y eut de singulier, c'est que la même année *Ferdinand II.* ayant succedé au Roi *Alphonse* son pere, & ayant chassé les François, confirma *Pontanus* dans sa Charge de Secretaire.

Pontanus mourut au mois d'Août 1503. dans sa 77. année. *Vossius* & d'autres après lui se trompent, en mettant sa mort en 1505. en quoi ils se contredisent eux-mêmes, puisqu'ils ajoûtent qu'il mourut le même mois que le Pape *Alexandre VI.* qui est mort certainement le 18. Août 1503.

Il s'étoit fait construire un tombeau magnifique pendant son vivant; mais il oublia de marquer dans ſon teſtament quelle Epitaphe on y devoit graver ; des quatre qu'il avoit compoſées , on y mit celle-ci. J. J. PONTANUS.

Vivus domum hanc mihi paravi ,
In qua quieſcerem mortuus.
Noli , obſecro , injuriam mortuo facere,
Vivens quam fecerim nemini.
Sum etenim Jovianus Pontanus ,
Quem amaverunt bonæ Muſæ ,
Suſpexerunt viri probi ,
Honeſtaverunt Reges Domini.
Scis jam qui ſim , vel qui potius fuerim.
Ego verò te , hoſpes , in tenebris noſcere nequeo ,
Sed teipſum ut noſcas , rogo. Vale.

Pontanus étoit , ſuivant le portrait que *Paul Jove* nous en fait , auſſi groſſier & ruſtique dans ſon exterieur & dans ſes manieres , qu'il avoit de politeſſe & de douceur dans ſon ſtile & dans ſes diſcours. Son principal défaut étoit d'être trop mordant dans ſes cenſures & trop libre dans ſes expreſſions. Au reſte il réuſſiſſoit beaucoup mieux dans la Poëſie que dans la Proſe.

Ses Poëſies qui ont été imprimées en differens tems , ſe trouvent

J. J. PONTANUS.

réunies dans un Recüeil, qui en a été publié à *Venise* en 1533. *in*-8°. & dans le quatriéme volume de l'édition de toutes ses Œuvres faite à *Bâle* en 1556. en quatre volumes *in*-8°.

Ses Ouvrages en Prose, imprimez de même en differentes années, ont été aussi réunis en Recüeil, & on les a de cette maniere de trois éditions. La premiere de *Venise* en 1518. en 3. vol. *in*-4°. La seconde de *Bâle* en 1538. en 3. vol. *in*-4°. La troisiéme de *Bâle* en 1556. en 4. vol. *in*-8°.

Voici l'ordre des Ouvrages de Pontanus suivant l'édition de Bâle de 1538.

Tome I.

De Obedientia Libri V.

De Fortitudine Libri duo. Erasme prétend que les Traitez de la force, & de l'obéissance, & celui de la splendeur, qui est après, ont quelque beauté, & qu'il y a de l'abondance dans les pensées de *Pontanus*; mais que de la maniere dont il manie son sujet, il est difficile de connoître s'il étoit Chrétien ou non;

il trouve auſſi le même défaut dans son Livre du Prince. J. J. PONTANUS.

De Principe Liber.

De Liberalitate.

De Beneficentia.

De Magnificentia.

De Splendore.

De Convenientia.

De Prudentia Libri V.

De Magnanimitate Libri II.

De Fortuna Libri III.

De Immanitate Liber.

Tome II.

De Aſpiratione Libri duo.

Dialogi : Charon , Antonius, Actius, Ægidius , Aſinus. Floridus Sabinus pretend qu'il n'eſt rien de plus ſçavant ni de plus beau que les Dialogues de *Pontanus* , & entre autres celui qu'il a intitulé *Actius*, où il parle de la meſure & du nombre des Vers de *Virgile*, & des preceptes & des loix de l'Hiſtoire. *Eraſme* cependant y trouve trop d'ordures, & *Paul Jove* eſt du même ſentiment. Le plus libertin eſt celui qui a pour titre *Charon.*

De Sermone Libri IV.

Belli quod Ferdinandus ſenior Nea-

J. J. PONTANUS. *politanorum Rex cum Joanne Andegavense Duce gessit*, *Libri VI. Venetiis* 1519. *in*-4°. Cette Histoire a été traduite en Italien par un Auteur Anonyme, & imprimée en cette langue à *Venise* en 1524. *in*-8°. Je ne sçai si cette traduction est differente de celle qui a paru sous ce titre : *Historia della guerra di Napoli, dal Latino di Gio-Gioviano Pontano, da Giacomo Mauro. In Napoli* 1590. *in*-4°. *Pontanus* étoit present à cette guerre. Le stile de cette Histoire ne répond point, selon *Jove*, à la dignité du sujet.

Tome III.

Centum Ptolomæi sententiæ in Latinum sermonem traductæ & Commentariis illustratæ.

De rebus Cœlestibus Libri XIV.

De Luna, Liber imperfectus.

Le quatriéme volume de l'édition de *Bâle in*-8°. où sont renfermées ses Poësies, contient les Ouvrages suivans.

Urania, sive de Stellis Libri V.

Meteororum Liber unus.

De Hortis Hesperidum Libri duo.

Pastorales Pompæ VII.

Bucolica. Melisæus, Maon & Ancon. J. J. PONTANUS.

Amorum Libri II.

De Amore conjugali Libri III.

Tumulorum Libri II.

De Divinis laudibus Liber unus.

Hendecasyllaborum , sive Bajarum Libri II.

Jambici Versus de obitu Lucii filii.

Lyrici Versus.

Eridani Libri II.

Epigrammata.

Pontanus avoit coutume de jetter sur le papier tout ce que son imagination lui presentoit d'abord, & lorsqu'il relisoit ses Poësies , il y ajoûtoit toûjours quelque chose, & y inseroit de nouveaux Vers. Ce qui l'a rendu trop diffus & trop enflé dans les endroits même où l'on trouve de l'agrément. Un autre défaut encore plus considerable de ses Poësies, est qu'il n'y a pas assez menagé la pudeur, & qu'il l'a violé au contraire par des expressions lascives & par des obscenitez.

V. *Jovii Elogia, Toppi & Nicodemo Bibl. Napolet. Journ. de Venise, tom.* 20. *p.* 109. *Vossius de Hist. Latinis. Baillet , Jugemens des Sçavans. Teissier , Eloges t.* 1. *p.* 178.

JAQUES LE PAUMIER DE GRENTEMESNIL.

J.L.P. DE GRENTEMESNIL.

JAQUES *le Paumier de Grentemesnil* naquit le 5. Decembre 1587. de *Julien le Paumier* & de *Marguerite de Chaumont*, qui étoient établis à *Caen*. Il ne naquit pas cependant dans cette Ville, car sa mere étant allé voir ses parens au Pays d'*Auge* près de *Sainte Barbe*, y accoucha de lui.

Julien le Paumier son pere étoit né dans le Cotentin d'une famille noble & fort ancienne, & avoit fait ses études de Philosophie & de Medecine à *Paris*, où il fut reçu Docteur de la Faculté de Medecine, après avoir obtenu le même honneur à *Caen*. Il avoit demeuré onze ans avec *Fernel*, & avoit profité si bien sous ce sçavant Maître, qu'il avoit été estimé un des plus sçavans Medecins de son siecle. Il s'étoit retiré à *Caen* sur ses vieux jours, pour y vivre tranquille dans l'exercice de la Religion Protestante qu'il professoit, & y mourut l'an 1588. à l'âge de 68. ans. On a de lui *de Vino & Pomaceo Libri duo. Paris* 1588. *in*-8°. & quelques autres Ouvrages.

J.L.P. DE GRENTE-MESMIL.

Jaques le Paumier, dont j'ai à parler, ayant perdu son pere, lorsqu'il n'avoit encore qu'un an, sa mere, qui étoit une femme d'esprit & de merite, prit un soin particulier de son éducation.

Il témoigna dès sa premiere jeunesse une grande ardeur pour l'étude & les Lettres, & il y fit en peu de tems de grands progrès. Il n'avoit encore que douze ans, lorsqu'on jugea à propos de le faire sortir de *Caen* pour aller continuer ses études ailleurs. Une de ses tantes, qu'il alla voir à *Roüen*, le retint auprès d'elle, & lui donna un Maître très-habile dans la langue Grecque, sous lequel il étudia quelque tems; mais il eut le chagrin de le perdre, & cette perte fut suivie d'une autre plus douloureuse pour lui. Ce fut celle de sa mere, qui mourut pendant son sejour à *Roüen*.

Son frere aîné, Sieur de *Vandeuvre*, qui étoit beaucoup plus âgé

J.L.P. DE GRENTE-MESNIL.

que lui, eut alors soin de son éducation, & l'envoya à *Paris*, où il le confia à *Pierre du Moulin*, qui le prit chez lui. Mais il ne se contenta pas des instructions de ce grand Homme, il voulut encore prendre les leçons de plusieurs autres Sçavans, entre autres de *Casaubon*, qui expliquoit alors *Herodote*.

Il alla à l'âge de 16. ans à *Sedan*, pour continuer à se perfectionner sous les grands Maîtres qui y enseignoient, & pour profiter des lumieres des habiles gens qui y demeuroient. Il s'y appliqua sur tout à la langue Grecque, pour laquelle il se sentoit beaucoup d'inclination. Il étudia ensuite la Philosophie ; mais la lecture des Romans vint le retirer de ces études. Un Seigneur Breton, qui les aimoit, la lui avoit recommandée, comme quelque chose d'agréable & d'amusant. Il suivit malheureusement son conseil, & il y prit un tel goût, qu'il fut une année entiere sans pouvoir s'occuper d'autres choses ; il passoit les jours & les nuits à les lire, & en cherchoit par tout avec avidité.

J.L.P. DE GRENTE-MESNIL.

Mais il reconnut enfin sa folie, & se voyant dans la situation d'un homme qui a rêvé qu'il s'est trouvé à un bon repas, & qui meurt de faim à son réveil, il regretta un tems, qu'il auroit pû mieux employer à la lecture des Historiens. L'amour qu'il avoit eu pour les Livres qui le lui avoient fait perdre, se changea en une haine, dont il ne revint jamais. Il songea à réparer cette perte par une application extraordinaire, & résolut de ne plus s'appliquer qu'à des études sérieuses & utiles.

Son cours de Philosophie achevé, il alla étudier en Droit à *Orleans*, où il logea chez *Joachim du Moulin* pere de *Pierre*, dont j'ai parlé ci-dessus. Lorsqu'il s'y fut rendu assez habile, son frere le rappella à *Caen*, pour lui remettre entre les mains le maniement de son bien; car quoiqu'il ne fût alors que dans sa dix-neuviéme année, il avoit déja l'esprit mûr, & ne donnoit point dans les folles dépenses.

Le Paumier ne demeura dans sa Patrie, qu'autant de tems qu'il fallut

J. L. P. DE GRENTE-MESNIL.

pour obtenir la dispense d'âge qui lui étoit necessaire, & pour observer toutes les formalitez usitées en ces occasions. Après quoi il se hâta de se rendre à *Paris*, pour y acquerir les connoissances qui lui manquoient.

Il y apprit les Mathematiques & la Musique, & s'y appliqua à tous les exercices qui conviennent à un jeune homme de naissance, comme à danser, à faire des armes & à monter à cheval.

Il voulut ensuite voir la France, & il en parcourut les Villes les plus celebres, examinant par tout ce qu'il y a de plus remarquable, comme les antiquitez, les mœurs des habitans, &c.

Lorsqu'il fut las de voyager, il se retira chez lui, où il se donna tout entier à la lecture des bons Auteurs Grecs & Latins. Car ces deux langues faisoient ses délices, quoiqu'il ne negligeât pas les langues vivantes, puisqu'il sçavoit passablement l'Italien, l'Espagnol, l'Allemand & l'Anglois.

Les Reformez inquiets sur la

J.L.P. DE GRENTE-MESNIL.

conſervation de leurs privileges, ayant fait alors une députation au Roi, *le Paumier* fut mis au nombre des Deputez, & il fit connoître en cette occaſion ſon habileté & ſon adreſſe.

Il entra dans le ſervice à l'âge de trente-trois ans, & ſervit dans les troupes des Hollandois, qui étoient alors en guerre avec les Eſpagnols, ſous le Prince *Maurice*, & enſuite ſous ſon ſucceſſeur *Henri de Naſſau.*

Quand la paix fut faite, il retourna chez lui, & réſolut d'y demeurer tranquille, occupé uniquement de ſes livres & de ſes études. Mais à peine y fut-il arrivé, qu'il s'éleva un differend entre deux Gentishommes, dont l'un beaucoup plus puiſſant en amis & en richeſſes, étoit prêt à accabler par la force l'autre, qui n'avoit de ſon côté que le droit & la raiſon. *Le Paumier* haïſſoit trop les actions injuſtes, pour en ſouffrir une ſi criante. Il alla trouver l'agreſſeur & tâcha par la douceur de le détourner de ſes mauvais deſſeins, mais il ne fit qu'irriter ſa fureur, & ils en vinrent preſque aux injures.

J.L.P. DE GRENTE-MESNIL.

Voyant ses démarches inutiles, il prit le parti de l'opprimé & résolut de le soûtenir. Un jour qu'il étoit peu accompagné, le Gentilhomme furieux l'attaqua avec un grand nombre de personnes; mais il se défendit si courageusement, qu'il les mit tous en fuite, & que l'auteur de la querelle y fut tué avec plusieurs des siens, sans que *le Paumier* perdît aucun de ses gens.

Cette affaire lui causa beaucoup d'embarras & de chagrin; mais ayant été portée après bien des procedures au Conseil, il fut jugé que les agresseurs avoient tort, & *le Paumier* fut absous.

Le voyage qu'il fit à *Paris* pour cela, lui donna occasion de faire connoissance avec plusieurs sçavans hommes, & il eut soin dans la suite d'entretenir les liaisons qu'il forma alors avec eux. Ce fut pour lui une consolation dans ses chagrins & dans ses peines. Il en trouvoit une autre dans la lecture & l'étude, ausquels il donnoit le peu de momens qu'il pouvoit avoir de libres; il publia même dans ce tems-là une

une comparaison de Lucain & de Virgile.

J. L. P. DE GRENTEMESNIL.

Son affaire finie, il se hâta de se retirer dans sa Province, pour y joüir du repos qu'il n'avoit goûté depuis long-tems. A peine y fut-il qu'il devint amoureux d'une jeune Demoiselle, dont les charmes firent tant d'impression sur lui, qu'il en oublia toute autre chose, & qu'il passoit tout son tems à lui écrire & à faire des Vers à sa loüange. Ses amis firent tout ce qu'ils purent pour le retirer de cette passion, mais ils ne purent y réüssir; il s'en désabusa cependant à la fin de lui-même, comme il le fait voir dans un excellent Dialogue Grec sous le nom de *Dyserastes.*

M. de *Longueville* ayant alors convoqué l'Arriere-Ban, pour aller faire une expedition en Lorraine, *le Paumier* l'alla trouver à la tête d'une belle jeunesse, & ce Duc lui donna une compagnie de Cavalerie. Il s'acquit dans ce poste l'estime & l'amitié de M. *de Longueville*, qui se fiant sur son habileté & son cou-

J. L. P. DE GRENTE-MESNIL.

rage, lui confia plusieurs commissions importantes.

La fin de la guerre le rendit à son premier repos, & il retourna dans sa Patrie, pour y reprendre ses occupations ordinaires.

Il perdit en 1648. *Jean le Paumier* son frere aîné, avec lequel il avoit toujours vêcu jusques-là dans sa terre de *Vandeuvre*; & cette perte fut suivie peu de tems après de celle de sa veuve, avec laquelle il avoit continué de demeurer. Il se vit obligé par-là d'aller chercher un domicile ailleurs, & de s'établir à *Caen*, dont le sejour lui plût à cause du grand nombre d'habiles gens qui y vivoient dans ce tems.

Ses amis, pour l'attacher davantage à cette Ville, l'engagerent à se marier, & il épousa une Angloise de bonne famille, nommée *Marguerite Samborn*, qu'il perdit en 1663.

Sa presence fut utile à la ville de *Caën*, car il fut le premier Promoteur de l'Academie qui y est établie, & il la soûtint contre les efforts de ses envieux, qui vouloient la détruire.

J. L. P. DE GRENTE-MESNIL.

Ayant été attaqué des douleurs de la pierre, il fut obligé de ſe faire tailler en 1659. & on lui tira neuf pierres, dont la moindre étoit plus groſſe qu'une aveline. Mais à peine étoit-il ſorti de cette opération, qu'il reſſentit de nouvelles douleurs, qui l'engagerent à ſe faire tailler de nouveau. Il fut plus heureux cette ſeconde fois que la premiere, car il en guérit parfaitement, & vêcut encore dix ans.

Il mourut après une année de maladie le premier Octobre 1670. dans ſa 83e année.

C'étoit un homme d'un eſprit excellent & d'un jugement exquis, dont les mœurs étoient irrepréhenſibles, & qui étoit l'ennemi declaré du menſonge & de la diſſimulation.

Catalogue de ſes Ouvrages.

1. *Pro Lucano contrà Virgilium Apologia ex ſcriniis Jani Berkelii*, inſerée dans un Recüeil de quelques Pieces d'un même goût, intitulé : *Diſſertationes ſelectæ Criticæ de Poëtis Græcis & Latinis. Recenſuit & edidit Janus Berkelius. Lugd. Bat.* 1704.

J.L.P. DE GRENTE-MESNIL.

in-8°. Le Paumier composa cet Ouvrage en 1629. lorsqu'il étoit à *Paris*, pour solliciter le procès qui lui causa tant de chagrin. Comme il cherchoit auprès des Muses dequoi se délasser des fatigues qu'il lui donnoit, il s'occupa à la lecture de la Pharsale de *Lucain*, où il trouva de si grandes beautez, qu'il demeura persuadé que nul autre Poëte n'étoit comparable à *Lucain*. Un de ses amis qu'il trouva dans les mêmes sentimens l'engagea à faire le parallele de ce Poëte avec *Virgile*, & c'est ce qui a produit cette Dissertation, qui est demeurée dans l'obscurité jusqu'en 1704. que M. *Berkelius* l'en tira pour la donner au Public. *Le Paumier* ne s'y attribue point le droit de décider de la préference, il prétend seulement examiner le merite particulier de chacun d'eux d'une maniere désinteressée.

Il trouve que *Virgile* excelle par la douceur & l'harmonie de ses Vers, & par l'ordonnance & la varieté de la fable, en quoi plusieurs font consister la Poësie. Mais il dit qu'aucun Poëte n'a surpassé *Lucain* par le grand & le sublime, par la pompe & la magnificence des pensées, qui répondent à la noblesse de son sujet, par les hardiesses & la liberté de son esprit. Il compare *Virgile* à un grand fleuve qui roule ses eaux tranquillement dans une plaine; les bords qu'il arrose sont garnis de gazon & de fleurs, qui forment un Printems éternel, & son crystal fait appercevoir des pierres précieuses dans les endroits les plus profonds. *Lucain* au contraire est comparé à ces fleuves rapides qui tombent avec impetuosité, & qui resserrez dans leur lit, se précipitent à grand bruit, & portent l'or & l'abondance dans tous les lieux où ils passent. Il y a, continue-t'il, dans *Virgile*, ces vives couleurs & cet embonpoint qui plaisent à la vûë, & qui sont les marques naturelles de la santé du corps. Il y a dans *Lucain* de la force & une certaine vigueur qui résulte de la solidité des muscles & de la bonne constitution des autres parties. Le premier se fait plus aimer, le se-

J. *L*. P. DE GRENTE-MESNIL.

J. L. P. DE GRENTEMESNIL.

cond se fait plus admirer. Le premier parle toujours avec grace & d'une maniere qui plaît ; le second s'exprime avec ardeur & véhemence. Le premier persuade, & le second commande. Le premier a l'air d'*Apollon* qui chante, le second imite *Jupiter* qui tonne. La muse du premier a plus d'enjouëment, celle du second a plus de majesté ; ils ont cela de commun entre eux, qu'ils ravissent, qu'ils enlevent & qu'ils piquent également leurs lecteurs ; plus on les lit, plus on a de plaisir à les lire.

2. *Exercitationes in optimos Autores Græcos. Lugd. Batav.* 1668. *in*-4°. *Le Paumier* corrige dans cet Ouvrage & explique un grand nombre d'endroits difficiles avec beaucoup de netteté & d'erudition. M. *Huet* dans ses *Origines de Caën*, nous apprend que ce fut sur ses avis & ses remontrances, que *le Paumier* forma le dessein de recüeillir ces Observations.

3. *Græciæ Antiquæ Descriptio. Lug. Bat.* 1678. *in*-4°. Cet Ouvrage Posthume a été publié par les soins

d'*Etienne Morin*, qui a mis à la tête une vie fort ample de l'Auteur. J.L.P. DE GRENTE-MESNIL.

4. A la naissance de M. le Dauphin, fils de Loüis XIV. il fit imprimer un Dialogue en Vers Grecs entre le Dauphin du Ciel & celui de la terre.

V. sa Vie à la tête de la *Description de la Grece. Huet, Origines de Caen.*

JEAN GRAVIUS.

JEAN *Gravius* ou *Greaves* naquit l'an 1602. à *Colmore* près de la Ville d'*Alresford* dans le Comté de *Hant* en Angleterre; son Pere qui étoit Ministre de ce lieu prit lui-même le soin de lui apprendre les langues Grecque & Latine, & il n'eut point d'autre Maître jusqu'à l'age de quinze ans, qu'il alla à *Oxford* étudier en Philosophie. J. GRAVIUS.

Il y fut aggregé en 1624. au College de *Merton*, & y reçût le bonnet de Maître ès Arts en 1628.

L'étroite amitié qu'il contracta avec *Henri Brigge* & *Jean Bainbridge*

J. GRAVIUS.

Professeurs en Mathematiques, l'engagea à s'appliquer à cette science, & il le fit avec une ardeur inconcevable. Il ne se contenta pas de lire les Ouvrages des Mathematiciens de son tems, il lut encore ceux des Anciens tant Grecs qu'Arabes & Persans dont il s'étoit rendu la langue familiere.

Il se fit bientôt un nom, & on le jugea en 1630. digne de remplir une chaire de Geometrie à *Londres* dans le College de *Gresham.* Il se fit autant estimer dans cette derniere Ville qu'il l'avoit été à *Oxford*, & *Guillaume Laud* Archevêque de Cantorberi se déclara son protecteur & son patron.

Il y avoit déja du tems qu'il avoit formé le dessein de faire un voyage dans l'Orient & dans l'Egypte pour visiter les lieux d'où les sciences nous sont venuës, & il l'executa en 1637.

On ne sçait où placer un voyage qu'il fit à *Paris*, où il paroît par une de ses Lettres à *Claude Hardi* qu'il demeura quelque tems, & à *Leyde*, où il fit connoissance avec *Jacques Golius*, & s'il le fit avant son

son départ pour l'Orient, ce qui paroît plus vrai-semblable, ou après son retour. J. GRAVIUS.

Il partit en 1637. pour l'Italie dont il parcourut les principales Villes, examinant avec soin tous les Monumens antiques qu'on y trouve. Après y avoir demeuré six mois, il s'embarqua pour *Constantinople*, où il arriva au mois d'Avril 1638. & passa ensuite au mois de Septembre à *Alexandrie* en Egypte. Il fut de retour en Italie au mois de Juin 1639. & y fit encore quelques mois de séjour. Enfin après une absence de trois ans, il se rendit l'année suivante en Angleterre.

Les troubles qui agitoient alors ce Royaume l'obligerent à se retirer à *Oxford*, où trois ans après, c'est-à-dire au mois de Novembre 1643. il fut choisi pour succeder à *Bainbridge* dans la chaire d'Astronomie fondée par *Henri Savilius*.

Les Parlementaires s'étant rendus maîtres d'*Oxford* le 24. Juin 1646. en chasserent tous les serviteurs fideles du Roi *Charles I.* & *Gravius* fut de leur nombre. Ce Sça.

J. GRAVIUS. vant se retira alors à *Londres*, où pour adoucir le chagrin que lui causoient les maux de l'Etat, & en particulier la perte qu'il avoit faite de la meilleure partie de ses biens, de sa Bibliotheque & de ses Manuscrits, il s'appliqua à la composition de plusieurs Ouvrages.

Il se maria quelques tems après; mais il ne survecut pas beaucoup à ce mariage, étant mort au mois d'Octobre 1652. dans la 50. année de son age.

Catalogue de ses Ouvrages.

1. *Piramidographie*, *ou Description des Pyramides d'Egypte* (en Anglois) *Londres*. 1646. *in*-8°. It. traduite en François dans le 1. volume des *Relations de divers voyages* données par *Thevenot*. Gravius avoit examiné avec beaucoup d'exactitude les Pyramides dont il donne ici la description, & il avoit eu soin de prendre toutes les mesures avec la derniere justesse; & c'est ce qui rend son ouvrage précieux.

2. *Traité du Pied romain*, *& du Denier qui peut servir à faire connoître les Mesures & les poids des Anciens*

(en Anglois) *Londres* 1647. *in*-8°. Il y a beaucoup d'érudition dans cet Ouvrage, qui est dédié à *Jean Selden*.

J. GRAVIUS.

3. *Joannis Bainbrigii Canicularia; una cum demonstratione ortus Sirii heliaci pro paralello inferioris Ægypti auctore Joanne Gravio. Accesserunt insigniorum aliquot stellarum longitudines & latitudines ex Astronomicis observationibus Ulug Beigi, Tamerlanis magni Nepotis. Oxoniæ* 1648. *in*-8°. *Bainbridge* n'ayant pû achever cet Ouvrage auquel il travailloit lorsqu'il mourut, *Gravius* fut chargé d'y mettre la derniere main, & profita de cette occasion pour publier les pieces qui l'accompagnent.

4. *Elementa linguæ Persicæ. Londini* 1649. *in*-4°. *Gravius* entreprit cet Ouvrage avant son départ pour l'Orient, à la persuasion de *Jean Selden* à qui il l'a dédié.

5. *Anonimus Persa de siglis Arabum & Persarum Astronomicis. Londini* 1648. *in*-4°. Il avoit trouvé cet Ouvrage à *Constantinople*, & il jugea à propos de le faire imprimer avec des notes marginales de sa façon. Il

J. GRAVIUS.

l'a dédié à *Claude Hardi* qu'il avoit vû à *Paris*.

6. *Epochæ celebriores Astronomis, Historicis, Chronologis Chataïorum, Syro-Græcorum, Arabum, Persarum, Chorasmiorum usitatæ, ex traditione Ulug Beigi, Juditæ citra extraque Gangem Principis. Persice & Latine. Londini* 1650. *in*-4°. On trouve à la fin de ce volume *Chorasmiæ & Mavvaralnahræ, hoc est, regionum extra Fluvium Oxum descriptio; ex tabulis Abulfedæ Ismaëlis, Principis Hamah. Arabice & Latine.* Ces deux Ouvrages sont fort propres à répandre du jour sur l'Histoire Orientale, qui est fort embrouillée.

7. *Astronomica quædam ex traditione Shah Cholgii Persa; una cum hypothesibus Planetarum, & cum excerptis quibusdam ex Alfergani elementis Astronomicis, & Ali Kushgii de terræ magnitudine & Sphærarum Cœlestium à terra distantiis. Londini* 1652. *in*-4°. Il falloit être aussi versé dans la connoissance de l'Astronomie & des Auteurs Orientaux que l'étoit *Gravius*, pour être en état de donner un semblable Ouvrage au Pu-

J. GRAVIUS.

blic ; il y a joint deux Tables Geographiques, une de *Nassir Eddin*, Persan, & l'autre de *Vlug Beig*, Tatar.

8. *Description du Serail du Grand Seigneur.* (en Anglois) *Londres* 1650. *in*-8°. *Gravius* n'est que l'éditeur de ce curieux Ouvrage, dont le veritable Auteur est *Robert Withers*, Anglois.

9. *Lemmata Archimedis apud Græcos & Latinos jampridem desiderata è vetusto Codice Manuscripto Arabico à Joanne Gravio traducta & cum Arabum Scholiis publicata. Samuel Forster* Professeur d'Astronomie au College de *Gresham*, a publié cet Ouvrage avec ses propres remarques dans ses *Miscellanea. Londini in-fol.*

10. *De Modo pullos ex ovis in fornacibus lento & moderato igni calescentibus apud Kahirenses excludendi*, inseré dans les *Transactions Philosophiques* de Janvier & Fevrier 1677.

11. *Lettre sur la Latitude de Constantinople & de Rhodes*, (en Anglois) inserée dans les *Transactions Philosophiques* au mois de Decembre 1685. It. traduite en François dans le

J. GRAVIUS. *Journal des Sçavans* du 9. Septembre 1686.

Il a laissé encore plusieurs autres Ouvrages qui n'ont point été imprimez.

Gravius a eu trois freres, qui se sont tous distinguez par leur merite & par leur habileté. *Nicolas* membre du College de toutes les Ames à *Oxford*, & Doyen de l'Eglise Cathedrale de *Dromore* en Irlande. *Thomas* membre du College du Corps de Christ & Chanoine de l'Eglise de *Peterborough*, dont on reconnoît l'habileté dans les langues Orientales, par les remarques qu'il a faites sur le Pentateuque & sur les Evangiles en langue Persane, & qui ont été inserées dans le sixiéme volume de la Polyglotte d'Angleterre. On a aussi de lui un Discours *de Linguæ Arabicæ utilitate & præstantia. Oxonii* 1639. Le troisiéme frere de Gravius se nommoit *Edoüard*, & a été Medecin du Roi *Charles I.*

V. sa Vie par *Thomas Smith* dans le Recüeil intitulé : *Vitæ quorumdam eruditissimorum & illustrium Virorum. Londini* 1707. in-4°.

GUILLAUME POSTEL.

GUILLAUME *Postel* naquit à *Barenton* village du Diocese d'Avranches en Normandie. Si on s'en rapporte à son testament, on peut fixer la date de sa naissance au 25. Mars 1510. G. POSTEL.

Ses parens étoient assez pauvres, & à peine eut-il atteint l'âge de huit ans que la peste les lui enleva. Son génie le portoit tellement à l'étude, que dans cet âge si peu avancé il étudioit souvent des journées entieres, sans se donner seulement le tems de manger. Mais le peu de bien qu'il avoit, & la misere des tems interrompirent ses études, & le contraignirent de sortir de son Pays.

Il alla à l'âge de 13. ans à *Say* village à quelques lieuës de Pontoise, où il trouva moyen, malgré sa grande jeunesse, de se faire Maître d'Ecole. Après y avoir amassé quelque argent, il vint à *Paris* pour continuer ses études.

G. POSTEL.

Mais il eut le malheur de tomber à son arrivée entre les mains de quelques fripons, qui lui emporterent la nuit, pendant qu'il dormoit, le peu d'argent qu'il avoit, & son habit, & le laisserent dans la plus grande disette du monde.

Le froid qu'il eut à souffrir dans l'état où il se trouvoit lui causa une dyssenterie, qui dura dix-huit mois, & le mit à deux doigts de la mort, & il fut plus de deux ans à l'Hopital, sans pouvoir recouvrer ses forces.

A peine eût-il commencé à les reprendre, que la cherté des vivres l'obligea à sortir de *Paris*, & lui fit prendre le dessein d'aller glaner dans la Beauce pendant la moisson ; ce qu'il fit avec tant de soin & de bonheur, qu'il amassa dequoi s'acheter des habits & retourner à *Paris*.

Lorsqu'il y fut arrivé, il se mit en service dans le College de sainte Barbe, où il recommença à étudier tout de bon. Ayant appris qu'il y avoit encore des Juifs, & qu'ils se servoient de caracteres Hebraïques, il fit tant qu'il trouva un Alphabet

Hebreu qu'il sçût bien-tôt par cœur, & ayant ensuite acheté une Grammaire, il fit en peu de tems des progrès fort considerables sans le secours d'aucun Maître. Il n'en fit pas de moindres dans la langue Grecque, qu'il apprit en très-peu de tems, à des heures derobées. G. POSTEL.

Cette diligence lui acquit bientôt une grande réputation. Un Seigneur Portugais, avec qui il fit connoissance, & dans la compagnie duquel il apprit l'Espagnol, voulant l'attirer en Portugal, lui offrit une chaire de Professeur avec une pension de quatre cens ducats. Mais *Postel* le remercia de ses offres, aimant mieux se perfectionner dans ses études, que d'enseigner aux autres ce qu'il croyoit lui-même n'entendre pas encore assez à fond.

Quelque tems après il eut le bonheur de gagner les bonnes graces de *Jean Rocourt* Baillif d'*Amiens*, homme de Lettres d'un rare merite, & il alla avec lui à *Amiens*, où il demeura quelque tems.

S'étant ensuite rendu à *Roüen* pour y voir l'entrée publique de la

G. POSTEL.

Reine *Eleonor*, il y rencontra *Jean Raquier*, Abbé d'*Arras*, qui l'emmena à *Paris*, pour y être Precepteur de son neveu. Ce fut alors que *Postel* se vit à lui-même, & en état d'étudier à son aise ; il ne tint même qu'à lui d'accepter plusieurs Benefices que cet Abbé lui offrit, mais qu'il refusa, parce qu'il ne vouloit pas les déservir.

Le Sieur de *la Forest* ayant été envoyé à *Constantinople* pour negotier quelques affaires, prit pour son compagnon de voyage *Postel*, qui desiroit depuis long-tems voir les Pays Etrangers. Quelque tems après leur retour, *François I.* les renvoya une seconde fois à *Constantinople* pour le sujet que je vais dire.

Il étoit mort aux Indes un Bourgeois de *Tours*, nommé *Crusillon*, qui avoit laissé en mourant trois cens mille ducats, qu'on avoit mis en dépôt chez *Ibrahim Bassa*, qui faisoit difficulté de les rendre, & pour l'y obliger, le Roi jugea à propos de les envoyer à *Constantinople*. Mais leur voyage fut infructueux ; ce Bassa fut étranglé par ordre du

Grand Seigneur, & ils resterent dix-huit mois dans cette Ville sans pouvoir rien obtenir. G. POSTEL.

Postel seul gagna à ce voyage; il se perfectionna dans la langue Grecque, il apprit l'Arabe, & il rapporta en France quantité d'Ouvrages écrits en cette langue & en Syriaque.

La Croix du Maine dit que le Roi lui avoit donné quatre mille écus pour ce voyage, mais ce fait est contredit par *Thevet*, qui assure qu'il sçavoit bien le contraire.

Pour ce qui est des Livres que *Postel* apporta du Levant, les uns demeurérent en gage au Duc de Baviere pour la somme de 200. écus, les autres furent laissez en garde chez *Antoine Tiepoli* à *Venise*, & le Nouveau Testament Syriaque qu'il apporta le premier en Europe, fut imprimé aux dépens de l'Empereur *Ferdinand I.* qui fit fondre exprès des caracteres, & en envoya quantité d'exemplaires en Syrie.

A son retour de Turquie, il fut fort bien reçu du Roi *François I.* & de la Reine de Navarre sa sœur.

G. POSTEL.

Peu de tems après il publia un Alphabet de douze langues differentes & quelques autres Ouvrages.

S'il avoit voulu embrasser l'état Ecclesiastique, on lui auroit fait de grands avantages ; mais il préfera une chaire de Professeur Royal en Mathematiques & en langues Orientales, qu'on lui donna avec deux cens ducats d'appointement.

La Reine de Navarre lui fit aussi une pension. Mais il alla mal-à-propos se broüiller avec elle, & voici à quelle occasion.

Le Chancelier *Poyet*, qui étoit mal avec cette Princesse, vouloit du bien à *Postel* : il l'engagea à venir plus souvent à la Cour, & à accepter le quart du revenu de l'Evêché d'*Angers*, qui consistoit en un Doyenné contenant trente-deux Paroisses, qu'il lui procura.

Cela déplut fort à la Reine, & quelque tems après le Chancelier *Poyet* ayant été entierement disgracié, *Postel* eut l'imprudence de vouloir le raccommoder avec elle.

Pour cet effet il se rendit d'*Angers* à *Mont-Marsan*, où le Roi &

la Reine de Navarre faisoient leur sejour. Il n'y fut pas long-tems sans s'appercevoir, que bien loin de pouvoir secourir *Poyet*, il avoit lui-même besoin de protecteurs ; aussi ce voyage lui fut non-seulement inutile, mais encore nuisible ; car il y perdit ses chevaux avec son bagage, endura bien des fatigues, & eut bien de la peine à conserver sa liberté.

G. POSTEL.

Il est probable que la mauvaise situation, dans laquelle il se trouva, l'obligea alors à quitter la France, & que vers ce temps-là il alla à *Vienne*.

Jean Albert Widmanstadt dit dans la Préface de son *Nouveau Testament Syriaque* imprimé à *Vienne* en 1555. que *Postel*, dont il fait un éloge magnifique, l'avoit aidé considerablement pendant le sejour qu'il avoit fait à *Vienne*, & qu'il en auroit encore reçû de plus grands secours, si on ne lui avoit pas fait entendre qu'il se tramoit quelque chose contre sa personne, ce qui l'obligea à sortir de *Vienne*. Mais son départ, bien loin de lui faire éviter

G. POSTEL. des disgraces, lui en procura d'autres par un accident bien extraordinaire.

Peu de jours avant qu'il quittât *Vienne*, un Moine Franciscain, qui ressembloit parfaitement à *Postel*, tua un Religieux de son Ordre, & s'enfuit après avoir fait le coup. On courut après lui, & on arrêta *Postel* qu'on prit pour lui, sur la Frontiere du Territoire de *Venise*, mais il eut le bonheur de s'échapper le lendemain.

Il est difficile d'accorder ceci avec ce que *Beze* dit de lui dans son *Histoire Ecclesiastique*, tom. I. an. 1553. Voici comment il s'exprime: » Bref pour s'achever de peindre, » il (*Postel*) se fit Jesuite. Finale» ment pour ce qu'en sa Messe, il » commença par dire *Dominus vo-* » *biscum* & *Orate fratres* en Fran» çois, on lui fit quelques défen» ses, sur lesquelles s'étant pour» mené par les Colleges des Jesui» tes, jusqu'à *Vienne* en Autriche, » pour ce qu'il remuoit aussi quel» que chose en leur Ordre par ses » fantaisies, contraint de se sauver

» à *Venise*; il y fut attrapé, & de- G. Pos-
» puis mené à *Rome*, & condamné TEL.
» par l'Inquisition à de perpetuelles
» prisons. « *Beze* ajoûte que les prisons ayant été rompuës à la mort du Pape *Caraffe*, il en sortit avec les autres prisonniers.

Mais tout ce recit n'a presque rien de réel. 1°. *Postel* n'étoit pas encore Jesuite, lorsqu'il fut à *Vienne*, il ne le devint que quelque tems après pendant son sejour à *Rome*. 2°. *Beze* se contredit ; car après avoir suivi *Postel* dans ses voyages, il dit qu'il fut de retour à *Paris* en 1552. par conséquent il ne peut avoir été à Rome au tems de la mort du Pape *Caraffe*, c'est-à-dire de *Paul IV.* qui mourut en 1559.

Au reste *Postel* étoit à *Rome* vers l'an 1544. & y ayant vû S. *Ignace de Loyola*, il fut si charmé, dit le P. *Bouhours*, de sa maniere d'agir, de ses maximes & du caractere de son Institut, que visitant les sept Eglises, il fit vœu de prendre parti avec lui, & il témoigna si ardemment le souhaiter, que S. *Ignace*, à qui le nom de *Postel* étoit déja fort

G. POSTEL.

connu, ne pût se dispenser de le recevoir; mais ce Saint, continuë le P. *Bouhours*, reconnut bien-tôt que l'apparence l'avoit ébloüi, car ce Novice, à force de lire les Rabbins & de contempler les Astres, s'étoit mis quantité de visions en tête, qu'il ne pût s'empêcher de publier. S. *Ignace* fit tout ce qu'il pût pendant plus de deux années pour l'en guérir; mais voyant que tous les remedes étoient inutiles, il le chassa de son Ordre, & défendit à tous ceux de la Compagnie d'avoir aucun commerce avec lui.

Etienne Pasquier a prétendu que *Postel* avoit été veritablement Jesuite & non seulement novice; mais il paroît qu'il ne l'a prétendu que pour faire retomber sur tout le Corps des Jesuites, contre lesquels il plaidoit, le blâme des impietez qu'il attribue à *Postel*; en quoi il raisonnoit assez mal, puisqu'il n'est point de Corps qui ne puisse contenir de mauvais sujets, sans qu'il en soit deshonoré pour cela.

Postel continuant toujours pendant son sejour de *Rome* à publier ses

ſes rêveries, on le mit à la fin en prison, & il y demeura plusieurs années. S'étant échappé, je ne ſçai comment, il alla à *Veniſe*, où l'on prétend qu'il s'infatua d'une vieille fille, que quelques-uns traitent, sans aucun fondement, de courtiſane, & qui le fit tomber dans des erreurs groſſieres. Ce fut à ſon ſujet qu'il publia dans la ſuite ſon Livre des Très-Merveilleuſes Victoires des Femmes; dont je parlerai plus bas. G. POSTEL.

Il ſe fit de nouvelles affaires dans cette Ville, on l'y accuſa de pluſieurs hereſies, & il ſe conſtitua lui-même volontairement priſonnier pour s'en juſtifier. Les Inquiſiteurs après l'avoir examiné, reconnurent qu'il y avoit plus de folie que d'autre choſe dans ſon fait, & le declarerent fou & non heretique.

De *Veniſe Poſtel* paſſa à *Geneve*, d'où il alla à *Bâle*. Si on en croit *Beze*, il tâcha là de ſe joindre aux Egliſes Reformées, & d'être reçu à *Geneve* en offrant une retractation de ſa main, mais on le refuſa. C'eſt un fait qui n'eſt pas trop certain;

G. POSTEL.

car *Beze*, le seul Auteur qui le rapporte, paroît fort animé contre *Postel*, & ce qu'il dit sur son chapitre n'est pas fort exact.

De *Bâle*, *Postel* alla, selon *Beze*, à *Dijon*, où il enseigna quelque chose des Mathematiques, & il revint à *Paris* en 1553. Il publia cette année & les suivantes divers Ouvrages dont je parlerai dans la suite.

Scevole de Sainte-Marthe dit que *Postel* retombant dans ses premieres extravagances, & les publiant par tout, le Magistrat commença à informer de sa vie & de sa conduite, & que se sentant coupable, il s'enfuit en Allemagne, & se retira à la Cour de l'Empereur *Ferdinand I.* où il demeura jusqu'à ce que s'étant publiquement retracté de toutes les erreurs qu'il avoit avancées, il fut rappellé en France par le Roi, qui le rétablit dans la chaire de Professeur Royal.

De Thou, *du Verdier*, *Thevet*, *Scevole de Sainte-Marthe*, *Baillet*, & quantité d'autres après eux, disent que *Postel* ayant recommencé à publier ses visions & ses extravagances, il fut renfermé pour le reste de ses jours dans le Monastere de S. Martin-des-Champs. *Du Verdier* même dit, qu'étant allé le voir dans ce Monastere, il s'entretint avec lui sur la Philosophie, & sur quelques points de Theologie, & qu'il connut par ses discours, que son cerveau n'étoit pas bien composé, qu'il étoit méchant & malin, extrêmement ambitieux & arrogant, qu'après avoir assuré que celui qui auroit la connoissance qu'il avoit ne mourroit jamais, il se prit à médire du Cardinal de Lorraine, & voulut faire croire qu'il étoit Prophete.

G. POSTEL.

Du Verdier ajoûte qu'il resta plus de 18. ans dans ce Monastere, & qu'il y mourut en 1582. Il doit selon ce calcul y être entré vers l'année 1564. Aussi lit-on à la page 43. du *Catechisme des Jesuites*, que *Postel* étoit confiné en 1564. dans ce Monastere, & qu'il y vêcut jusqu'en 1583.

Ce fait souffre quelques difficultez. Car:

1°. *Martin Marrier*, dans son

G. POSTEL. *Histoire du Monastere de S. Martin-des-Champs* n'en dit pas un seul mot, lorsqu'il parle de lui, il dit au contraire qu'il y a logé pendant long-tems, *longo eum tempore habuimus hospitem. Florimond de Remond* se sert des mêmes termes dans son Ouvrage de la Naissance, &c. de l'heresie. » Sur ses vieux ans, dit-il, » les Princes & gens de sçavoir » alloient voir ce venerable Vieil- » lard à S. Martin-des-Champs où » il logeoit, assis dans sa chaire, la » barbe blanche lui tombant jusqu'à » la ceinture, avec une telle ma- » jesté en son port, une telle gravité » en ses Sentences, que nul ne s'en » retournoit jamais sans desir de le » revoir, & étonnement de ce qu'il » avoit oüi.

2. Il est fort probable que si *Postel* eut été veritablement enfermé, & même par Arrêt de Parlement, comme veulent *Thevet*, *Sainte-Marthe* & *Baillet*, on ne lui eut jamais permis de publier des Livres sur quelque sujet que ce fut, de peur qu'il n'y répandit les visions & les erreurs dont on l'accusoit. Cepen-

dant il y avoit déja du tems qu'il étoit dans ce Monastere, lorsqu'il publia en Latin l'an 1572. un jugement sur la Comete qu'on vit paroître cette année là. Il donna encore au Public une nouvelle édition augmentée des *Histoires Orientales* qu'il dédia à *Hercule-François de Valois* Frere de *Henri III.* & il data son Epitre Dedicatoire de *Paris* à S. Martin ce 30. Mars 1575.

G. Postel.

3. Une autre raison qui donne lieu de croire que *Postel* ne fut point confiné dans ce Monastere, c'est qu'il dit dans cette même Dedicace que la Reine *Catherine de Medicis* l'avoit nommé pour être le Precepteur de son Fils *Hercule-François*; mais qu'il l'en remercia, *à cause*, ajoûte-t'il, *des travaux de la Cour par moi plus que assez experimentez, connus & soufferts.* On sent bien que si *Postel* eut été enfermé dans ce Monastere & déclaré fou, comme *du Verdier & Scevole de Sainte-Marthe* l'assurent, on n'auroit jamais songé à confier l'éducation d'un Prince à un pareil homme qui auroit pû lui inspirer ses erreurs. Car il n'y

G. POSTEL. a guerres d'apparence que ce fut avant sa retraite à S. Martin, qu'on le nomma pour être Precepteur, puisqu'étant entré dans ce Monastere vers l'année 1564. selon *Du Verdier*, ce Prince né en 1554. n'avoit que 10. ans; & si *Postel* a été effectivement confiné & déclaré fou, ce n'a été sans doute qu'après avoir continué pendant long tems à publier ses extravagances; de maniere que ce Prince auroit été trop jeune pour avoir besoin de Precepteur.

4. *Jacques Gautier* dans ses tables Chronologiques assure l'avoir entendu enseigner à *Paris* en 1578. dans un auditoire fort nombreux, avec tant d'esprit & de sçavoir, que *Maldonat*, homme fort judicieux, s'étonnoit qu'il put y avoir un tel homme dans le monde, de la bouche duquel il sortoit autant d'Oracles que de paroles. Or s'il avoit été enfermé, comme on le prétend, il n'auroit point eu ainsi la liberté d'enseigner publiquement. Il ne seroit pas cependant impossible, que *Postel* eut été d'abord enfermé dans ce

Monastere pour ses erreurs ; mais qu'ensuite s'en étant retracté, on lui eut permis de recommencer à publier des Livres & à enseigner ; mais ces sortes de permissions sont bien rares, on craint trop les rechûtes. G. POSTEL.

Il est tems de venir à la mort de *Postel.* Bien des Sçavans en ont ignoré l'Epoque, & se sont trompez en voulant la fixer.

L'Histoire du Monastere de S. Martin nous apprend qu'il mourut le 6. Septembre 1581. à neuf heures du soir, & qu'il fut enterré trois jours après dans l'Eglise de ce Monastere vis-à-vis de l'Autel de la Vierge du côté droit, & tout près de là sur la muraille on lit ces deux vers gravez sur une planche de cuivre.

Postellus postquam peragravit plurima passus,
Pro pietate polos Parisiis petiit.
Obiit sexto Septembris 1581.
Mœrens ponebat Adrianus Tartrier Medicus.

On voit par cette Epitaphe que *Sainte-Marthe* dans ses Eloges, *Du Verdier* dans sa Bibliotheque Fran-

G. POSTEL.

çoise, & après eux M. *Thomasius* dans la 21. de ses observations choisies se sont trompez, lorsqu'ils ont dit que *Postel* mourut en 1582. Je joins à ceux-là *Estienne Pasquier* qui dit que *Postel* vécut jusqu'en 1580.

L'âge de *Postel* est bien plus difficile à déterminer que le tems de sa mort. La plûpart lui ont donné environ cent ans de vie. On est allé même encore plus loin. Un certain *Frankeberg* fit réimprimer à *Amsterdam* en 1646. *in-16.* un Ouvrage que Postel avoit publié cent ans auparavant sous le titre d'*Absconditorum à constitutione mundi Clavis*, & y ajoûta une Preface, où il dit que *Postel* mourut à *Paris* en 1581. au mois de Septembre agé de 130, & il cite pour garant de ce fait un certain *Helisæus Rœselinus de expeditione Aquilonautica & Stella nova. cap. 7. p. 43.* Il avoit dit auparavant que *Postel* étoit né à *Paris*, en quoi il s'est certainement trompé.

La Croix de Maine, fait pitié, quand il parle de l'âge de *Postel.* Il suppose qu'il naquit vers l'an 1475. & pour le prouver il cite deux endroits

droits d'un Poëme sur la guerre de Ravenne intitulé : *Herveis*, qu'un Poëte nommé *Humbert de Montmoret* composa en 1512. Les voici.

G. POSTEL.

Et Jura & Leges nostique, Guilelme, Poëtas,
Hisque viros unus tres superare potes..
Legistam si quis, si quis reperire Poëtam
Philosophum à ve cupit, te petat ; omnis homo es.

Postel, dit-il, étant aussi docte que l'assure le Poëte, il est à croire qu'en 1512 ou 1513. il avoit pour le moins 25. ans, & par conséquent qu'il est mort âgé de 95. ou 96. ans. en l'an 1581 ; mais comment a-t'il sçû qu'il s'agissoit là de *Postel*, puisqu'il n'y est pas nommé. D'ailleurs je ne sçache pas que *Postel* ait jamais été Jurisconsulte, ou qu'il ait jamais été grand Poëte.

Il n'y a en effet aucune apparence que si *Postel* fut né l'an 1475. il n'eut publié aucun Ouvrage qu'à l'age de 63. ans ; le premier Livre qu'on ait vû de lui étant son Alphabeth des douze langues qui ne parut qu'en 1538. tems auquel, sui-

G. POSTEL.

vant le calcul de *La Croix du Maine*, *Postel* auroit eu 63. ans; ainsi *Baillet* auroit eu tort de lui donner une place parmi les Enfans celebres par leurs études.

De plus l'Arithmetique de *La Croix du Maine* n'est pas juste; si *Postel* étoit âgé de 25. ans en 1513. il devoit être né, non pas en 1475. mais en 1488. & s'il étoit né en 1475. il devoit être mort en 1581. âgé, non pas de 95. ou 96. ans, mais de 106. ans.

Il est dit dans Morery que *Postel* naquit vers l'an 1477. & qu'il mourut en 1581. âgé de près de cent ans; autre erreur de calcul.

L'Auteur des *Essais de Litterature* dit aussi qu'il mourut en 1581. *presque centenaire*, & deux lignes plus bas, il ajoûte qu'*il étoit né vers l'an* 1477.

Du Verdier dit dans sa *Bibliotheque Françoise* que *Postel* mourut âgé de plus de cent ans, & dans sa *Prosopographie*, qu'on assuroit qu'il avoit vêcu 110. ans.

Scevole de Sainte-Marthe s'est contenté de dire qu'il mourut âgé de près de cent ans, *Centenario proxi-*

mas. M. de Thou s'est servi de la même expression, que M. *Teissier* a mal rendue en François par celle-cy, *il mourut âgé de plus de cent ans.* G. POSTEL.

Il est assez vrai-semblable que les Voyages differents que fit *Postel*, & le grand nombre de Livres qu'il composa, sont les principales raisons qui l'ont fait croire si âgé.

L'Auteur de l'Histoire du Monastere de S. Martin des Champs assure que *Postel* mourut âgé de 76. ans trois mois & neuf jours; suivant cette Epoque, il seroit né le 28. May 1505. Ce témoignage paroît d'autant plus sûr, que l'Auteur marque avec beaucoup de précision l'âge de *Postel*, & qu'étant entré dans ce Monastere deux ans après la mort de *Postel*, il a eu la facilité de s'informer de son âge. De plus Thevet s'accorde avec lui sur ce point.

Mais on a le Testament de *Postel* qui est écrit de sa propre main, & qui est daté du 2. Decembre 1567. où il dit que le 25. Mars de cette année il étoit entré dans la 57. année de son age. Il s'ensuit de là qu'il étoit né le 25. Mars 1510. & qu'é-

G. POSTEL.

tant mort le 6. Septembre 1581. il n'a vécu que 71. ans 5. mois & 12. jours. Tout cela est d'autant plus difficile à concilier que l'Auteur de cette Histoire assure avoir par devers lui le Testament de *Postel*, & qu'il en cite même un passage. Mais il est assez probable que *Postel* a fait plusieurs Testaments, & que celui que possedoit l'Auteur de l'Histoire étoit different de celui dont je parle, puisque s'il avoit trouvé dans le sien une date semblable, il n'auroit pas manqué d'en faire mention, & même de la suivre préferablement à toute autre.

On ne sçauroit nier que *Postel* n'ait été un des premiers hommes de son tems en fait d'érudition; c'est ce que ses Ouvrages, & les Eloges que tous les Sçavans unanimement lui ont donnez, prouvent démonstrativement. Il excelloit sur tout dans la connoissance des Langues, de la Philosophie, de la Cosmographie & des Mathematiques. *Du Verdier* dit qu'il se fit aussi recevoir Bachelier en Medecine. Il se vantoit de pouvoir aller jusqu'à la Chine sans Interprete. On fait sonner fort haut sa grande connoissance de l'Arabe, langue que très-peu de gens sçavoient alors. Mais *Scaliger*, qui dit s'être entretenu avec *Postel*, assure positivement qu'il n'étoit pas à beaucoup près si habile dans cette langue qu'il vouloit le faire accroire : on fait neanmoins dire à *Scaliger* dans le *Scaligerana*, qu'il lui envioit la connoissance de l'Arabe, & ailleurs, que *Postel* étoit de toute la France celui qui sçavoit le mieux l'Arabe. Mais outre qu'on ne doit pas mettre sur le compte des Auteurs tout ce qu'on leur fait dire dans les *Ana*, il se pourroit fort bien que *Scaliger*, lorsqu'il parloit ainsi, ne se fût point entretenu encore avec *Postel*.

G. POSTEL.

François I. qui aimoit les Lettres, & la Reine de Navarre, qui étoit sçavante, regardoient *Postel* comme la merveille du monde. Les plus grands Seigneurs, & entre autres les Cardinaux de *Tournon*, de *Lorraine* & d'*Armagnac* recherchoient son entretien, & lui faisoient en quelque façon la cour. Les plus

G. POSTEL. doctes l'admiroient, & l'on disoit communément de lui, qu'il sortoit de sa bouche autant d'oracles, que de paroles. On assure que quand il enseignoit à *Paris* dans le College des Lombards, il avoit une si grande foule d'Auditeurs, que comme la grande salle de ce College ne pouvoit les contenir, il les faisoit descendre dans la cour, & leur parloit d'une fenêtre.

Si le sçavoir de *Postel* lui a procuré quantité d'éloges, ses sentimens lui ont attiré bien des censures & des critiques de la part des Theologiens, dont quelques-uns ont été jusqu'à l'accuser d'Athéisme & de Deisme; accusation entierement frivole, puisqu'il n'y a pas un de ses écrits, où il ne suppose la Divinité, & qu'il reconnoît expressément l'inspiration divine des Ecrits sacrez.

Les principales erreurs dans lesquelles il est veritablement tombé sont les suivantes.

1. Il prétendoit démontrer par la raison & par la Philosophie tous les dogmes de la Religion Chré-

tienne, ſans en excepter les Myſte- res de la Trinité & de l'Incarna- tion. Perſuadé que ſa raiſon natu- relle étoit beaucoup au-deſſus de celle de tous les autres hommes, il s'imaginoit qu'il convertiroit par ſon moyen toutes les Nations de la terre à la Foi de Jeſus-Chriſt; & ſur ce qu'on lui objectoit que par là il ſe préferoit aux Apôtres, il ré- pondoit : *J'ai bien dit, & de preſent dis, que Notre Seigneur a donné l'ex- cellence de Foi aux Apôtres, mais que maintenant que la Foi eſt quaſi périe, il nous a donné, & à moi principale- ment, en lieu de la Foi,* imò *avec la Foi, la raiſon ſi vive & ſouveraine, que jamais les Apôtres ne l'eurent : en- ſorte qu'innumerables lieux de l'Ecri- ture & de Nature que jamais en pu- blic ne furent entendus, moyennant ladite raiſon ſouveraine ſeront enten- dus.*

G. POSTEL.

2. Il croyoit que l'ame humaine de Jeſus-Chriſt avoit été créée & unie avec le Verbe Eternel avant la Création du monde.

3. Il prétendoit qu'on trouve écrit dans les Cieux en caracteres

G. POSTEL. Hebreux formez par l'arrangement des Etoiles tout ce qui est dans la Nature. Voici comme il s'exprime sur ce sujet dans son Commentaire sur le Jezirah. *Si je dis que j'ai vû dans le Ciel en caracteres Hebreux tout ce qui est dans la Nature, comme en effet je l'ai vû, non à découvert, mais enveloppé, personne ne le croira, cependant Dieu & son Christ me sont témoins que je ne mens pas.*

4. Il soûtenoit que le monde ne dureroit que six mille ans, & c'est-là encore une opinion qu'il avoit tirée de la Cabale des Juifs.

5. Il assuroit que la fin du monde seroit précedée d'un rétablissement de toutes choses, qui les remettroit dans l'état où elles étoient avant la chûte du premier Homme.

Je ne dis rien ici de ses visions sur sa Mere Jeanne, dont je parlerai plus bas.

Au reste *Postel* n'a pas toujours été dans les mêmes sentimens, & c'est à quoi il faut bien prendre garde, pour porter un jugement solide de sa doctrine. La vivacité de son esprit, la multitude des choses dont il avoit la tête remplie, la confusion & le peu d'ordre qui se trouvoit souvent dans ses idées lui faisoient avancer en differens tems des choses entierement opposées les unes aux autres. Ainsi, par exemple, il parut d'abord grand ennemi des Protestans, & il parla d'eux dans ses Ecrits d'une maniere très-violente; mais quand il se fût mis dans l'esprit de ne faire qu'une Religion de toutes celles du monde, & de réunir ensemble les Chrétiens, les Juifs & les Mahometans, il parla sur un autre ton. Il poussa la tolerance au-delà de ses justes bornes, & voulut donner un bon sens aux opinions les plus monstrueuses. Il prétendit même qu'on devoit mettre *Mahomet* au rang des veritables Prophetes, de même que *Saul*, parce qu'il a dit quelquefois la verité; raison pitoyable, puisque, suivant ce systême, on pourroit mettre le Diable dans le même rang, car quoiqu'il soit le pere du mensonge, il ne ment pourtant pas toujours. G. POSTEL.

Si *Postel* a été attaqué sur ses sentimens, on n'a jamais pû rien trou-

G. POSTEL. ver à redire dans sa conduite, qui a toujours été très-sage & très-reglée. Il étoit fort affable, & sa conversation étoit instructive & agréable. *La Popeliniere* dans son *Histoire des Histoires* dit qu'il étoit d'une humeur si officieuse, qu'il negligeoit ses propres affaires, pour avancer celle des autres; & *Thevet*, qui l'avoit connu particulierement, assure qu'il l'a *connu pour un très homme de bien, & reputé pour un des plus doctes de son âge.*

Catalogue de ses Ouvrages.

1. *Linguarum XII. Characteribus differentium Alphabetum. Introductio ac legendi Methodus. Paris.* 1538. *in*-4°. On trouve dans ce Livre, selon *Gesner*, outre les choses portées par le titre, plusieurs autres curieuses & singulieres, qui regardent les Chrétiens qui parlent les langues dont il y est fait mention.

2. *De Originibus, seu de Hebraïca linguæ & gentis antiquitate, deque variarum linguarum affinitate liber. Paris.* 1538. *in*-4°.

3.+ *Grammatica Arabica. Paris. in*-4°. L'année n'est point marquée à

+ n'a fait partie du 1er ouvrage linguarum 12 characteribus [illegible]

ce Livre, mais il doit avoir été imprimé à peu près dans le même tems que les deux précedens. G. POSTEL.

4. *Syriæ descriptio. Parisiis* 1540. *in*-8°.

5. *De Magistratibus Atheniensium liber. Basileæ* 1543. *in*-8°. Cet Ouvrage, qui a été imprimé plusieurs fois depuis cette premiere édition, se joint à ceux qu'on nomme les Republiques. Il a paru à Lipsic en 1591. *in*-8°. avec les notes de *Jean Frederic Hekelius.*

6. *Alcorani, seu legis Mahometi & Evangelistarum Concordiæ liber, in quo de Calamitatibus orbi Christiano imminentibus tractatur. Accedit Conjectatio de Universi Judicii tempore. Parisiis* 1543. *in*-8°. *Postel* entreprend dans ce Livre de trouver de la conformité entre l'Alcoran & la doctrine des Lutheriens, & de faire voir que le Lutheranisme conduit à l'Atheïsme.

7. *Sacrarum Apodixeon, seu Euclidis Christiani libri duo. Paris.* 1543. *in*-8°.

8. *Quatuor librorum de Orbis terræ Concordia primus. Paris. in*-8°. L'an-

G. POSTEL.

née n'est point marquée ; mais l'Ouvrage a dû être imprimé en 1543. Les quatre Livres ont paru ensuite ensemble, comme on le verra plus bas.

9. *De rationibus Spiritus-Sancti libri duo! Paris.* 1543. *in-8°. feüillets* 53. Le but de cet Ouvrage est de prouver le grand principe de *Postel*, qu'il n'y a rien dans la Religion que de conforme à la nature & à la raison, & dont on ne puisse rendre raison par leur moyen.

10. *De Orbis terræ Concordia libri quatuor. Basileæ* 1544. *in-fol. pp.* 456. *Naudé* dit dans sa Bibliographie Politique, que cet Ouvrage est le seul où *Postel* n'ait rien mis d'impertinent. *Sponde* fait aussi grand cas de ce Livre, qu'il dit être très-propre à confondre les Heretiques, les Gentils & les Mahometans, & ajoûte que *Vivés* en a pris ce qu'il y a de meilleur dans son Traité de la Religion Chrétienne. C'est en effet l'Ouvrage le plus estimé de *Postel*. La fin qu'il s'y est proposé a été de ramener à la Religion Chrétienne tous les peuples de l'Uni-

vers, & il dit sur ce sujet des choses fort bonnes & fort sensées. Il y a beaucoup d'érudition, principalement dans ce qu'il dit sur la Religion Mahometane & sur l'Alcoran; on y trouve cependant deux défauts considerables. Le premier, c'est qu'il s'y exprime selon les idées de la Philosophie Scholastique, c'est-à-dire, d'une maniere fort obscure pour les Lecteurs qui n'entendent pas ce jargon: le second, c'est qu'il entasse preuve sur preuve, se servant indifferemment des bonnes & des mauvaises, & ne songeant qu'à en rapporter un grand nombre.

G. POSTEL.

11. *Panthenosia de compositione omnium dissidiorum circà æternam veritatem aut verosimilitudinem versantium. Auctore Elia Pandochæo. Basileæ in*-8°. L'année n'est point marquée. Le nom d'*Elias Pandochæus* qu'a pris ici *Postel*, se trouve aussi à la fin de la dédicace de son Livre *de Nativitate Mediatoris ultima.*

12. *De Nativitate Mediatoris ultima, nunc futura, & toti orbi terrarum in singulis ratione præditis manifestanda opus. In quo totius naturæ*

G. POSTEL.

obscuritas, origo & creatio ità cum sua causa illustratur exponiturque, ut vel pueris sint manifesta, quæ in Theosofiæ & Filosofiæ arcanis hactenùs fuere. Auctore Spiritu Christi, exscriptore G. Postello, Apostolica professione Sacerdote. Basileæ 1547. in-4°. pp. 188. Quoique *Postel* promette dans le Titre & dans la Préface de ce Livre d'exposer les Mysteres de la Theologie & de la Philosophie d'une maniere à se faire entendre même des enfans, il ne tient nullement parole, puisque rien n'est plus obscur que tout ce qu'il dit. Autant qu'on en peut juger par le peu qu'on en entend, il croyoit que le monde étoit animé, & notre ame une partie de l'ame universelle du monde, ou bien qu'il y avoit une ame generale dans l'univers, qui y devoit demeurer, jusqu'à ce qu'elle se fût communiquée à tous les individus du genre humain. Il n'a garde pourtant de nier l'immortalité de l'ame, au contraire il la prouve & la soûtient en plusieurs endroits.

13. *Absconditorum à Constitutione*

Mundi clavis, qua mens humana tam in divinis quam in humanis pertinget ad interiora velamina æternæ veritatis. Basileæ, Joan. Oporinus, in-16. sans date. It. *cum appendice pro pace Religionis Christianæ. Editore Franc. de Monte S. Amstelod. Jansson* 1646. *in*-16. G. POSTEL.

14. *Candelabri Typici in Mosis Tabernaculo jussu divino expressi brevis ac dilucida interpretatio. Venetiis* 1548. Il a composé cet Ouvrage en Hebreu, en Latin & en François.

15. *De Etruriæ Regionis, quæ prima in Orbe Europæo habitata est, originibus, institutis, Religione & moribus, & inprimis de Aurei sæculi doctrina & vita præstantissima quæ in divinationis sacræ usu posita est commentatio. Florentiæ* 1551. *in*-4°. Cet Ouvrage est loüé par *Burcart Gott. Struve*, dans sa *Bibliot. Historique*.

16. *De Vinculo Mundi liber, in quo fidei summa Capita naturalibus rationibus probantur. Paris*. 1551.

17. *Les raisons de la Monarchie, & quels moyens sont necessaires pour y parvenir, là où sont compris en bref les très-admirables & de nul jusques*

G. POSTEL. *aujourd'hui considerez privileges & droits, tant divins, celestes, comme humains de la gent Gallique & des Princes par icelle élus & approuvez. Paris* 1551. *in-8°.*

18. *Abrahami Patriarchæ liber Jezirah, sive formationis Mundi, Patribus quidem Abrahami tempora præcedentibus revelatus, sed ab ipso etiam Abrahamo expositus Isaaco, & per Prophetarum manus posteritati conservatus, ipsis autem 72. Mosis Auditoribus in secundo divinæ veritatis loco, hoc est in ratione, quæ est posterior authoritate, habitus. Vertebat ex Hebræis & Commentariis illustrabat* 1551. *ad Babylonis ruinam & corrupti mundi finem G. Postellus restitutus. Par.* 1552 *in-16.* On peut voir par ce titre le fond qu'il y a à faire sur l'Ouvrage même & la prévention de *Postel* pour tout ce qui avoit quelque air d'antiquité. Il signe l'Epître qui est à la tête *Postellus restitutus & jam sextum mensem veræ vitæ agens.* Ce terme de *restitutus*, a donné lieu au conte qui a été fait de lui, & que *Sainte-Marthe* rapporte, lorsqu'il dit qu'il soûtint, qu'après être mort, il

G. POSTEL.

il étoit ressuscité, & que pour persuader ce miracle à ceux qui l'avoient vû autrefois avec un visage terni, des cheveux gris & une barbe toute blanche, il se fardoit secretement le visage, & se peignoit la barbe & les cheveux. Il n'y a rien de vrai en tout cela; la verité est, que *Postel* prenoit plaisir à en imposer aux simples par de certaines expressions figurées & singulieres. Ainsi *Matthieu d'Antoine* dans un Livre qu'il composa contre lui, lui ayant reproché ce mot de ressuscité, *Postel* lui répondit dans son Apologie, dont je parlerai plus bas: *Otons ce mot, je devois dire enseigné & relevé du profond des tenebres.* On trouve à la suite du Livre *Jezirah* un autre de *Postel*, intitulé: *Restitutio rerum omnium conditarum per manum Eliæ Prophetæ terribilis, ut fiat in toto mundo conversio perfecta & maximè inter Judæos. Interprete ex Hebræis G. Postello.*

19. *Liber de Causis, seu de principiis & originibus Naturæ utriusque, in quo ità de æterna rerum veritate agitur, ut & authoritate, & ratione Dei*

G. POSTEL. *providentia & animorum & corporum immortalitas ex ipſius Ariſtotelis verbis rectè intellectis demonſtretur clariſſimè. Pariſ.* 1552. *in*-16.

20. *Everſio falſorum Ariſtotelis dogmatum, Autore D. Juſtino martyre. Guilielmo Poſtello in tenebrarum Babylonicarum diſpulſionem interprete. Pariſ.* 1552. *in*-16. *pp.* 168. On voit à la fin de ce Livre une addition, où *Poſtel* s'éleve avec beaucoup de force contre la Philoſophie d'*Ariſtote*, qu'il regarde comme l'origine de toutes les erreurs & une ſource d'Atheïſme. M. *Huet* dans ſon Livre *de Claris Interpretibus*, témoigne que ſa maniere de traduire eſt aſſez bonne, qu'il eſt fidele, qu'il a le ſtile ſerré, & qu'il fait paroître ſon érudition, mais qu'il eſt en même tems trop intereſſé pour ſon Auteur, qu'il s'y attache trop, & qu'il s'embaraſſe pour peu de choſes.

21. *L'Hiſtoire memorable des expeditions depuys le deluge faictes par les Gauloys ou Francoys depuis la France juſques en Aſie, ou en Thrace, & en l'Orientale partie de l'Europe, & des commodités ou incommodités des divers*

chemins pour y parvenir & retourner; pour montrer avec quelz moyens l'Empire des Infideles peut & doibt par eulx être deffaict. A la fin est l'Apologie de la Gaule contre les Malevoles Escripvains, qui d'icelle ont mal ou negligemment escript; en après les très-anciens Droicts du peuple Gallique & de ses Princes. Paris 1552. *in*-16. *pp.* 190. *Postel* prétend dans cet Ouvrage, comme il l'a fait dans plusieurs autres, que les Rois de France parviendront un jour à l'Empire du monde entier. G. POSTEL.

22. *De Fœnicum Litteris, seu de prisco Latinæ ac Græcæ linguæ charactere, ejusque antiquissima origine & usu Commentatiuncula, in qua ostenditur quomodo ex una Fœnicum lingua & Latini & Græci characteres ortum ducant, ut hac ratione excitetur Christianismus ad primæ linguæ mundi admirationem. Paris.* 1552. *in*-8°.

23. *Tabulæ in Astronomiam, in Arithmeticam Theoricam, & in Musicam Theoricam. Paris.* 1552. Chaque Table en une feüille.

24. *La Loy Salique, livret de la premiere humaine verité, là où sont en*

G. POSTEL. *brief les Origines & Autoritez de la Loy Gallique, nommée communément Salique, pour montrer à quel point faudra necessairement en la Gallique Republique venir, & que ladite Republique sortira un Monarque temporel.* *Paris* 1552. *in*-16. It. sous ce titre: *De la premiere verité humaine, où sont contenuës les sources, causes, vertu & pouvoir de la Loy Gallique, dite Salique, déduite selon sa vraye antiquité. Lyon* 1559. *in*-16. *pp*. 77.

25. *Proto-Evangelium Jacobi Fratris Domini, de admirabili Nativitate & incunabilis Virginis Matris Mariæ & ipsius Jesu. Basileæ* 1552. *in*-8°. *Postel*, qui a traduit ce faux Evangile de Grec en Latin, l'a publié le premier. Quelques années après *Bibliander* fit des Notes sur cet Ouvrage, & le publia de nouveau.

26. *De Originibus, seu de varia & potissimum orbi Latino ad hanc diem incognita aut inconsiderata Historia, cum totius Orientis, tum maximè Tartarorum, Persarum, Turcarum, & omnium Abrahami & Noachi alumnorum Origines, & Mysteria Brachmanum retegente: Quod ad Gentium lit-*

terarumque quibus utuntur rationes attinet, ex libris Noachi & Hanochi, totiusque avitæ traditionis à Mosis alumnis ad nostra tempora servatæ & Chaldaïcis litteris conscriptæ à Postello posteritati eruta, exposita atque proposita. Basileæ. 1553. *in*-8°. G. POSTEL.

27. *Description des Gaules, autrement la Carte Gallicane. Par G. Postel. Paris.* 1553. *in-fol.* C'est une Carte Geographique.

28. *Signorum Cœlestium vera configuratio & significationum expositio. Paris.* 1553. *in*-4°. *Postel* prétend y faire voir par les Astres que l'Empire des François s'étendra un jour par toute la terre.

29. *La doctrine du siecle doré ou de l'Evangelike Regne de Jesus Roy des Roys. Paris* 1553. *in*-16. *pp.* 31. C'est un assez bon abregé de la Morale de l'Evangile.

30. *Les très merveilleuses Victoires des femmes du nouveau monde & comme elles doivent à tout le monde par raison commander, & même à ceux qui auront la Monarchie du monde vieil. Paris* 1553. *in*-16. *feüillets* 81. C'est l'Ouvrage le plus rare & le plus re-

G. POSTEL.

cherché de *Postel*, puisque dans les Ventes de Bibliotheques, où il se trouve, on le pousse toujours jusqu'à quarante écus au moins. *Postel*, qui l'a dedié à *Marguerite de France* Duchesse de Berry, y prend la qualité de *Sieur de Gomorie*. Il s'y propose de relever l'excellence des femmes & les biens qu'elles ont procuré au monde. Ce qui lui donne occasion de parler de plusieurs femmes illustres de son tems, & sur tout de la *Mere Jeanne*, qui fait le premier objet de son Livre. Comme cet Ouvrage est peu connu, & que bien des gens ont attribué à *Postel* à son sujet beaucoup de choses qu'il n'a jamais dites. Je transcrirai ici les endroits où il est fait mention de la fameuse *Mere Jeanne*.

Le principe qu'il établit d'abord, c'est que le souverain mal étant venu au monde par le consentement que la femme a donné à Satan, il faut aussi que la partie inferieure de l'homme (c'est ainsi qu'il nomme les femmes) soit rétablie entierement, non seulement par l'homme, mais aussi par une femme, & Satan vaincu par elle. Voici la maniere dont il s'exprime sur ce sujet. G. POSTEL.

» Plus dirai avec souveraine raison, » que pour montrer au vû & sçû » & très-parfaite connoissance de » tout le monde la grande sotise & » imbecillité de Satan, Dieu a de» liberé que par la femme soit tel» lement vaincu Satan & tant en » savoir qu'en pouvoir surmonté, » que vrayement réalement & de » fait soit lié & contraint de laisser » l'humaine génération en liberté » comme auparavant qu'il la cor» rompit par le moyen de la femme. » Et n'eust Dieu jamais permis que » ladite partie inferieure de l'hom» me & la maternité universelle eust » esté par le méchant sot & coüard » Satanas surmontée, si n'eust été » à celle fin que quand il auroit fait » le pis qu'il auroit pu, tuant tous » les enfans de femme, il fust non » pas par l'homme seulement, mais » par la femme en son entier resti» tuée, tant en savoir comme en » force surmonté. Et faut necessai» rement qu'il soit ainsi, car autre» ment si le mauvais esprit Satan

G. POS-TEL.

» demouroit vaincu par l'homme » seulement, duquel quand il gasta » le monde il avoit plus de peur » que de la femme, la victoire ne » seroit pas accomplie contre lui. » Donc il faut necessairement que » pour démontrer la preuve extrê- » me de la puissance de Dieu contre » ledit Satan, il soit vaincu, lié & » défait par le même sexe, étant » de la partie masculine aidé, par » lequel il commença, & a jusques » à l'an 1540. continué la destruc- » tion de l'humaine generation.

Quand il vient à la *Mere Jeanne*, il en parle ainsi : » Sur toutes les » Créatures qui onc furent, qui » sont, & qui séront, ha été en cette » vie admirable la très-sainte mere » *Johanna*, qui est Eve nouvelle, la- » quelle par trente ans ou environ » ha esté en continuelle meditation » spirituelle & mentale, & quasi » autant de temps à ministrer aux » pauvres malades à l'ospital, ayant » cure de femmes & d'hommes ma- » lades, de filles & enfantz orfe- » lins, de laquelle j'ai vû choses si » miraculeuses & si grandes, qu'el- les

» les excedent tous les miracles passez, sauf ceux d'Adam nouveau Jesus mon Pere & son Epoux. G. POSTEL.
» Son exercice a principalement esté à *Venize* lès Saints Jehan & Paul, & auparavant à *Padoua*. Et quant à parler du savoir feminin, si très grand & éminent étoit en elle, quand aux choses divines avec toutes les Doctrines secretes, & depuis plus de trois mille ans cachées & propres des 72. auditeurs de Moyse, à tous les Latins du tout incognuz, & en livres escriptz en Hebreu compris, icelle qui n'apprit onques ne Latin, ne Grec, n'Hebreu, ne autre langue ou lecture, me savoit tellement ouvrir & declarer, quand je tournois le Zohar livre très-difficile, & contenant l'ancienne Doctrine Evangelique, en Latin, qui n'y havoit lieu que quelquefoys dix jours devant que je le trouvasse, elle ne m'eust clairement exposé, & pour montrer assurement que ce n'estoit non pas elle seule, mais l'esprit de Jesus mon Pere, qui en icelle par-

G. POSTEL. » loit, disoit ainsi : *Il Signore dice* » *cossi.* Ainsi outre qu'elle me re» vela innumerables secrets des Es» critures, elle me prédit aussi cho» ses principalement touchant la » destruction du regne de Satan & » de la restitution de celui de Christ » qui doibvent arriver, & entre les » autres, que je debvois être son » fils aisné, ce que à la verité je » n'ay jamais entendu ne cru jus» ques à ce que sensiblement sa sub» stance & corps spirituel deux ans » depuis son Ascension au Ciel est » descendu en moi & par tout mon » corps sensiblement étendu, telle» ment que c'est elle & non pas » moy qui vis en moy. Il est pour » tout certain que de la substance » de son esprit est au Ciel decreté » & determiné que tous les hommes » qui jamais furent par la corrup» tion de l'Eve vieille corrompus, » occis & contre Dieu forgez es» tant plustost damnez que naiz, » seront restituez & remis en leur » entier comme moy selon les rai» sons qui après se voiront aux sa» crées conclusions. Car il faut

» qu'à tous Jesus soit Pere mental, » & *Jehanne* Mere spirituelle, Adam » nouveau & Eve nouvelle, deux » en une spirituelle chair.

G. POSTEL.

Et plus bas. » La principale & » singuliere qualité de ma Mere & » Vierge *Jehanne* Epouse de mon » Pere Jesus est, qu'elle l'environne » à jamais, à celle fin que de lui à » jamais en elle circondé, caché & » uny, soit la grace & l'esprit de » Dieu donnée à touts ceulx qui » sont & ont jusques ici été dam» nez avant qu'ils fussent naiz, les » restituant en leur entier. Et ainsi » remplie & munie de la substance » de mondit Pere Jesus.... elle n'a » jamais en 40 ans cessé de faire » penitence, sans avoir voulu man» ger chair, combien que par 30 ans » desdictz 40 n'a fait autre chose que » manier chair & viandes pour mi» nistrer aux pauvres malades, les» quelz lui ont par divine inspira» tion mis le nom de Mere univer» selle, la nommant *Madre Johanna* » à l'envi des Paulins Hypocrites. » Ainsi l'ayant Dieu éternellement » prédestinée pour servir tant d'e-

G. POSTEL.

» xemple de vie très-parfaite, com» me de restituer tout le monde en » la generation spirituelle, mate» rielle, celeste, & par Eve vieille » perduë, il m'a constitué comme » son fils aisné à faire connoître par » tout le monde cette nouveauté, » qui est de toute l'Ecriture la plus » nouvelle, & par ce est faicte sur » la terre des terres ladite nouveaul» té de vie. Il faut qu'ainsi soyons » tous en vie immortelle par une » seule Mere & Vierge restituez, » comme nostre Pere a esté d'une » Vierge & Mere engendré, mais » cecy est infiniment plus nouveau » en nous qu'en luy, à cause qu'à » tout jamais elle cachera & envi» ronnera en soy sondict Epoux » mon Pere Celeste, pour de sub» stance cachée nous engendrer & » recréer, là où la Vierge Mere » Marie ne retint dedans soy que » neuf mois mondict Pere, qui est » la chair & os de madicte Mere. » Ainsi a esté par le divin conseil » ordonné, à celle fin que le sexe » inferieur & plus debile auquel » Satan havoit tant estendu son

G. POSTEL.

» pouvoir, qu'outre l'avoir occis
» & toute la semence humaine en
» icelle, lui avoit persuadé qu'elle
» seroit Dieu ou égalle à Dieu, à
» celle fin, dis-je, que ledit sexe
» inferieur cachant dedans soy son
» Epoux confondist & liast telle-
» ment Satan, que lui & sa semence
» eussent la tête brisée par la se-
» mence de la femme.

Il est difficile de démêler au juste au travers du galimathias, des impertinences & des visions contenuës dans les paroles que je viens de rapporter, & dans tout le Livre dont elles sont tirées, ce que *Postel* pensoit de la *Mere Jeanne.* Quelques-uns ont prétendu qu'il y enseignoit que comme les hommes avoient été rachetez par le sang de Jesus-Christ, il falloit aussi que les femmes fussent sauvées par la *Mere Jehanne*, c'est ce que dit M. *Jurieu* dans son *Histoire du Calvinisme*, & après lui l'Auteur des *Essais de Litterature*; mais il paroît que ni l'un ni l'autre n'a lû le Livre en question, puisqu'il ne s'y trouve rien de semblable, & que *Postel* lui-même dans

G. POSTEL.

son Apologie nie qu'il ait jamais avancé une telle chose. On trouve dans ce dernier Ouvrage dequoi entendre en quoi consistoit cette restitution que devoit faire la *Mere Jeanne*, & dont il parle avec un verbiage si obscur & si ridicule dans ses *Très-Merveilleuses Victoires des Femmes*. » J'ay appris, dit-il, de » cette pauvrette & très-simple femmelette plus que je n'aurois, ayant » étudié par moy dès le commencement du monde. Je dis quant aux » raisons des choses sacrées, juste » & très-raisonnable chose & que » tout l'Univers connoisse, que par » le pouvoir de raison restituée ou » plantée & enseignée par Jesus-» Christ seul en une simple Vierge, » la raison a été au monde replantée & restituée, & je ne fais aucun doute que si la très-illuminée » Vierge *Catherine de Sienne* eut eu » en son tems un Pere spirituel qui » l'eut entenduë & aidée à faire » cette très-sainte regeneration de » raison, elle eut fait la même que » comme *Johanna* Veronoise ou Venitienne. Je ne veux pas intro-

» duire une nouvelle Religion, mais » je veux par la raison naturelle, » qui est propre des Gentils, Edu- » méens ou Esaviens, détruire tou- » tes les fausses intelligences des » Juifs, des Semi-Juifs, des faux » Chrétiens & des Payens.

G. POSTEL.

Il ajoûte plus bas : » Je confes- » serai bien toute ma vie, que ç'a » été avec une très-grande inconsi- » deration, & par adventure plus » grande temerité, que j'ay publi- » quement dit & écrit ce qui m'est » advenu, quand cette ame heureuse » retournant du Ciel me vint trou- » ver. Car à la verité j'eusse aussi » bien par la raison comme de moy » seul, allegué & maintenu ce que » ladite raison veut, sans y mêler » l'histoire que je vois à l'Univers » odieuse.

Tout cela fait voir que *Postel* n'a pas eu à l'égard de la *Mere Jeanne* les pensées qu'on lui a attribuées ; *Isaac Bullart* & *Florimond de Remond* prétendent même qu'il n'a eu dans son Ouvrage d'autre dessein que de loüer cette fille, qui lui avoit fait de grands biens dans ses voyages,

G. POS-TEL.

& qu'ainsi il ne faut pas prendre à la lettre, mais dans un sens figuré, ce que la reconnoissance lui a fait dire à son avantage.

On ne peut rien de plus ridicule que ce que l'Auteur d'une *Exhortation aux Princes Chrétiens sur le fait de la Paix*, imprimée en 1557. dit de *Postel* dans un passage rapporté par du Verdier, où il parle ainsi : *Tandis qu'il a été en France, il s'est dit fils d'une pucelle Jeanne, laquelle disent les Chroniques avoir autrefois chassé les Anglois hors du pays de France ; aujourd'huy qu'il est à Padoue, il se suppose fils d'une autre pucelle qu'il appelle Venitienne.* Il n'y a pas un mot de vrai dans tout cela.

31. *Des Merveilles des Indes & du Nouveau Monde, où est démontré le lieu du Paradis Terrestre. Paris* 1553. *in*-16.

32. *Description de la Terre Sainte. Paris* 1553. *in*-16.

33. *Le prime Nove del altro mondo, cioe, l'admirabile Historia & non meno necessaria & utile da esser letta & intesa da ogniuno, che stupenda, intitulata : La Vergine Venetiana. Paris*

vista, parte provata & fidelissimamente scritta per Gulielmo Postello primogenito della Restitutione, & spirituale Padre di essa Vergine. Jeremia 31. Creavit Dominus Jhovah novum super terram. Appresso del Autore. 1555. *in*-12. *feüillets* 39. Tous ceux qui ont parlé de cet Ouvrage l'ont fait d'une maniere si confuse & si peu exacte, que j'ai cru d'abord que c'étoit un Livre imaginaire, dont on étoit redevable à la méprise de quelques Auteurs, qui ne l'avoient jamais vû. En effet les uns en font mention comme d'un Livre Italien intitulé : *La Vergine Veneta*. Les autres en parlent comme d'un Livre Latin ; tel est l'Auteur des *Essais de Litterature*, qui commence son Journal par ce titre : *De Virgine Veneta circà an.* 1552. & qui dit que *les très-merveilleuses Victoires des Femmes* sont proprement l'Apologie & un Commentaire de cet Ouvrage. Tout cela fait voir qu'ils ne le connoissoient pas ; ce qui ne doit pas surprendre, puisqu'il n'est point de Livre plus rare. En vain le chercheroit-on dans les Biblio-

G. POSTEL.

G. POS-TEL.

theques les plus nombreuses de *Paris* ; j'en ai cependant vû dans le riche & précieux Cabinet de M. *le Gros de Boze*, Secretaire perpetuel de l'Academie des Inscriptions & Belles Lettres, un exemplaire bien conservé, qui est, à ce que je crois, le seul qui soit dans *Paris*, & peut-être même dans l'Europe. C'est sur cet exemplaire, qu'il a bien voulu me communiquer, que j'ai copié le titre que je viens de rapporter. La difference qu'il y a entre cet Ouvrage & *les très-merveilleuses Victoires des Femmes*, c'est que ce dernier Ouvrage en dit moins sur la *Mere Jeanne*, au lieu que l'autre, qui est posterieur, quoiqu'en dise l'Auteur des *Essais de Litterature*, ne parle que d'elle, & va encore plus loin sur son article. Je ne dirai rien de ce qu'on y trouve à sa loüange dans le stile de *Postel*, qui s'exprime toujours d'une maniere presque inintelligible, & dont les expressions prises à la rigueur feroient croire qu'il en vouloit faire une espece de divinité, ou du moins une veritable redemptrice des femmes, comme quelques-uns l'en ont accusé. Je me bornerai à ce qui y est dit de sa personne. G. POSTEL.

On y voit qu'elle declara à *Postel*, qu'elle étoit née entre *Padoue* & *Verone*; c'est pour cela qu'il l'a nommée dans ses *très-merveilleuses Victoires*, *&c.* Veronoise ou Venitienne, *Padoue* étant de la dépendance de *Venise*. Une autre fois elle lui dit quelque chose de son âge, d'où il conclut qu'elle pouvoit être née l'an 1496. A l'égard de sa famille, elle ne voulut jamais s'expliquer, mais se contenta de dire d'une maniere mystique, qu'elle tiroit son origine de la substance de *Jesus-Christ* par sa volonté & misericorde. Elle quitta fort jeune ses parens dans la résolution de ne se jamais marier, & alla à *Padoue*, où elle servit les malades dans les Hôpitaux; elle en fit de même à *Venise* avec tant de charité & de zele, que pendant une espece de peste, qui y regna, elle eut soin de huit cens personnes, qui en étoient attaquées. Elle ne mangeoit point de viandes, & ne buvoit point de

G. POSTEL. vin, à moins qu'il ne fût bien trempé. Elle ne sçavoit ni lire ni écrire, & étoit tellement attachée à la meditation, qu'elle y passoit souvent des nuits entieres. Ces meditations la rajeunissoient en quelque maniere ; car quoiqu'elle eût cinquante ans, elle n'en paroissoit alors avoir que quinze, ce qui arrivoit sur tout quand elle communioit.

Dans ses extases elle voyoit souvent *Jesus-Christ*, & quelquefois même le Diable ; & c'étoit là qu'elle apprenoit ces prétenduës Propheties que *Postel* fait valoir avec tant de soin.

1°. Que, quoique femme, elle étoit le grand & saint Pontife, envoyé pour la reformation de l'Eglise universelle, qu'elle vouloit commencer à *Venise*.

2°. Que ce Pontificat seroit protegé & soûtenu par un Prince Très-Chrétien, sans le nommer pourtant, se contentant de dire, que ce Prince se feroit connoître Très-Chrétien par toutes ses actions ; mais il est facile à quiconque est instruit des sentimens de *Postel*, de voir qu'il s'agissoit là du Roi de France. G. POSTEL.

3°. Que tous les Turcs se convertiroient, & que si les Chrétiens ne rentroient pas d'eux-mêmes dans leur devoir, ces mêmes Turcs deviendroient un de leurs grands fleaux.

4°. Qu'il viendroit un temps, où le peché & même l'originel seroit entierement détruit, & que nous deviendrions alors semblables à *Jesus-Christ*, la divinité exceptée.

Postel conclut, en disant, que Dieu par une providence particuliere, après l'extinction des quatre grandes Monarchies, avoit conservé la Republique de *Venise*, pour faire toutes ces grandes choses, qui la rendroient celebre dans tout le monde.

34. *De la Republique des Turcs & des Mœurs & Loy de tous les Mahumedistes. Par G. Postel Cosmopolite. Poitiers* 1560. *in-4°. pp.* 127. *Postel* prend ici le nom de Cosmopolite, parce qu'il desiroit, comme il le

G. Postel. dit dans sa Préface, voir tout le monde réuni sous la Couronne de France.

Histoire & Consideration de l'Origine, Loy & Coutumes des Tartares, Persiens, Arabes, Turcs, & tous autres Ismaëlites ou Muhamediques, dits par nous Mahometains ou Sarrazins. Poitiers 1560. *in*-4°. *pp.* 57.

La tierce partie des Orientales Histoires, où est exposée la condition, puissance & revenu de l'Empire Turquesque : avec toutes les Provinces & Pays generalement depuis 950. *ans en çà par tous les Ismaëlites conquis. Poitiers* 1560. *in*-4°. *pp.* 90.

Ces trois Livres ont été réimprimez sous le titre suivant. *Des Histoires Orientales, & principalement des Turchikes, des Scythiques & Tartaresques, & autres qui en sont descendus. Paris* 1575. *in*-8°. *& in*-16.

— 35. *Cosmographicæ disciplinæ compendium cum Synopsi rerum toto orbe gestarum. Basileæ* 1561. *in*-4°.

36. *La Concordance des quatre Evangiles, ou Discours de la Vie de Notre Seigneur Jesus-Christ avec l'ordre des Evangiles & Epîtres, qui se*

disent en l'Eglise au long de l'année. Ensemble le Calendrier ou ordre des Tems depuis la Creation du Monde pour tout jamais restitué & corrigé, comme il appert en la raison d'icelui Calendrier. Plus une brieve description de la Terre Sainte, avec sa Carte peinte & décrite par G. Postel. Paris 1562. *in*-16. G. POSTEL.

37. *L'unique moyen de l'accord des Protestans, appellez en France Huguenots, & des Catholiques ou Romains & Papistes proposé avec raison. Lyon.* 1563.

38. *Les premiers Elemens d'Euclide Chrétien pour raison de la divine & éternelle verité démontrer, écrits en Vers par G. Postel, dit Rorisperge, Doyen des Lecteurs du Roy. Paris in*-8°. L'année n'est point marquée.

39. *De Universitate seu Cosmographia liber. Paris.* 1563. *in*-4°. réimprimé plusieurs fois depuis.

40. *De raris & posteritati notandis Historiis, & de admirandis rebus quæ à quinquaginta annis contigerunt usque ad annum salutis* 1553. *& quæ inde ad annum* 1583. *contingent. Paris.* 1563.

de David ſur le Lys du divin témoignage. G. Postel.

46. *Recüeil des Propheties de tous les plus celebres peuples du monde, par lequel il ſe voit comment le Roi des François, ou bien celui qui entre tous les Princes d'Occident eſt le plus renommé, doit tenir la Monarchie de tout le monde.*

47. Il a traduit de Grec en François un Dialogue de *Platon* intitulé *Axiochus*, qui traite de la Mort, & cette traduction a été imprimée à *Paris.*

On a encore pluſieurs Ouvrages de ſa façon, qui ſont en Manuſcrit dans differentes Bibliotheques. Tels ſont :

Démonſtration très-claire que Dieu a plus de ſollicitude de la France qu'il n'en a de tous les Etats temporels, & principalement declaration quelle fut la Pucelle Loraine Jeanne de Vaucouleur, in-fol. Ce Manuſcrit étoit dans la Bibliotheque de M. *Baluze.* Il y a dans le Livre des *Très-Merveilleuſes Victoires des Femmes* un Chapitre ſur la Pucelle, qui ſemble être quelque choſe d'approchant de ce qu'il y a dans ce Manuſcrit. Il eſt intitulé :

G. POSTEL. *Resolution de ce qu'il faut tenir tant de Jehanne la Pucelle, comme de la souveraine puissance feminine en ce monde.* Il y déclame contre ceux qui traitoient de fable tout ce qu'on disoit de la Pucelle, & voudroït qu'on punit de mort ou du moins qu'on bannit les incrédules; il tâche de tirer quelque conséquence en faveur de sa *Mere Jeanne* des merveilles qu'on rapporte de cette fille, mais ce qu'il en dit est aussi obscur que le titre de son Chapitre, & il n'y a pas moyen d'y entrevoir le moindre sens raisonnable.

Apologia pro Serveto de anima Mundi, sive de ea Natura quæ omninò necessaria est, & habenda est media inter æternam immobilemque & creatam mobilemque, estque consubstantialiter in ipso Christo, sicuti est, etiam habenda: contrà aspergines & præcipitatum Calvini in hanc causam judicium. Auctore G. Postello restitutionis omnium primogenito, à Calvino hac in causa malignè perstricto. in-8°. Ce Manuscrit étoit dans la Bibliotheque de M. *du Fay*.

On trouve dans la Bibliotheque du Roi une *Apologie* manuſcrite de *Poſtel* contre les accuſations d'un certain *Matthieu d'Antoine*, qu'il ſoupçonnoit être *Viret*, qui avoit publié contre lui un Livre intitulé: *Réponſe aux Rêveries & Hereſies de Guillaume Poſtel Coſmopolite. Lyon* 1562. *in*-16. Quoiqu'il s'y juſtifie en pluſieurs choſes, il y donne en beaucoup d'autres de nouvelles couleurs à ſes viſions. G. POSTEL.

On lui a attribué mal-à-propos pluſieurs Ouvrages, comme ſont:

Hetruſcarum Antiquitatum Fragmenta. Florentiæ 1647. *in*-4°. *Leo Allatius* refute ceux qui donnoient cet Ouvrage à *Poſtel*, & ſoûtient qu'il n'étoit pas aſſez impudent pour debiter les menſonges impertinens qui ſont contenus dans ce Livre.

Le Livre *de Tribus Impoſtoribus*, Livre qu'on a attribué à une infinité de perſonnes, mais qui n'a jamais exiſté, comme M. *de la Monnoye* l'a démontré dans une Diſſertation ſur ſon ſujet.

V. les *Bibliotheques* de *du Verdier*,

G. POSTEL.

de *la Croix du Maine* & de *Gesner*. *Eloges de Sainte-Marthe. Thevet, Hist. des Hommes illustres. Colomesii Gallia Orientalis. Les Eloges des Savans de M. de Thou*, avec les additions de *Teissier. Les Essais de Litterature*, *tom.* 1. *Les Lettres choisies de M. Simon, tom.* 1. *Les Memoires de Litterature de Sallengre, tom.* 1. & 2. *Observationes Hallenses, tom.* 1. & 4. *L'Histoire de S. Martin-des-Champs par Marrier.*

La Croix du Maine dit qu'il avoit écrit la Vie de *Postel* si amplement, qu'elle contenoit plus de vingt Chapitres, mais elle n'a point vû le jour, non plus que tous les autres Livres qu'il disoit avoir composez, & il paroît par le peu d'exactitude qu'il y a dans ce qu'il dit de *Postel* dans sa *Bibliotheque Françoise*, que le Public n'y a pas beaucoup perdu.

CHARLES VERARDO.

CHARLES *Verardo* naquit en 1440. à *Cesene*, petite ville de la Romagne en Italie. CH. VERARDO.

Ce qu'on sçait de sa vie se réduit à peu de chose. Ayant embrassé l'Etat Ecclesiastique, il fut fait Archidiacre de *Cesene*, dignité qu'il avoit fondée lui-même. Il passa ensuite à de plus grands honneurs, puisqu'il fut Camerier & Secretaire des Brefs sous quatre Papes *Paul II. Sixte IV. Innocent VIII.* & *Alexandre VI.* Il mourut le 13. Decembre 1500. âgé de 60. ans.

Toutes ces particularitez se tirent de son Epitaphe, qui est à *Rome* dans l'Eglise de saint Augustin, & que j'insererai ici pour ce sujet.

Deo Opt. Max.
Karolo Verardo Archidiac.
Cæsenati, hujus in Patria
Dignitatis autori, Humanarum
Divinarumque rerum peritiss.
IIII Pont. Maxx. A. Cubiculo

C. VERARDO.

Litterisque Apostolicis
Dictandis ultrà cisque Alpeis
Honoribus amplis honestissime
Functo.
Vixit an. LX. Obiit anno seculari
MD. Eidibus Decembris.
Camillus Eques Pontificius
Sigismundus Hippolytusque
Patruo B. M. Pos.
Curante Marcellino
Alumno æterno dolore
Adflicto.

Le seul Ouvrage qu'on ait de lui est intitulé :

Historia Caroli Verardi de urbe Granata singulari virtute fœlicibusque auspiciis Ferdinandi & Hellisabes Hispaniarum Regis & Reginæ expugnata. Romæ 1493. *in*-4°. Cette édition, qui est accompagnée de fort belles figures, est très-rare.

Il s'en est fait une seconde édition à *Bâle* en 1494. *in*-4°. sous ce titre : *In laudem serenissimi Ferdinandi Hispaniarum Regis Bethicæ & Regni Granatæ obsidio Victoria & Triumphus.* Quelques autres Pieces sont jointes à cet Ouvrage dans cette édition & la suivante.

La troisiéme s'est faite aussi à *Bâle* en 1533. *in-fol.* sous ce nouveau titre : *Carolus Verardus de expugnatione regni Granatæ, quæ contigit ab hinc quadragesimo secundo anno* (c'est-à-dire en 1491.) *per Catholicum Regem Ferdinandum Hispaniarum.* Les Journalistes de *Venise* ont compté cette édition pour la seconde, parce qu'ils n'ont pas connu la précedente.

C. VERARDO.

L'Ouvrage de *Verardo* a été réimprimé pour la quatriéme fois dans le second volume de l'*Hispania illustrata* d'*André Schot*, *pag.* 861. *Francfort* 1603. *in-fol.* Mais par une bévuë ridicule on y a laissé ce titre de l'édition précedente. *De expugnatione Granatæ, quæ contigit ab hinc quadragesimo secundo anno.*

Les differens titres de ces éditions ont fait croire à *Vossius* que *Verardo* avoit composé deux Ouvrages, l'un *de Expugnatione regni Granatæ*, & l'autre intitulé : *Historia Bætica* : ce n'est cependant qu'un seul & même Ouvrage.

Cette Histoire de *Verardo* est en forme de Piece Dramatique, quoi-

C. VERARDO. qu'en Prose. Il la composa pour divertir les Romains, & le Cardinal *Raphael Riario* Camerlingue de l'Eglise Romaine, la fit representer avec beaucoup de magnificence dans son Palais, qui est maintenant la Chancelerie Apostolique, le 21. Avril 1492.

Les vingt-trois Scenes qui la composent sont précedées d'un Prologue en Vers Iambes de la composition de *Bartolin Verardo*, neveu de l'Auteur.

On trouve encore une Lettre de *Verardo* datée de Rome le 15. Octobre 1477. parmi celles du Cardinal de Pavie.

V. le *Journ. de Venise, tom.* 23. *art.* 11. *Vossius de Hist. Latinis.*

ETIENNE RASSICOD.

E. RASSICOD. ETIENNE *Rassicod* naquit vers l'an 1645. à *la Ferté sous Jouarre* en Brie. Dès l'âge de six à sept ans il perdit son pere, & des Religieux du Pays voyant en lui d'heureuses dispositions pour les sciences

ſciences & pour la pieté, lui appri- E. Rassicod.
rent les premiers principes de la Langue Latine, dans le deſſein de tranſplanter un jour cette jeune plante dans leur propre fond. Mais la delicateſſe de ſon tempérament ne lui permit pas de répondre à leurs vûës.

On l'envoya à *Paris*, & il continua ſes études au College du Pleſſis, où il prit pour les Lettres ce goût, qui eſt le plus grand avantage dont on puiſſe être redevable à ſes Maîtres après l'amour de la vertu.

Sorti du College, il redoubla ſon application, & pendant pluſieurs années il ſe donna tout entier à l'étude des Poëtes & des Hiſtoriens les plus excellens, Grecs, Latins & François. C'étoit là ſa paſſion unique, & dans la plus grande ardeur de ſa jeuneſſe, on n'a jamais pû lui reprocher d'intemperance qu'en ce genre.

M. *de Caumartin*, alors Maître des Requêtes, avoit le même goût pour les Belles Lettres, & raſſembloit auprès de ſa perſonne tous ceux en qui il le trouvoit. Ce fut

E. RASSI-COD.

par là qu'il conçut de l'estime pour M. *Rassicod*; il se l'attacha, & l'honora d'une affection & d'une confiance qui ne finit qu'avec la vie de ce Magistrat.

M. *de Caumartin* son fils, depuis Conseiller d'Etat & Intendant des Finances, commençant à étudier, le jeune *Rassicod*, quoique plus âgé, lui fut donné pour compagnon d'étude.

L'habitude d'accompagner M. *de Caumartin* conduisit M. *Rassicod* à l'étude du Droit, & il fut reçu au serment d'Avocat le 7. May 1674. Alors les études qui avoient été son unique occupation devinrent ses amusemens, & ce fond de litterature, dont il avoit fait provision, lui facilita beaucoup l'intelligence des Loix & des Coutumes. Grand amateur des Textes, il les méditoit assiduement, ainsi qu'il paroît par une infinité d'Apostilles & de Notes très-judicieuses qu'il a laissées. A l'égard des Commentateurs, il sçavoit distinguer quel étoit le merite de chacun, & y recourir, lorsqu'ils lui étoient necessaires.

Quatre Conseillers d'Etat, sça-voir M. *de Caumartin*, M. *Bignon*, M. *le Pelletier*, & M. *de Besons*, voulant rendre leurs conversations aussi utiles qu'elles étoient agréables, formerent le dessein de faire des Conferences sur des Matieres Ecclesiastiques, & choisirent le Concile de *Trente* pour en être le sujet. M. *Rassicod* fut invité à ces Conferences, & se chargea de les rédiger. Il le fit avec beaucoup d'ordre & de netteté, & en forma un Ecrit, qui pendant un grand nombre d'années demeura dans le cabinet de ces quatre Magistrats, qui n'en voulurent jamais laisser prendre de copie; mais le Manuscrit ayant passé par leur mort en d'autres mains, il fut imprimé en 1706. & réimprimé depuis sous ce titre. E. RASSICOD.

Notes sur le Concile de Trente touchant les points les plus importans de la discipline Ecclesiastique & le pouvoir des Evêques: les Décisions des Saints Peres, des Conciles & des Papes, & les résolutions des plus habiles Avocats sur ces Matieres. Avec une Disserta-

E. RASSICOD.

tion sur la reception & l'autorité de ce Concile en France : in-8°.

Toutes ces éditions se firent à l'insçu de M. *Rassicod* qui les vit avec chagrin. Cet Ouvrage ne lui paroissant pas en état d'être donné au Public, il vouloit le retoucher & en corriger les fautes. On n'a pas laissé de le rechercher avec empressement, parce que la lecture en a paru utile, & que les points les plus importans de la Discipline Ecclesiastique y sont sçavamment éclaircis.

La connoissance que M. *Rassicod* avoit des Belles Lettres & de la Jurisprudence lui auroient été d'un grand secours pour l'éloquence du Barreau, mais la délicatesse de son tempérament l'obligea à se renfermer dans le cabinet, c'est-à-dire, à écrire & à consulter. Il s'y attira la confiance du Public, aimant mieux rétablir la paix entre les parties, que de profiter de leur division.

En 1692. la Faculté de Droit le choisit pour être Docteur aggregé, & en 1701. M. *de Pontchartrain*,

Chancelier de France, formant une Compagnie pour compoſer le *Journal des Sçavans*, engagea M. *Raſſicod* à travailler principalement aux articles de Juriſprudence. Il s'en acquitta pendant pluſieurs années avec réputation. Les extraits qui partoient de ſa main étoient exacts, & il y ajoûtoit des Reflexions ſi judicieuſes, que celles qu'il fit ſur *la Coutume d'Orleans miſe en ſon ordre naturel*, imprimée à *Orleans* en 1702. ayant été objectées à l'Auteur de cet Ouvrage, il fut obligé d'en reconnoître la ſolidité.

E. RASSICOD.

Pendant plus de ſeize années M. *Raſſicod* fut Cenſeur Royal des Livres de Droit, & fit paroître beaucoup d'attention à diſtinguer dans un grand nombre d'Ouvrages, qui lui furent envoyez à examiner, ce qui pouvoit être utile ou préjudiciable au Public.

Les infirmitez, ſuite ordinaire des grandes applications, l'ayant attaqué pendant les derniers tems de ſa vie, il mourut le 17. Mars 1718. âgé d'environ 73. ans.

V. le *Journ. des Sçavans* du mois d'Août 1718.

CASSANDRE FEDELE.

C. FEDELE.

CASSANDRE *Fedele* (en Latin *Fidelis*) sortie d'une famille illustre originaire de *Milan*, qui chassée de cette Ville par une faction opposée à celle des *Visconti*, à laquelle elle étoit attachée, alla s'établir à *Venise*, naquit dans cette derniere Ville d'*Ange Fedele* & de *Barbe Leoni.*

On ne sçait pas au juste l'année de sa naissance, que *Tomasini* cependant croit qu'on peut mettre en 1465.

Son pere ayant remarqué en elle un esprit capable de choses plus relevées que celles dont on occupe ordinairement les personnes de son sexe, crut devoir l'appliquer à l'étude, & lui apprit lui-même les Langues Latine & Grecque, qu'il possedoit parfaitement.

Elle y fit tant de progrès, qu'à l'âge de douze ans elle sçavoit déja la Langue Latine, & elle acquit en peu de tems la facilité de la parler.

Elle ne se borna pas à ces études, elle s'appliqua encore à la Philosophie, à la Theologie & à l'Histoire, & sur tout à l'Eloquence. La Poësie lui servoit de délassement après ses études serieuses, & elle en trouvoit un autre dans la Musique, à laquelle elle se donna avec un égal succès. C. FEDELE.

La réputation que son merite lui procura la fit bientôt connoître par tout, & elle fut obligée d'entretenir un commerce de Lettres avec plusieurs Sçavans de l'Europe, & même avec des Têtes couronnées. Le Pape *Leon X*, *Louis XII.* Roi de France, *Ferdinand* Roi d'Arragon & plusieurs autres Princes lui donnerent des marques de leur estime. *Isabelle* de Castille, femme de *Ferdinand*, fit même en 1488. plusieurs démarches pour l'attirer auprès d'elle à *Naples*. Mais quoiqu'elle se sentit assez d'inclination à répondre à l'honneur qu'on lui faisoit, le Doge de Venise interposa son autorité pour empêcher que la Republique ne fût privée d'un de ses plus grands ornemens.

C. FEDELE.

Le desir de la voir attira plusieurs Sçavans à *Venise*, & *Politien* en particulier fit ce voyage uniquement dans ce dessein.

Les Discours qu'elle prononça publiquement en differentes occasions lui firent beaucoup d'honneur, & ne contribuerent pas peu à augmenter sa réputation. Ainsi elle en prononça un sur la Naissance de J. C. & un autre sur les Belles Lettres, *de Litterarum laudibus*, qui se trouve dans le Recüeil de ses Œuvres, tous les deux en presence du Doge. Elle en recita un troisiéme dans le College de *Padoue* en 1487. lorsque *Bertuccio Lamberti*, Chanoine de *Concordia*, son parent, y fut reçu Maître ès Arts. On a amplifié ce fait mal-à-propos dans le *Dictionnaire de Morery*, où l'on dit qu'*elle soûtint à Padoue des Theses de Philosophie pour un de ses parens, & qu'elle y prononça une belle Harangue, qui fut imprimée*; il n'y a que ce dernier article de vrai; elle se trouve dans le Recüeil de ses Œuvres. Ce discours a donné occasion à l'imagination de ceux qui ont prétendu, que le Senat de *Venise* lui avoit donné une chaire à *Padoue*, & qu'elle y avoit professé plusieurs années avec un grand concours d'Auditeurs, imagination qui n'a aucun fondement.

C. FÉDELE.

Une fille d'un si grand merite ne pouvoit manquer d'être recherchée par plusieurs personnes; elle le fut en effet, mais son pere leur préfera *Jean Marie Mapellio*, Medecin de *Vicence*. Ce mariage l'obligea de sortir de sa Patrie & de le suivre à *Rhetimo* dans l'Isle de Candie, où le Senat l'envoya pour pratiquer la Medecine. Le sejour de ce lieu lui auroit été fort ennuyeux, si elle n'avoit trouvé dans l'attachement qu'elle avoit pour son mari dequoi se consoler.

Il est vrai qu'ils n'y demeurerent pas long-tems; mais leur retour à *Venise* fut des plus tristes; ils eurent à soûtenir une violente tempête qui leur fit perdre une partie de leur bien, qui étoit chargé sur leur vaisseau, & qui les mit en danger de périr. Ils arriverent cependant à *Venise*, où *Mapellio* continua à pra-

C. FEDELE. tiquer la Medecine avec beaucoup de réputation.

Caſſandre eut le chagrin quelque tems après, c'eſt-à-dire en 1521. de perdre ſon mari, avec lequel elle avoit toujours vêcu dans une grande union, mais dont elle n'avoit point eu d'enfans.

Après cette perte elle demeura toujours veuve, & ne ſongea plus qu'à chercher de la conſolation dans l'étude & dans les exercices de pieté.

Elle avoit déja 90. ans, lorſqu'on la fit Superieure des Hoſpitalieres de S. Dominique à *Veniſe*, & elle gouverna cette Maiſon pendant 12. ans, après leſquelles elle mourut âgée de 102. ans vers l'an 1567.

Le peu qui nous reſte de ſes Œuvres ſe réduit à quelques Lettres & à quelques Diſcours.

Epiſtolæ & Orationes. Patavii 1589. *in*-8°. It. *cum Notis J. Phil. Tomaſini. Patavii* 1636. *in*-8°.

Outre les deux Diſcours dont j'ai parlé plus haut, on en voit dans ce Recüeil un troiſiéme qu'elle prononça devant *Bonne* fille de *Jean*

Galeas Duc de *Milan*, & veuve de *Sigismond* Roi de *Pologne*, qui passoit par *Venise*. C. FEDELE.

V. sa vie à la tête de l'édition de *Tomasini*, & dans les Eloges de ce sçavant Italien, tome 2. p. 343.

GUILLAUME BUDE'.

GUILLAUME *Budé* (en Latin *Budæus*) naquit à *Paris* l'an 1467. de *Jean Budé*, Seigneur *d'Yerre*, de *Villers sur Marne*, & de *Marly*, Grand Audiencier en la Chancellerie de France, & de *Catherine le Picart*. G. BUDE'.

On lui donna des Maîtres dès qu'il parut capable d'apprendre quelque chose ; mais la barbarie qui regnoit alors dans les Colleges le dégoûta & l'empêcha de faire de grands progrès. C'étoit la coutume de passer à l'étude du Droit dès qu'on sçavoit un peu de Latin, il la suivit comme les autres, & alla à *Orleans* pour ce sujet ; mais il y demeura trois ans sans y rien apprendre. Il n'entendoit presque

G. BUDE'. point les Auteurs Latins, il n'étoit pas par conséquent en état de comprendre les écrits & les leçons de ses Professeurs. Ainsi il revint à *Paris* aussi ignorant qu'il en étoit parti, & plus dégoûté de l'étude qu'il ne l'étoit auparavant.

Les plaisirs firent alors toute son occupation, & il s'adonna particulierement à la chasse; mais lorsque le premier feu de la jeunesse se fût rallenti en lui, il se sentit tout d'un coup saisi d'une passion si violente pour l'étude, qu'il s'y donna avec une ardeur inexprimable. Il renonça dès-lors à tous les divertissemens & à toutes les compagnies, & regardant comme perdu tout le tems qui n'étoit point employé à l'étude. il regrettoit les heures qu'il étoit obligé de donner à ses repas & à son sommeil.

Ce qu'il y avoit de fâcheux pour lui, c'est qu'il n'avoit personne qui pût le diriger dans ses études & lui montrer la route qu'il devoit tenir pour ne point perdre un tems qui lui étoit si précieux. Il ne sçavoit quels étoient les Auteurs qu'il devoit lire les premiers, & il se trompoit souvent dans le choix qu'il en faisoit. Ce ne fut que dans la suite qu'il apprit par sa propre expérience & par son propre goût ceux qu'il devoit préferer aux autres. Ainsi il ne dût qu'à lui-même les progrès qu'il fit par son application assiduë dans les Belles Lettres. G. BUDE'.

Il ne fut non plus redevable qu'à son travail de la connoissance qu'il acquit de la Langue Grecque ; il eut à la verité un Maître nommé *George Hermonyme*, qui se disoit natif de Lacedemone, mais qui ne sçachant pas grand chose, ne pouvoit lui en apprendre beaucoup. Quelques entretiens qu'il eut avec *Jean Lascaris* lui furent plus utiles, & les instructions de ce grand homme lui fournirent les moyens d'avancer avec plus de succès dans les connoissances qu'il s'étoit proposé d'acquerir.

Les Belles Lettres ne l'occuperent pas tellement, qu'il negligea les autres sciences ; il apprit les Mathematiques de *Jean Faber*, dont il épuisa bientôt le sçavoir, par la

G. BUDÉ. facilité qu'il avoit à comprendre tout ce qu'il lui disoit.

Cependant son pere ne le voyoit qu'avec peine attaché si fort à l'étude, appréhendant que cet attachement ne préjudiciât à ses affaires domestiques, & ne nuisît à sa santé ; mais tout ce qu'il pût lui dire sur ce sujet fut inutile, sa passion l'emporta sur les remontrances. Au reste les craintes de son pere n'eurent lieu qu'en partie ; car il ne negligea jamais ses affaires, il eut soin au contraire de se partager entre elles & ses études. Mais sa santé en souffrit, car son assiduité au travail lui procura une maladie, qui le tourmenta à differentes reprises pendant plus de vingt ans, & qui le rendit mélancolique & chagrin. Le triste état où il se trouvoit alors n'étoit point capable de le dégoûter de l'étude, il profitoit des momens de relâche qu'il avoit pour s'y livrer de nouveau. C'est même pendant ce tems-là qu'il a composé la plûpart de ses Ouvrages.

Quelques Auteurs ont mis en question, s'il étoit à propos pour un Homme de Lettre de ſe marier, G.BUDÉ. & ſe ſont ſervi de l'exemple de *Budé* pour ſoûtenir l'affirmative. Il ſe maria en effet, & ſi l'on en croit un de ces Auteurs, ſa femme bien loin de l'empêcher d'étudier, lui ſervoit de ſecond, en lui cherchant les paſſages & les Livres dont il avoit beſoin. Il falloit qu'il l'eût connue de ce goût là dès avant ſon mariage, puiſque le jour même de ſes nôces il ſe déroba trois heures au moins, pour les paſſer avec ſes Livres.

Louis le Roy décrit ainſi la maniere dont il avoit coutume de paſſer la journée : En ſe levant, il ſe mettoit au travail, & étudioit juſqu'à l'heure de dîner ; avant que de ſe mettre à table il faiſoit un peu d'exercice pour ſe donner de l'appetit. Après le repas il paſſoit deux heures à cauſer avec ſa famille ou ſes amis, après quoi il recommençoit à travailler juſqu'au ſouper. Comme ce repas ſe faiſoit ordinairement fort tard, il ne faiſoit jamais rien après. Il avoit une Maiſon de Campagne à *Saint Maur*,

G. BUDE'. où il demeuroit assez volontiers, parce que son étude n'y étoit point interrompuë par des visites comme à la Ville.

Il vêcut fort long-tems dans l'obscurité de son cabinet, mais son merite l'en tira; *Gui de Rochefort* Chancelier de France le fit connoître au Roi *Charles VIII.* qui voulut le voir, & le fit venir auprès de lui; mais il ne vêcut pas assez après cela, pour lui faire du bien.

Louis XII. successeur de *Charles* l'envoya deux fois en Italie pour quelques negotiations, & le mit ensuite au nombre de ses Secretaires. Il voulut aussi le faire Conseiller au Parlement de *Paris*; mais *Budé* refusa cette Charge qui lui auroit causé trop de distractions, & qui lui auroit enlevé un tems, qu'il aimoit mieux donner à ses études.

Il se vit cependant dans la suite exposé à ces distractions qu'il craignoit. Le Roi *François I.* qui aimoit les Gens de Lettres, le fit venir auprès de lui à *Ardres*, où il s'étoit rendu (en 1520.) pour s'aboucher avec le Roi d'Angleterre. L'Auteur de sa vie remarque que ce fut alors pour la premiere fois que *Budé* eut accès auprès de lui. Ce qui détruit ce que *Varillas* a avancé dans son *Histoire de François I.* (a) que ce Prince l'envoya à *Rome* en ambassade en 1515. auprès du Pape *Leon X.* Fait supposé par cet Auteur, qui l'accompagne d'une réflexion qui n'est pas plus vraïe : » *Budé*, dit-il, » n'étoit pas mal adroit en négo» ciation, quoiqu'il eût vêcu dans » *Paris* sans autre conversation que » celle de ses Livres. « Comment *Varillas* a-t'il pû parler ainsi, puisque *Budé* avoit déja été deux fois en Italie pour differentes négotiations.

G. BUDE'.

François I. ayant pris goût à la conversation de *Budé*, voulut l'avoir toujours auprès de lui, lui confia le soin de sa Bibliotheque & lui donna une Charge de Maître des Requêtes, dont il fut pourvû le 21. Août 1522. La ville de *Paris* l'élut la même année Prevôt des Marchands.

(a) Liv. 1. p. 32.

G. BUDE'. Il aimoit trop les sciences, pour ne pas faire servir à leur avantage le crédit qu'il avoit auprès du Roi; il fut un des principaux Promoteurs de l'érection du College Royal & de la fondation des Chaires qui y fut faite sous le Regne de *François I.*

Il se broüilla avec *Antoine du Prat* Chancelier de France, ce qui l'obligea pendant quelque tems à n'aller à la Cour, qu'autant que le devoir de sa Charge l'y engageoit. Mais ce tems ne dura pas; car *Guillaume Poyet*, qui l'aimoit, ayant été fait Chancelier, voulut qu'il demcurât continuellement auprès de lui.

Un voyage qu'il fit avec lui en 1540. sur les côtes de Normandie, à la suite du Roi, qui y alloit chercher du rafraîchissement dans les chaleurs excessives de cette année, lui fut funeste. Il y gagna une fiévre, qui lui paroissant dangereuse, lui fit naître l'envie de se faire porter chez lui, pour mourir du moins au milieu de sa famille.

De retour à *Paris*, il vit bientôt

son mal s'augmenter, & il mourut G.BUDÉ. le 23. Août de la même année 1540. âgé de 73. ans. Plusieurs Auteurs se sont trompez sur la date de sa mort; *La Croix du Maine* en la fixant au 25. Août, *Sponde* en la mettant au 20. Août, & *Pierre de S. Romuald* en l'avançant au 3. Août de la même année. Le P. *Garasse* dans sa Doctrine curieuse, le fait mourir en 1539. L'erreur de M. *de Launoy* est encore plus considerable, puisqu'il recule (*a*) sa mort jusqu'au premier Septembre 1573.

Budé fut enterré le 26. Août à S. Nicolas des Champs sans aucune pompe, comme il l'avoit ordonné par son testament, où il dit: *Je veux être porté en terre de nuit & sans semonce, à une torche ou à deux seulement, & ne veux être proclamé à l'Eglise ne à la Ville, ne alors que je serai inhumé, ne le lendemain; car je n'approuvai jamais la coutume des cérémonies lugubres & pompes funebres.... Je défens qu'on m'en fasse tant pour ce, que pour autres choses qui ne se peuvent faire sans scandale; & si*

(*a*) *Hist. Gymn. Navar p.* 882.

G. BUDÉ. *je ne veux qu'il y ait cérémonie funebre, ne autre representation à l'entour du lieu où je serai enterré, le long de l'année de mon trépas, parce qu'il me semble imitation des Cenotaphes, dont les Gentils anciennement ont usé.*

Ces paroles ont fait naître dans l'esprit de quelques-uns des soupçons contre sa créance, qui ont été fort augmentez par la profession ouverte que sa veuve alla faire du Protestantisme à Geneve avec une partie de ses enfans. Mais d'autres, comme le P. Garasse, ont pris sa défense sur cet article ; outre qu'il paroît par ses écrits, qu'il étoit fort opposé aux prétendus Reformateurs.

Son mariage ne fut pas sterile, puisqu'il laissa en mourant onze enfans, sept garçons & quatre filles. Sa veuve se retira à Geneve, comme je viens de le dire, avec ses filles, & y embrassa la Religion Protestante. Un de ses fils (*Louis Budé*) s'y retira aussi, & y fut Professeur en Langue Hébraïque. Il publia une traduction Latine des Pseaumes avec des Notes, & auroit encore publié d'autres Ouvrages, s'il n'étoit mort fort jeune vers l'an 1550. (*a*) G. BUDE'.

Matthieu Budé, autre fils de *Guillaume*, est loüé par *Henri Etienne*, comme un homme qui entendoit à fond la langue Hébraïque.

Jean Budé son frere, fut un des trois Députez que les Calvinistes envoyerent en 1558. en Allemagne pour les affaires de leur Eglise.

On dit deux choses particulieres de *Guillaume Budé*. La premiere est, qu'il ne voulut jamais se laisser peindre ; ce qui a donné sujet à ces Vers d'*Etienne Pasquier*.

Nec voluit vivus fingi pingive Budæus,
Nec Vatum moriens quæsiit elogia.
Hunc qui tanta suæ mentis monumenta reliquit
Externa puduit vivere velle manu.

La seconde est, qu'ayant voulu haranguer *Charles-Quint* à son entrée à *Paris* au mois de Janvier 1640. il demeura court, & ne pût achever son discours. L'Auteur de sa vie ne dit rien de semblable.

(*a*) *Colomiés Gallia Orient. p.* 15.

G.BUDE'. Catalogue de ſes Ouvrages.

1. *De ſtudio bonarum Litterarum rectè & commodè inſtituendo liber ad Franciſcum I. Regem Galliarum.*

2. *De Philologia libri duo ad Henricum Aurelianenſem & Carolum Angoliſmenſem Franciſci Regis filios.* Ces deux Ouvrages imprimez à *Bâle* en 1533. ſe trouvent dans le ſecond volume du Recüeil de *Crenius*, intitulé : *Variorum Auctorum Conſilia & Studiorum Methodi. Rotterodami* 1694. *in*-4°. Ils ſont peu lûs, parce que, dit *Louis le Roy*, peu de gens ſont capables de goûter l'érudition de *Budé*, & que tout le monde n'étant pas accoûtumé à ſes manieres de parler, on a de la peine à entrer dans ſa penſée, à moins que d'être déja ſçavant, quand on ſe met à cette lecture ; c'eſt-à-dire, pour parler en ſtile moins panégyriſte, parce qu'il y eſt trop obſcur.

3. *De Contemptu rerum fortuitarum libri tres ad Draconem Budæum fratrem. Pariſ.* 1520. *&* 1526. *in*-4°. It. *Argentorati* 1529. It. *Lugd. Bat.* 1624. *in*-16.

4. *De Tranſitu Helleniſmi ad Chriſ-*

tianisimum libri tres ad Franciscum Regem. Paris. 1535. *&* 1556. *in-fol.* G.BUDE'.
Budé apprend dans cet Ouvrage à passer des sciences profanes à la veritable Philosophie, qui ne se trouve que dans la Doctrine Celeste de Jesus-Christ.

5. *Epistolarum Latinarum libri V. & Græcarum liber unus. Paris.* 1520. *in-fol.* It. *Basileæ* 1521. *in-4°.* Les Lettres Grecques ont été imprimées separément à *Paris* 1550. *in-4°.* It. traduites en Latin par *Antoine Pichon. Paris.* 1574. *in-4°.*

6. *Aristotelis & Philonis Judæi liber de Mundo. Basileæ* 1533.

9. *Plutarchi liber de Tranquillitate animi. Ad Julium II. Pontificem maximum.*

8. *Ejusdem de Fortuna Romanorum liber unus, & de Fortuna & Virtute Alexandri Magni libri duo.*

9. *Ejusdem de Placitis Decretisque Philosophorum naturalibus libri V.*

10. *Basilii Magni Epistola ad Gregorium Nazianzenum de Vita in solitudine agenda.* Ces traductions furent le premier coup d'essai & le commencement des travaux Litte-

G.BUDE'. raires de *Budé* ; elles furent si estimées, dit l'Auteur de sa vie, qu'on auroit eu peine à l'en croire Auteur, s'il n'eût donné dans la suite d'autres preuves plus considerables de son génie & de sa capacité. Mais *Nannius* & *Borremans* prétendent qu'il ne s'y est appliqué qu'à exprimer le sens de son Auteur, sans se mettre fort en peine de le suivre mot pour mot ; & M. *Huet* dit que pour avoir affecté le grand stile, & y avoir voulu faire paroître une partie de son érudition, il a passé pour un paraphraste, plûtôt que pour un veritable traducteur.

Tous les Ouvrages dont je viens de parler sont contenus dans le premier volume du Recüeil des Œuvres de *Budé* publié à *Bâle* l'an 1557. en 4. volumes *in-fol.* avec une ample Préface de *Cœlius secundus Curion.*

11. *De Asse & partibus ejus libri V. Paris.* 1516. 1524. 1541. 1542. 1544. *in-fol.* It. *ab Autore novissimè recogniti & locupletati. Paris.* 1548. *in-fol.* It. *Venetiis* 1522. *in-4°.* It. *Coloniæ* 1528. *in-8°.* avec l'abregé de

de cet Ouvrage. It. *Lugduni* 1542. G.BUDE. & 1550. *in*-8°. *Budé* prit lui-même le soin de faire un abregé de son Livre en François, & cet abregé a été imprimé plusieurs fois, il est cependant rare. Une édition porte ce titre: *Sommaire ou Epitome du Livre* de Asse, *par Guillaume Budé. Paris* 1522. *in*-8°. Une autre est intitulée: *Extrait ou Abregé du Livre* de Asse, *de feu M. Budé, auquel les monnoyes, poids & mesures anciennes sont réduites à celles de maintenant. Revû de nouveau, corrigé & additionné. Paris* 1550. *in*-12. Le Livre *de Asse*, que l'Auteur de sa vie appelle *Divinum Opus*, fit beaucoup d'honneur à *Budé*; mais il se trouva un Italien, qui lui contesta la gloire d'avoir defriché le premier les matieres épineuses des monnoyes & des mesures des Anciens. Ce fut *Leonard Portius*, qui prétendit avoir cette gloire. *Budé* l'ayant appris, en fut extrêmement irrité, & declara hautement qu'il ne tenoit de personne ce qu'il avoit publié sur cette matiere, & que *Portius* l'avoit pillé. *Jean Lascaris*, qui étoit leur

G.BUDE'. ami commun, empêcha que cette querelle n'allât plus loin, & obtint de *Budé*, à force de prieres, qu'il n'inserât point dans la seconde édition de son Livre le Discours piquant qu'il avoit composé contre Portius. *Budé* reconnut lui-même, quand sa premiere colere fut passée, qu'il avoit eu trop d'emportement; c'est ce qui fit qu'il ne voulut plus prendre d'interêt aux attaques qui lui furent faites dans la suite, & qu'il souffrit tranquillement que *George Agricola* s'attribua telle part qu'il voudroit de la gloire de ses découvertes.

Le Livre *de Asse* fait le second volume du Recüeil des Œuvres de *Budé*.

12. *Annotationes in Pandectas priores & posteriores. Coloniæ* 1526. *in*-8°. It. *Paris*. 1532. 1536. 1556. *in-fol.* It. *Basileæ* 1534. *in*-8°. It. *Lugduni* 1551. & 1567. *in* 8°. Les premieres Observations de *Budé* sur les Pandectes parurent seules pour la premiere fois en 1508. *Antoine Augustin*, qui loüe beaucoup cet Ouvrage par rapport à l'érudition,

n'en fait pas le même cas par rapport à ce qui concerne le Droit. G.BUDÉ.

13. *Forenſia, quibus Vulgares & verè Latinæ Juriſconſultorum loquendi formulæ traduntur, cum verborum forenſium indice. Pariſ.* 1548. *in-fol.* It. ſans l'Index. *Baſileæ in-8°.* Cet Ouvrage eſt aſſez imparfait, & n'étoit pas encore en état de voir le jour, lorſque l'Auteur mourut.

Ces deux Ouvrages rempliſſent le troiſiéme volume du Recüeil.

14. *Commentarii linguæ Græcæ. Pariſ.* 1529. *in-fol.* It. *Baſileæ* 1530. *fol.* It. *ab Auctore recogniti & aucti. Pariſ.* 1548. *in-fol.* It. *Baſileæ* 1556. *in-fol.* Ces Commentaires ſont très-ſçavans, & on y remarque ſans peine un travail immenſe & une lecture prodigieuſe; mais après tout ce n'eſt qu'une maſſe informe & indigeſte, ſans ordre & ſans methode.

Cet Ouvrage termine le Recüeil dont il fait le quatriéme volume. On a outre cela de *Budé*,

15. *De l'Inſtitution du Prince, par Guillaume Budé, avec les annotations de Jean de Luxembourg Abbé*

G. BUDÉ. *d'Yvri, de la Rivour & de Salmoisy. La Rivour* 1547. *in-fol.* It. *Lyon in-*4°. La Rivour, où ce Livre a été imprimé pour la premiere fois, est une Abbaye en Champagne près de Troyes. Ce n'étoit pas le talent de *Budé* d'écrire en François. Son stile est rude, obscur & peu poli. Quoique sa latinité soit bien meilleure, quelques-uns y trouvent cependant les mêmes défauts.

16. *Aristotelis Meteorologia Latine versa.* Dans les Œuvres de ce Philosophe.

17. *Excerpta de Venatione.* A la fin du *Dictionnaire François-Latin de Jean Thierry. Paris.* 1564. *in-fol.*

18. *Notæ in Ciceronis Epistolas familiares*, dans l'édition de *Jean Thierry*, *cum Scholiis ferè xxx. Doctorum Virorum. Paris.* 1557. *fol.*

V. *G. Budæi vita per Lud. Regium. Paris.* 1577. *in-*4°. It. dans le Recüeil des *Opuscules* de *Louis le Roy. Paris.* 1571. *in-*4°. It. dans le Recüeil des Vies choisies des Hommes Illustres, publiées par *Jean Bates. Londres* 1682. *in-*4°. It. parmi les Vies des plus celebres Jurisconsultes recüeillies par *Fred. Jaques Leicker. Lipsic* 1686. *in*-8°.

CLAUDE FLEURY.

CLAUDE *Fleury* naquit à *Paris* le 6. Decembre 1640. & fut fils d'un Avocat originaire de *Roüen*. C. FLEURY.

Après ses premieres études, il fut destiné à suivre la profession de son pere, & il fut reçû Avocat au Parlement en 1658. Il fréquenta pendant neuf ans le Barreau, donnant toute son application à l'étude de la Jurisprudence & des Belles Lettres. Mais son inclination naturelle pour un genre de vie plus tranquille, lui fit abandonner au bout de ce tems cette profession, pour entrer dans l'Etat Ecclesiastique, où il reçut l'Ordre de Prêtrise.

Il tourna alors toutes ses études du côté de la Theologie, de l'Ecriture-Sainte, de l'Histoire Ecclesiastique, du Droit Canonique & des Saints Peres. Il se renferma dans

C. FLEURY.

ces seules sciences, persuadé qu'une érudition plus partagée en donnant plus d'étenduë à l'esprit, le rend aussi moins profond.

En 1672. il fut choisi pour être Precepteur des Princes de Conti, que le Roi faisoit élever auprès de Monseigneur le Dauphin. L'exactitude & la fidelité avec lesquelles il remplit ses devoirs lui procurerent un autre éleve.

On lui confia en 1680. la conduite du Prince de Vermandois, fils naturel du Roi Louis XIV. qui mourut peu de tems après, c'est-à-dire le 18. Novembre 1683. L'année suivante 1684. le Roi nomma M. *Fleury* à l'Abbaye de *Loc-Dieu*, Ordre de Cîteaux, Diocese de *Rhodez*.

Cinq ans après, c'est-à-dire en 1689. ce Prince jetta les yeux sur lui pour le faire Sous-Precepteur des Ducs de Bourgogne, d'Anjou, & de Berry.

En 1696. il fut reçu à l'Academie Françoise à la place de M. de *la Bruyere*.

Les études des trois Princes ses

éleves étant finies, le Roi lui donna le Prieuré d'*Argenteüil*, Ordre de S. Benoît, Diocese de Paris. M. *Fleury* exact observateur des Canons, dont il avoit fait une étude particuliere, donna alors un rare exemple de desinteressement, en se demettant entre ses mains de l'Abbaye de *Loc-Dieu*.

C. FLEURY.

Se voyant delivré des embarras de la Cour, où il n'avoit pas laissé de vivre comme dans une parfaite solitude, ne se mêlant que des devoirs de son emploi, & donnant tout le reste de son tems au travail, il ne pensa plus qu'à employer ses talens & son repos au service de l'Eglise.

Son merite le fit rappeller à la Cour plusieurs années après, car il fut nommé Confesseur du Roi Louis XV. en 1716. emploi dont il se démit à cause de son grand âge au mois de Mars 1722.

Il est mort le 14. Juillet 1723. dans sa 83. année.

Catalogue de ses Ouvrages.

1. *Histoire du Droit François. Paris* 1674. *in*-12. It. à la tête de l'*Insti*-

C. FLEURY. *tution au Droit François, par M. Argout. Paris 1692. in-12. 2. vol.* & dans les éditions suivantes. Il y a beaucoup d'érudition dans ce petit Ouvrage, où M. *Fleury* expose avec une grande netteté tout ce qui regarde le Droit François.

2. *Catechisme Historique. Paris* 1679. *in*-12. Cet Ouvrage, qui a été imprimé plusieurs fois depuis, & qui a été traduit en plusieurs langues, contient en peu de mots & avec beaucoup de netteté une Histoire de la Religion depuis la Création du Monde, jusqu'à nous. Il a été imprimé en Espagnol à *Paris* 1707. chez *Witte*, 2. *vol. in*-12.

3. *Les Mœurs des Israëlites. Paris* 1681. *in*-12. It. réimprimées plusieurs fois depuis, de même que l'Ouvrage suivant. C'est une espece d'introduction à la lecture de l'Ancien Testament.

4. *Les Mœurs des Chrétiens. Paris* 1682. *in*-12. Ce Livre donne une grande idée de la vie des premiers Disciples de Jesus-Christ, & de ceux qui ont vêcu après eux dans les premiers siecles.

5. *La Vie de la venerable Mere Marguerite d'Arbouze Abbesse & Reformatrice du Val de Grace. Paris* 1685. *in*-8°. C. FLEURY.

7. *Traité du Choix & de la Methode des Etudes. Paris* 1686. *in*-12. 2. *tomes.* M. *du Pin* regarde cet Ouvrage comme la clef de tous ceux que M. *Fleury* a donnez au Public. Après y avoir fait l'histoire des études de toutes les sciences depuis le commencement de l'Eglise jusqu'à present, il donne d'excellens conseils sur la methode d'étudier par rapport aux differentes personnes. Il a été traduit en Italien par *Jean Oliva*, Préfet des Ecoles publiques d'*Asolo*, ville de l'Etat de Venise, sous ce titre : *Trattato della Scelta, e del Methodo degli Studii. In Venezia* 1716. *in*-12. *pp.* 213. Il est à croire que ce Traducteur y a fait de grands retranchemens.

8. *Institution au Droit Ecclesiastique. Paris* 1687. *in*-12. 2. *vol.* M. *Fleury* observe dans l'Avis qui est à la tête de ce Livre, qu'il y avoit alors dix ans que ce Traité avoit paru sous le nom de M. *Bonel.* » Je

C. FLEURY.

» ne sçai, ajoûte-t'il, si ce M. *Bonel* » a été au monde ; ce que je sçai » est, que l'écrit qui a paru sous » son nom, étoit mon Ouvrage » composé dès l'an 1668. pour mon » instruction, sans aucun dessein de » le rendre public ; aussi fut-il im- » primé à mon insçu. « Le titre de cette premiere édition, qui est bien moins ample que celle qui porte le nom de M. *Fleury*, est telle : *Institution du Droit Ecclesiastique de France, composé par feu Me Charles Bonel, Docteur en Droit Canon à Langres, & revû avec soin par M. de Massac, ancien Avocat au Parlement. Paris* 1677. *in*-12. On y marque dans la Préface, que *Bonel* étant mort sans avoir publié ce Livre, il avoit été long-tems dans son cabinet parmi des papiers negligez, mais que son Manuscrit ayant été mis ensuite entre les mains de M. *de Massac*, celui-ci le garda pendant deux ans, après quoi il le remit avec son approbation datée de *Paris* le 15. Juillet 1675. entre les mains de celui qui l'a donné au Public. *Bonel* est un personnage ima-

ginaire, qui n'a jamais existé; mais C. FLEURY.
il n'en est pas de même de M. *de*
Massac, (*Ange*) c'étoit un Avocat, Parisien, né vers l'an 1600. & mort en 1676. L'Abbé de *Maroles* en parle comme de son ancien ami, avec qui il avoit achevé ses Humanitez au College de la Marche à *Paris*. Le Livre de M. *Fleury* est un Abregé de la Pratique du Droit Canonique, de la maniere qu'elle est en usage.

9. *Les Devoirs des Maîtres & des Domestiques. Paris* 1688. *in*-12. Cet Ouvrage est solide & instructif.

10. *Discours prononcé dans l'Academie Françoise le Lundi* 16. *Juillet* 1696. *à sa reception. Paris* 1696. *in*-4°. It. dans les Recüeils de l'Academie.

11. *Extrait de Platon. Paris* 1698. *in*-12. On voit dans cet Extrait les sentimens de Platon sur la Religion & la Morale.

12. *Portrait de Louis de France, Duc de Bourgogne, & ensuite Dauphin. Paris* 1714. *in*-12.

13. *Histoire Ecclesiastique. Paris in*-4°. *& in*-12. It. *Bruxelles in*-12.

C. FLEURY.

20. *volumes*, dont le premier a paru en 1691. & le vingtiéme, qui va jusqu'à l'an 1414. a été imprimé en 1720. La premiere édition *in*-4°. est fort belle, la seconde lui est fort inferieure. L'édition in-12. de Paris est détestable pour les caracteres & le papier. Celle de Bruxelles a son merite, & seroit plus estimable, si tous les volumes se ressembloient en beauté. M. *Fleury* avoit composé un vingt-uniéme volume, mais comme il n'étoit pas de la force des autres, & qu'il se ressentoit du grand âge de l'Auteur, on a jugé à propos de le supprimer. Cette Histoire est le meilleur Ouvrage que nous ayons en ce genre. » L'Auteur, suivant les Journalistes de » Trevoux, toujours sage dans les » sentimens qu'il embrasse, expose » avec une élegante simplicité ce » qu'il trouve de plus incontestable » dans son sujet. Il est admirable » sur tout à faire des Analyses jus» tes des Ouvrages les plus impor» tans des Peres. En un mot son » Ouvrage est exact, suivi, serieux » & toujours égal à lui-même.

14. *Diſcours ſur l'Hiſtoire Eccleſiaſtique. Paris* 1708. *& ſuiv. in*-12. C. FLEURY.

Ces Diſcours qui ſe trouvent dans quelques volumes de l'Hiſtoire Eccleſiaſtique ſont de main de Maître. C'eſt un précis de ce qu'il y a de plus remarquable dans l'Hiſtoire Eccleſiaſtique, ſur les ſujets que l'Auteur ſe propoſe de traiter, accompagné de reflexions ſages & judicieuſes. C'eſt ce qui a engagé à les donner ſeparément au Public. Le premier, qui ſe trouve à la tête du premier volume, rend compte de la fin qu'il s'eſt propoſé en écrivant ſon Hiſtoire, la methode qu'il a ſuivie, & la maniere dont il faut la lire pour en retirer du fruit. Le ſecond, qui eſt dans le huitiéme volume, traite de la Morale, de la Diſcipline & de la Doctrine de l'Egliſe. Le troiſiéme, qui précede le treiziéme, recherche les cauſes du relâchement qu'on remarque dans la diſcipline de l'Egliſe depuis le ſixiéme ſiecle, & découvre les moyens dont Dieu s'eſt ſervi pour conſerver ſon Egliſe, malgré les efforts de l'Enfer. Le quatriéme,

C. FLEURY.

qui est à la tête du seiziéme volume, roule sur les changemens arrivez à la discipline depuis le douziéme siecle, changemens dont M. *Fleury* découvre la source dans les fausses Decretales, attribuées aux Papes des premiers siecles. Le cinquiéme, qui se trouve dans le dix-septiéme volume, traite des Etudes. Le sixiéme, qui appartient au dix-huitiéme, traite à fond de tout ce qui regarde les Croisades. Il s'agit dans le septiéme, qui est dans le volume suivant, de la Jurisdiction Ecclesiastique. Enfin le huitiéme, qui est dans le vingtiéme & dernier volume, discute tout ce qui concerne l'Etat Religieux.

15. *Réponse au Discours prononcé dans l'Academie Francoise le 23. Fevrier* 1718. *par M. Massillon Evêque de Clermont, à sa reception. Paris in-4°.*

16. *Discours sur les Libertez de l'Eglise Gallicane.* 1724. *in-12. pp.* 93. On prétend que M. *Fleury* avoit dessein de placer ce Discours à la tête du vingt-uniéme volume de son Histoire Ecclesiastique. On y a joint

pour le corriger, des notes, qui auroient elles-mêmes besoin de correction, suivant les Auteurs de la *Bibliotheque Françoise*, *tom. 3. p.* 298. C. FLEURY.

17. Outre ces Ouvrages, M. *Fleury* a traduit en Latin l'*Exposition de la Doctrine de l'Eglise Catholique* de M. *Bossuet*, & cette traduction, qui a été revûë par ce Prélat, fut imprimée par les soins de M. l'Evêque de Castorie à *Anvers* en 1678. *in*-12. Elle se trouve aussi dans l'Ouvrage intitulé: *Danielis Severini Sculteti Antididagma, quo probatur Doctrinam ab Episcopo Bossueto propositam admitti non posse, cum ipsa expositione Jacobi Bossueti Latine versa à Claudio Fleury. Hamburgi* 1684. *in*-8°.

18. Le P. *le Long* dans sa *Bibliotheque des Historiens de France*, cite un Manuscrit de M. *Fleury*, qui se conserve dans la Bibliotheque de S. Germain-des-Prez, il est intitulé: *Memoire Historique touchant les Libertez de l'Eglise Gallicane*, composé en 1690. *in-fol.*

V. la Préface du 21e volume de l'*Hist. Ecclesiast.* du P. *Fabre*. La *Bibl. du Richelet* par M. *le Clerc*. *Du Pin Bibl. des Aut. Eccles.*

LAZARE ANDRE' BOCQUILLOT.

L.A.BOCQUILLOT.

LAzare-André Bocquillot naquit à *Avalon* ville du Diocese d'*Autun*, dans les premiers jours du mois d'Avril de l'an 1649.

Après avoir fait ses études dans le College des Jesuites de *Dijon*, il alla à *Bourges* étudier en Droit. De retour à *Avalon*, il plaida quelque tems au Baillage de cette Ville. Pendant qu'il exerça la profession d'Avocat, il fréquenta les compagnies, dont il fit l'agrément par ses belles manieres & par sa politesse. Mais ayant depuis fait des réflexions serieuses sur la vanité des choses du monde, il s'en dégoûta, & résolut d'embrasser l'Etat Ecclesiastique.

Il forma peu de tems après le dessein de travailler à la conversion des Infideles, & quitta *Avalon* avant l'an 1672. pour aller à *Constantinople* chercher quelque moyen de s'engager dans les Missions Etrangeres.

geres. Son dessein n'ayant pas réussi, il revint dans sa Patrie, où le desir de travailler à son salut, l'engagea à se retirer dans une Chartreuse. Il y fit quelque séjour, mais il ne jugea pas à propos de s'y fixer, & il vint à *Paris*, où il assista assiduement aux Conferences qui se faisoient dans un Seminaire pour l'utilité des Ecclesiastiques. L.A.Bocquillot.

Quelque tems après, c'est-à-dire en 1674. il reçut l'Ordre de Prêtrise, après avoir gardé exactement les Interstices. Il fut ensuite pourvû de la Cure de *Chastelux*, qui venoit d'être erigée par M. *Gabriel de Roquette* Evêque d'*Autun*, & il conserva ce Benefice jusqu'au dernier jour de l'an 1683. qu'il le quitta à cause d'une surdité qui lui survint.

Etant venu à *Paris* pour consulter quelqu'un sur son incommodité, il s'adressa à M. *Hamon* Medecin de Port-Royal des Champs, qui lui conseilla d'observer le regime du fameux Venitien *Cornaro*. Il se retira pour cela à Port-Royal, où après l'avoir observé pendant huit mois, il revint à la vie commune

L.A.BOCQUILLOT. des Solitaires qui habitoient en ce lieu.

Il passa trois ans avec eux, & sur la fin de l'année 1686. il revint à *Paris* par ordre de son Evêque, qui vouloit le renvoyer dans son Diocese, pour être Theologal de l'Eglise Collegiale de saint Lazare d'*Avalon*. Ce Prélat ayant cependant ensuite disposé de ce Benefice en faveur d'un autre, confera à M. *Bocquillot* un Canonicat de l'Eglise Collegiale de *Montreal*, qui est à l'extrêmité de son Diocese sur la petite riviere de *Senain*, & lui fit outre cela une pension de cent cinquante livres.

Enfin en 1693. il lui donna un Canonicat de l'Eglise d'*Avalon*, & M. *Bocquillot* se fixa dans ce poste pour le reste de ses jours.

Il eut une attaque d'apoplexie le 12. Septembre 1728. & cette attaque fut suivie de douleurs très-vives qu'il eut à souffrir jusqu'au jour de sa mort, & qu'il supporta avec beaucoup de patience & de résignation. Il mourut le 22. Septembre suivant dans sa 80ᵉ année.

L.A.Bocquillot.

Il avoit fort recommandé qu'on observât à son égard la maniere ancienne & universelle d'inhumer les Prêtres, c'est-à-dire les pieds étendus du côté de l'Autel, ou vers l'Orient, comme le reste des Fideles. Il soûtenoit avec le sçavant P. *Mabillon*, dont il avoit été ami, qu'on avoit changé mal-à-propos depuis un siecle ce rit ancien de la sepulture de tous les Chrétiens, imité primitivement sur la situation du tombeau de Jesus-Christ; & l'on a executé sa volonté d'autant plus volontiers, qu'il l'avoit marquée plusieurs fois pendant sa vie, & qu'il avoit fait pratiquer la même chose à l'égard de ceux de ses Confreres qu'il avoit vû mourir.

On a admiré en lui une candeur & une simplicité, rares dans le siecle où nous sommes, une droiture de cœur, qui a peu d'exemples, & une solide pieté, qui n'avoit rien d'affecté. Il étoit de bon conseil, prudent, & sçachant tenir un juste milieu entre le relâchement & la trop grande severité. Il a été toute sa vie en relation avec des

L. A. BOCQUILLOT. personnes d'un merite distingué, qui ne refusoient pas de se soûmettre à ses lumieres.

Quoiqu'il eût des parens pauvres, & qu'il n'eût aucun patrimoine, il ne trouva point en cela de prétexte qui l'obligeât d'amasser ni pour eux ni pour sa vieillesse. Sa simplicité & son désinteressement ont paru dans ses meubles, dans ses habits & dans sa maniere de vivre.

Ses occupations se sont bornées à l'étude & à la priere. Sur la fin de sa vie, il n'étudioit presque plus, & il ne lisoit que ce qui lui étoit necessaire pour se préparer à mourir. Il avoit même plusieurs années auparavant donné sa Bibliotheque, qui étoit bien choisie & assez considerable, aux Peres de la Doctrine Chrétienne, qui gouvernent le College d'*Avalon*, moyennant une mediocre pension viagere.

Catalogue de ses Ouvrages.

1. *Homelies ou Instructions familieres sur les Commandemens de Dieu & de l'Eglise, par le Sieur de S. Lazare, Prêtre, Licentié ès Loix. Paris* 1688. *in*-12. M. *Bocquillot* n'avoit pas d'a-

bord dessein de donner au Public ces Homelies & les suivantes qu'il avoit prononcées, pendant qu'il étoit Curé de *Chastelux*; mais les aïant montrées à quelques connoisseurs, il se laissa persuader de les mettre au jour, après leur avoir donné la forme qu'elles ont maintenant, ce qu'il fit en partie pendant son sejour à *Montreal*, & en partie dans le commencement de sa résidence à *Avalon*. Il s'appliqua sur tout à les travailler de maniere qu'elles fussent utiles aux Prêtres de la Campagne, & il prit même des mesures pour les faire vendre à un prix modique, afin qu'il leur fût plus facile de s'en pourvoir. Elles contiennent, au jugement de M. *du Pin*, des instructions simples & solides sans ornement de discours.

L. A. BOCQUILLOT.

2. *Homelies ou Instructions familieres sur les Sacremens. Paris in-12.*

3. *Homelies sur l'Oraison Dominicale & la Salutation Angelique. Paris* 1690. *in-12.*

4. *Homelies ou Instructions familieres sur les Fêtes de quelques Saints. Paris* 1690. *in-12.*

L.A.BOCQUILLOT. 5. *Homelies, &c. pour les Vêtures & Professions Religieuses. Paris* 1694. *in*-12.

6. *Homelies, &c. sur les jeux innocens & sur les jeux défendus. Paris* 1702. *in*-12. *pp.* 52.

7. *Courtes Instructions pour l'administration & le bon usage des Sacremens, pour la visite des malades & sur quelques cérémonies contenuës dans les Rituels. Paris* 1697. *in*-12.

8. *Lettre du* 8. *May* 1697. sur la maniere dont on enterroit autrefois les Prêtres : inserée dans le *Journal des Sçavans* du 8. Juillet 1697.

9. Il donna en 1699. un Opuscule de *Regles touchant la Liturgie*, pour servir d'introduction à l'Ouvrage suivant.

10. *Traité Historique de la Liturgie sacrée ou de la Messe. Paris* 1701. *in*-8°. M. *Bocquillot*, dit M. *du Pin*, traite cette matiere avec beaucoup de simplicité, de methode & d'érudition. On trouve dans son Ouvrage non-seulement des anciens usages éclaircis, mais encore plusieurs choses, qui regardent la pratique presente de l'Eglise.

11. *Nouvelle Histoire du Chevalier Bayart, Lieutenant General pour le Roy au Gouvernement du Dauphiné, & de plusieurs choses memorables arrivées en France, en Italie, en Espagne, & aux Pays-Bas, &c. sous les Regnes de Charles VIII. Louis XII. & François I. depuis l'an 1489. jusqu'à l'an 1524. par le Prieur de Lonval. Paris 1702. in-12.* M. *Bocquillot*, qui a cru devoir se cacher sous un titre qui lui étoit étranger, assure que les merveilles qu'il raconte ne doivent rien à la liberté de l'imagination, qu'il n'a inventé ni exageré aucuns faits, & que tout est exactement vrai dans ses recits ; bien des Lecteurs auront bien de la peine à convenir de ce dernier article. L. A. BOCQUILLOT.

12. *Dissertation sur les tombeaux de Quarrée, Village de Bourgogne, dans le Diocese d'Autun. Lyon 1724. in-8°. pp. 13.* Quelques écrits ayant paru ensuite sur le même sujet, M. *Bocquillot* en refuta un par une nouvelle Brochure imprimée en 1726. où il défend son opinion, qu'on avoit attaquée, d'un stile qui commençoit à se ressentir de sa caducité & de son grand âge.

L.A.Boc-QUILLOT. Il avoit pris soin de dresser un Breviaire pour les Laïques, dans lequel on auroit trouvé une distribution du Pseautier dans le cours de chaque semaine, & un Lectionnaire de l'Ancien & du Nouveau Testament, distribué pour tous les jours de l'année; après chaque Leçon il avoit placé un Repons tiré de l'Ecriture Sainte, avec l'Antienne & l'Oraison propre pour chaque jour. On avoit commencé l'impression de ce Breviaire, mais elle a été interrompue, & il est demeuré en Manuscrit, aussi bien que le Rituel qu'il avoit composé pour le Diocese d'*Autun*.

Cet article est tiré d'un Memoire Manuscrit de M. *Le Beuf* Chanoine d'*Auxerre*.

Fin du huitiéme Volume.

TABLE

TABLE NECROLOGIQUE des Auteurs contenus dans ce Volume.

PLATINE [Barthelemi] mort en 1481.

VERARDO [Charles] m. le 13. Decembre 1500.

PONTANUS [Jean-Jovien] m. en Août 1503.

PONTICO VIRUNIO [Louis] m. en 1520.

SANNAZAR [Jaques] m. en 1530.

BUDE' [Guillaume] m. le 23. Août 1540.

FOLENGO [Theophile] m. le 9. Decembre 1543.

SAINTE-MARTHE [Charles de] m. en 1555.

FEDELE [Caſſandre] m. vers 1567.

POSTEL [Guillaume] m. le 6. Septembre 1581.

CUJAS [Jaques] m. le 4. Octobre 1590.

SAINTE-MARTHE [Scevole de] m. le 29. Mars 1623.

DONNE [Jean] m. le 31. Mars 1631.

SAINTE-MARTHE le fils [Scevole de] m. le 7. Septembre 1650.

SAINTE-MARTHE [Abel de] m. en 1652.

GRAVIUS [Jean] m. en Octobre 1652.

GATAKER [Thomas] m. le 27. Juin 1654.

BLONDEL [David] m. le 6. Avril 1655.

SAINTE-MARTHE [Louis de] m. le 29. Avril 1656.

HOTTINGER [Jean-Henri] m. le 5. Juin 1667.

ALLATIUS [Leon] m. en Janvier 1669.

COCCEIUS [Jean] m. le 5. Novembre 1669.

PAUMIER DE GRENTEMESNIL [Jaques le] m. le 1. Octobre 1670.

CANGE [Charles du] m. le 23. Octobre 1688.

BIGOT (Emeri) m. le 18. Decembre 1689.

SAINTE-MARTHE (Pierre-Scevole de) m. le 9. Aoû t 1690

SAINTE-MARTHE (Claude de) m. le 11. Octobre 1690.

SAINTE-MARTHE (Abel-Louis de) m. le 7. Avril 1697.

SAINTE-MARTHE le fils (Abel de) m. le 30. Novembre 1706.

GALLOIS (Jean) m. le 19 Avril 1707.

CALLIACHI (Nicolas) m. le 8. Mai 1707.

TILLADET (Jean-Marie de la Marque) m. le 15. Juillet 1715.

RASSICCD (Etienne) m. le 17. Mars 1718.

VAILLANT (Sebastien) m. le 26. Mai 1722.

FLEURY (Claude) m. le 14. Juillet 1723.

HARTSOEKER (Nicolas) m. le 10. Decembre 1725.

BOCQUILLOT (Lazare-André) m. le 22. Septembre 1728.

TABLE

Des Auteurs contenus dans ce Volume, ſelon l'ordre des matieres qu'ils ont traitées dans leurs Ouvrages.

Controverse.

Critique.

D

Dictionnaires Grecs.

Dictionnaire Latin.

Dictionnaires des Langues Orientales.

TABLE

G

Genealogies.

Geographie.

Grammaire Latine.

Grammaires Orientales.

H

Histoire Universelle.

Histoire Ecclesiastique.

Histoire de Constantinople.

Histoire Orientale.

Histoire de France.

Histoire d'Espagne,

Histoire d'Italie.

DES MATIERES.

Histoire d'Angleterre.

Histoire Litteraire.

J

Journaux.

L

Lettres.

Liturgie.

M.

Melanges.

Poësie Latine.

Poësie Françoise.

Poësie Italienne.

Poësie Angloise.

Poësie Macaronique.

Religion en general.

S

Sermons.

TABLE DES MATIERES.

T

Fin de la Table des Matieres.

APPROBATION.

J'AY lû par ordre de Monseigneur le Garde des Sceaux les 8. & 9. Volumes de ces Memoires, & j'ai crû qu'on en pouvoit permettre l'impression. A Paris le 19. Mai 1729.

HARDION.

PRIVILEGE DU ROI.

LOUIS, par la grace de Dieu, Roy de France & de Navarre: A nos amez & feaux Conseillers, les Gens tenans nos Cours de Parlement, Maîtres des Requêtes ordinaires de notre Hôtel, Grand Conseil, Prevôt de Paris, Baillifs, Senechaux, leurs Lieutenans Civils, & autres nos Justiciers qu'il appartiendra SALUT: Notre bien amé ANTOINE-CLAUDE BRIASSON, Libraire à Paris, nous ayant fait remontrer qu'il lui auroit été mis en main un Manuscrit, qui a pour titre: *Memoires pour servir à l'Histoire des Hommes Illustres dans la République des Lettres, avec un Catalogue raisonné de leurs Ouvrages*, qu'il souhaiteroit faire imprimer & donner au Public, s'il nous plaisoit lui accorder nos Lettres de Privilege sur ce necessaires, offrant pour cet effet de le faire imprimer en bon papier & en beaux caracteres, suivant la feüille imprimée & attachée pour modele sous le contre-scel des presentes; A CES CAUSES, voulant traiter favorablement ledit Exposant, Nous lui avons permis & permettons par ces Presentes, de faire imprimer lesdits Memoires & Catalogue ci-dessus specifiés, en un ou plusieurs volumes, conjointement, ou séparément, & autant de fois que bon lui semblera, sur papier & caracteres conformes à ladite feuille imprimée & attachée pour modele sous notredit contre-scel, & de le vendre, faire vendre & débiter par tout notre Royaume, pendant le tems de *huit années* consecutives, à compter du jour de la date desd. Presentes. Faisons défenses à toutes sortes de personnes de quelque qualité &

condition qu'elles soient, d'en introduire d'impression étrangere dans aucun lieu de notre obeïssance; comme aussi à tous Libraires-Imprimeurs & autres, d'imprimer, faire imprimer, vendre, faire vendre, débiter, ni contrefaire lesdits Memoires & Catalogue ci dessus exposés, en tout ni en partie, ni d'en faire aucuns Extraits, sous quelque prétexte que ce soit, d'augmentation, correction, changement de Titre, ou autrement, sans la permission expresse & par écrit dud. Exposant ou de ceux qui auront droit de lui, à peine de confiscation des Exemplaires contrefaits, de trois mille livres d'amende contre chacun des contrevenans, dont un tiers à Nous, un tiers à l'Hôtel-Dieu de Paris, l'autre tiers audit Exposant, & de tous dépens, dommages & interêts. A la charge que ces Présentes seront enregistrées tout au long sur le Registre de la Communauté des Libraires & Imprimeurs de Paris, & ce dans trois mois de la datte d'icelles, que l'impression de ce Livre sera faite dans notre Royaume & non ailleurs, & que l'Impretant se conformera en tout aux Reglemens de la Libr. & notamment à celui du 10. Av. 1725. & qu'avant de l'exposer en vente, le manuscrit ou imprimé qui aura servi de copie à l'impression dudit Livre sera remis dans le même état où l'Approbation y aura été donnée, és mains de notre très cher & feal Chevalier Garde des Sceaux de France le sieur Fleuriau d'Armenonville, Commandeur de nos Ordres; & qu'il en sera remis 2 exemplaires dans nôtre Bibliotheque publique, un dans celle de nôtre Château du Louvre, & un dans celle de nôtre très-cher & feal Chevalier Garde des Sceaux de France le Sr Fleuriau d'Armenonville, Commandeur de nos Ordres; le tout à peine de nullité des Presentes, du contenu desquelles vous mandons & enjoignons de faire joüir l'Exposant ou ses ayans cause pleinement & paisiblement, sans souffrir qu'il leur soit fait aucun trouble ou empêchement. Voulons que la copie des Presentes qui sera imprimée tout au long au commencement ou à la fin dud. Livre soit tenue pour dûëment signifiée, & qu'aux copies collationnées par l'un de nos amez & féaux Conseillers & Secretaires, foi soit ajoutée comme à l'original COMMANDONS au premier notre Huissier ou Sergent, de faire pour l'execution d'icelles, tous Actes requis & necessaires, sans demander autre permission, & nonobstant clameur de Haro, Charte Normande, & Lettres à ce contraires : CAR tel est notre plaisir. DONNE' à Paris le 28 Novembre l'an de Grace mil sept cens vingt-six, & de notre Regne le douziéme, Par le Roy en son Conseil,

DE S. HILAIRE.

Registré sur le Registre VI. de la Chambre Royale des Libraires & Imprimeurs de Paris, N. 530. F. 421. conformément aux anciens Reglemens confirmez par celui du 28 Fevrier 1723. A Paris le 3. Decembre 1726.

Signé, VINCENT, Adjoint.

De l'Imprimerie de GISSEY, ruë de la vieille Bouclerie.

www.ingramcontent.com/pod-product-compliance
Lightning Source LLC
Chambersburg PA
CBHW070547030726
47505CB00001B/190

* 9 7 8 2 0 1 1 3 3 7 5 3 5 *